猫武士

⑥ 日落和平
Sunset

［英］艾琳·亨特◎著
于素芳◎译

中国少年儿童新闻出版总社
中国少年儿童出版社
北京

特别感谢基立·鲍德卓

Sunset
Copyright © 2007 by Working Partners Limited
Series created by Working Partners Limited
Simplified Chinese edition Copyright © 2018 by
China Children's Press & Publication Group
All rights reserved.

图书在版编目（CIP）数据

猫武士二部曲. 6，日落和平 /（英）艾琳·亨特著；于素芳译. —北京：中国少年儿童出版社，2018.10
（2023.7 重印）
ISBN 978-7-5148-4941-7

Ⅰ. ①猫… Ⅱ. ①艾… ②于… Ⅲ. ①儿童小说—长篇小说—英国—现代 Ⅳ. ① I561.84

中国版本图书馆 CIP 数据核字（2018）第 204163 号

RILUO HEPING
（猫武士二部曲）

出版发行：	中国少年儿童新闻出版总社 中国少年儿童出版社
出 版 人：孙 柱	
执行出版人：马兴民	

责任编辑：何强伟	责任校对：樊瑞瑞
执行编辑：赵 勇	美术编辑：缪 惟
	责任印务：厉 静

社　　址：北京市朝阳区建国门外大街丙 12 号	邮政编码：100022
编辑部：010-57526271	总编室：010-57526070
发行部：010-57526568	官方网址：www.ccppg.cn

印刷：北京盛通印刷股份有限公司

开本：880mm×1230mm　1/32	印张：9.5
版次：2018 年 10 月第 1 版	印次：2023 年 7 月北京第 24 次印刷
字数：165 千字	

ISBN 978-7-5148-4941-7	定价：32.00 元

图书出版质量投诉电话 010-57526069，电子邮箱：cbzlts@ccppg.com.cn

目　录

猫视界……………………………………2
两脚兽视界………………………………4
猫族成员…………………………………8
引子………………………………………1
第一章……………………………………6
第二章……………………………………19
第三章……………………………………44
第四章……………………………………58
第五章……………………………………70
第六章……………………………………84
第七章……………………………………97
第八章……………………………………106
第九章……………………………………121
第十章……………………………………131
第十一章…………………………………143
第十二章…………………………………157
第十三章…………………………………172
第十四章…………………………………192
第十五章…………………………………203
第十六章…………………………………221
第十七章…………………………………236
第十八章…………………………………251
第十九章…………………………………261
第二十章…………………………………274
第二十一章………………………………280
第二十二章………………………………283
第二十三章………………………………289

猫视界

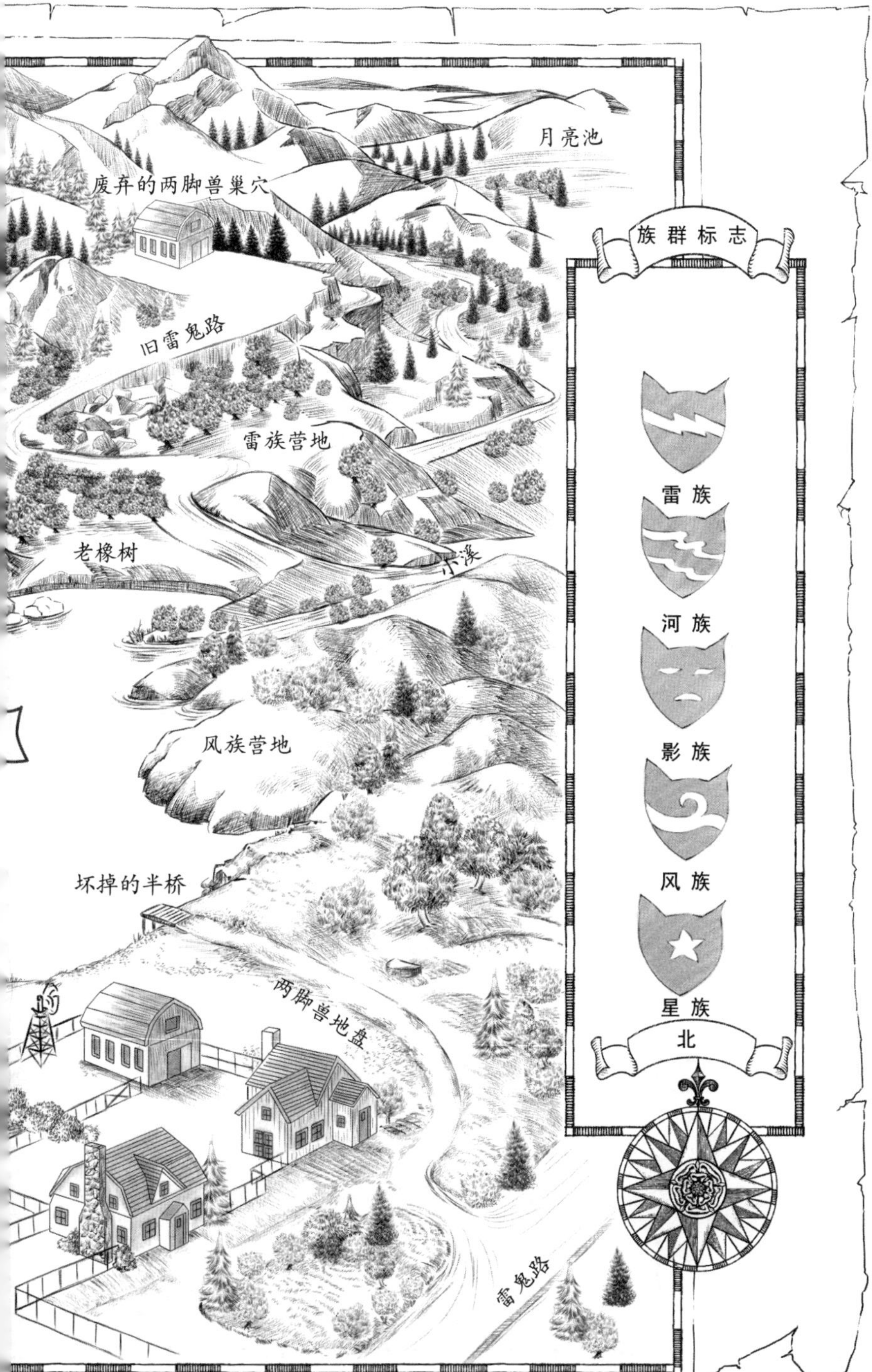
月亮池
废弃的两脚兽巢穴
旧雷鬼路
雷族营地
老橡树
小溪
风族营地
坏掉的半桥
两脚兽地盘
雷鬼路
族群标志
雷族
河族
影族
风族
星族
北

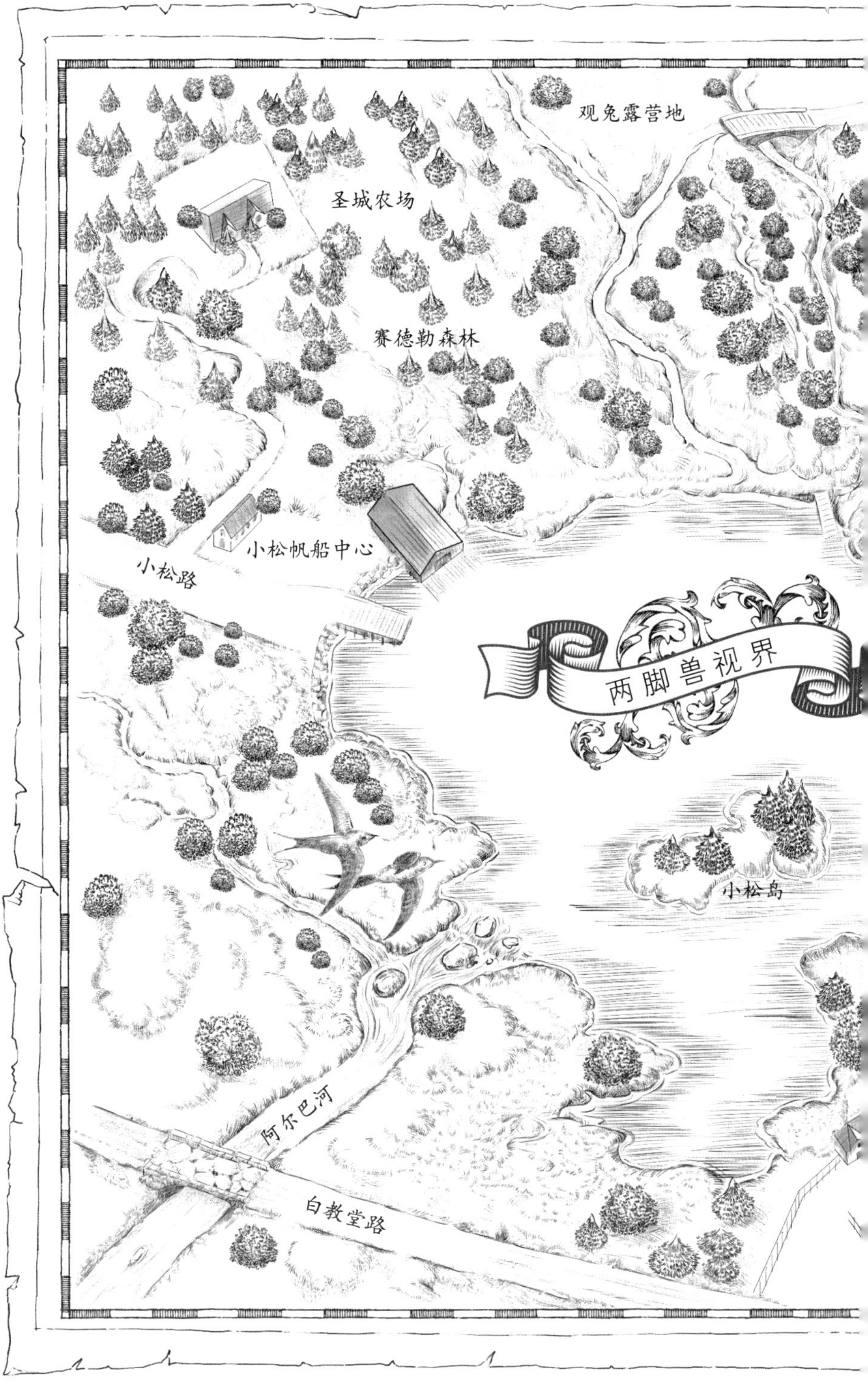

观兔露营地
圣城农场
赛德勒森林
小松帆船中心
小松路
两脚兽视界
小松岛
阿尔巴河
白教堂路

废弃的工人房

采石路

水晶池

矿场

兔山林

图例

落叶林

松树林

沼泽

湖

小路

圣城湖

兔山

北

兔山驯马场

兔山路

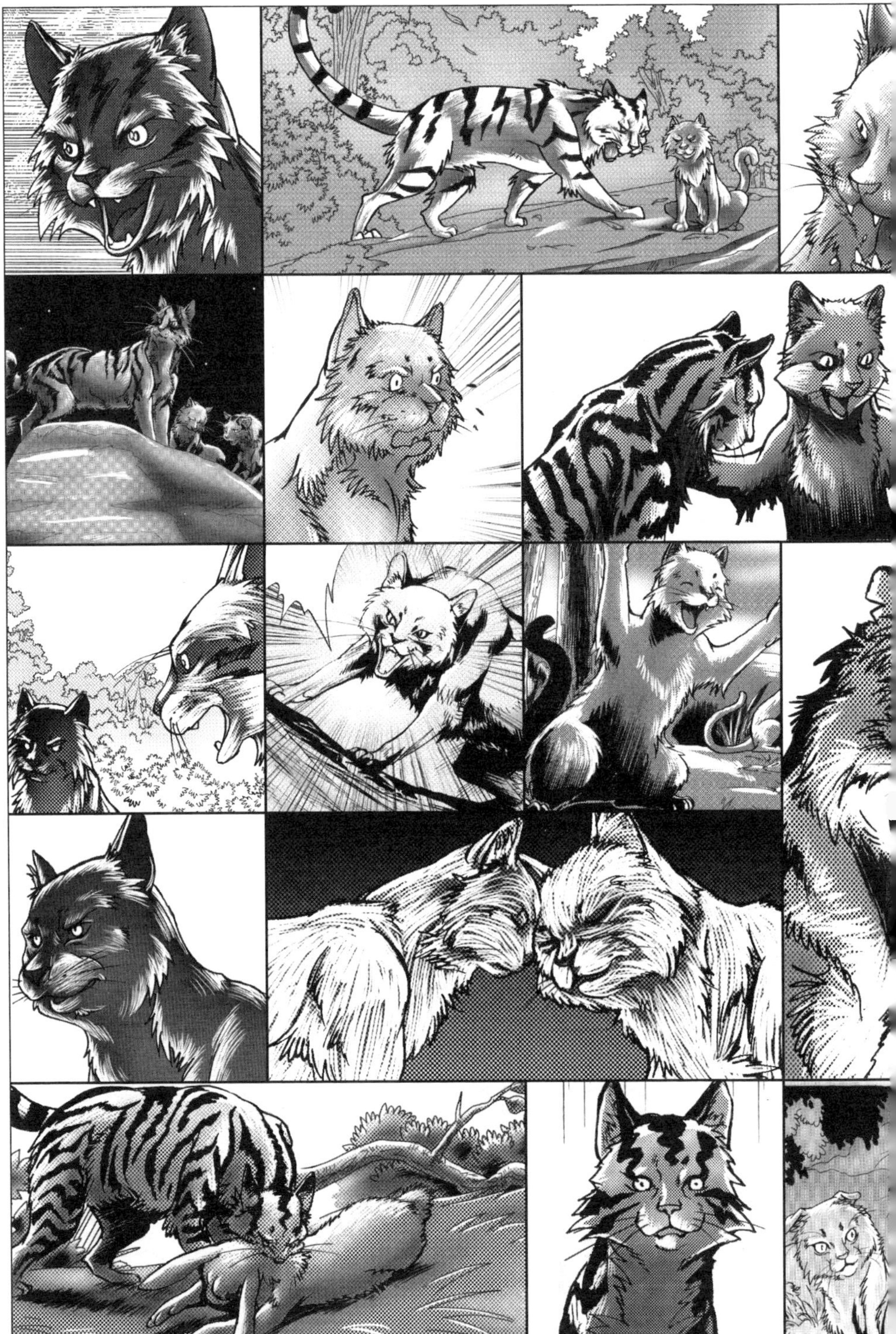

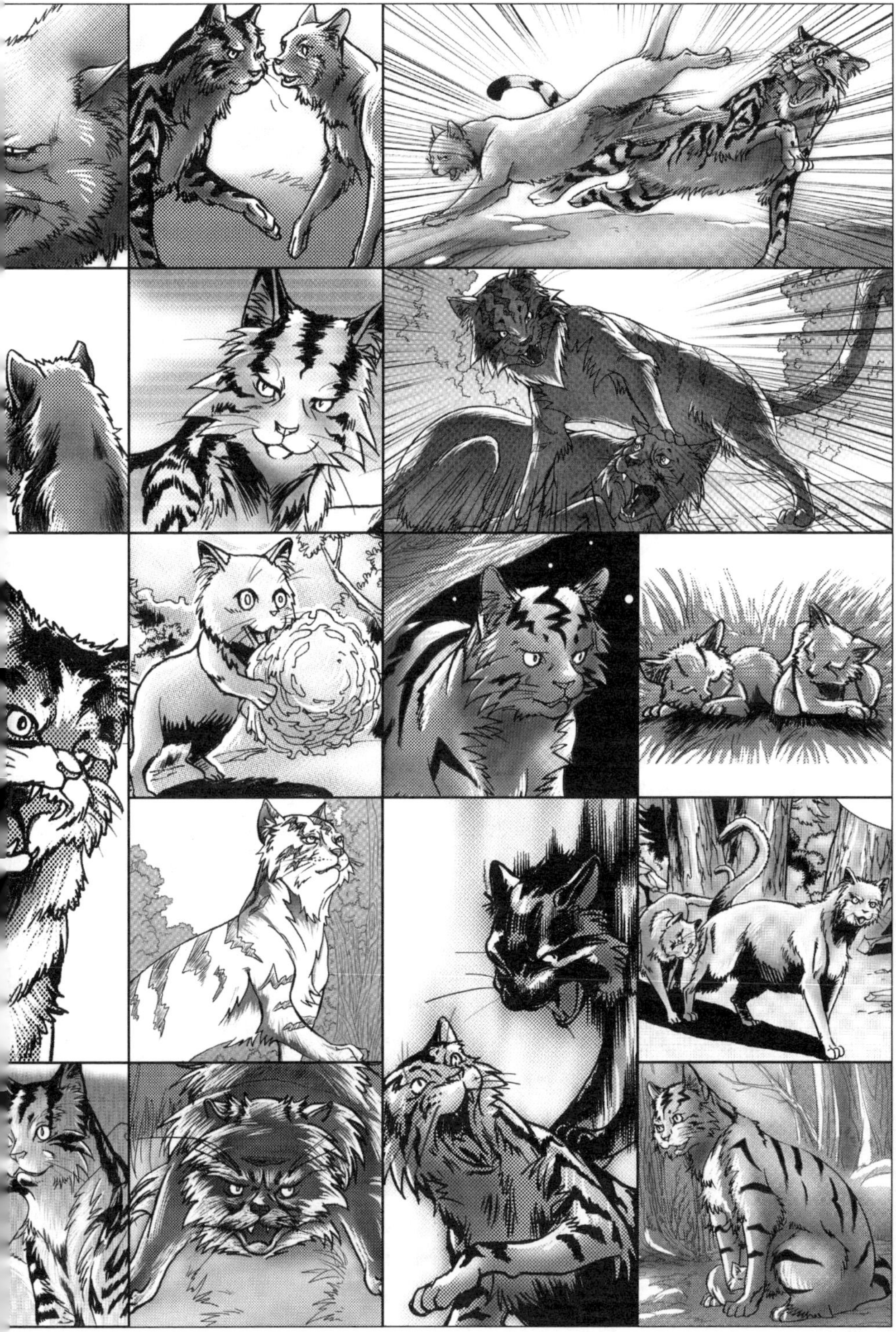

猫族成员

雷 族

族长
火星——姜黄色公猫,身上的毛是火焰色的,绿色眼睛

副族长
灰条——灰色长毛公猫,琥珀色眼睛

巫医
叶池——小个头的浅褐色虎斑母猫,白色脚掌,琥珀色眼睛

武士(公猫和不在育婴期的母猫)
尘毛——暗棕色虎斑公猫
沙风——姜黄色母猫,浅绿色眼睛
云尾——白色长毛公猫,蓝色眼睛
蕨毛——金棕色虎斑公猫
    (所指导的学徒是白爪)
刺掌——金棕色虎斑公猫
亮心——白色带姜黄色斑块的母猫
黑莓掌——暗棕色虎斑公猫,琥珀色眼睛
蜡毛——淡灰色带深色斑点的公猫,深蓝色眼睛
    (所指导的学徒是桦爪)
雨须——深灰色公猫,蓝色眼睛
松鼠飞——暗姜黄色母猫,绿色眼睛
蛛足——黑色公猫,琥珀色眼睛

学徒（六个月以上的猫，正在接受武士训练）

白爪——白色母猫，绿色眼睛

桦爪——浅棕色虎斑公猫，琥珀色眼睛

猫后（正在怀孕或照顾幼崽的母猫）

香薇云——淡灰色母猫，身上有深色的斑点，绿色眼睛

栗尾——玳瑁色母猫，琥珀色眼睛

长老（从武士岗位上退休的老年猫）

金花——淡姜黄色母猫

鼠毛——小个头深棕色母猫

长尾——淡色黑纹虎斑公猫，因视力减退提前退休的武士

影　族

族长

黑星——个头很大的白色公猫，脚爪巨大黑亮

副族长

黄毛——暗姜黄色母猫，曾为泼皮猫

巫医

小云——个头非常小的虎斑公猫

武士

橡毛——小个头棕色公猫

　　（所指导的学徒是烟爪）

杉心——深灰色公猫

褐皮——玳瑁色母猫,绿色眼睛,是雷族黑莓掌的妹妹

花楸掌——姜黄色公猫

（所指导的学徒是鹰钩爪）

猫后

高罂——淡褐色的虎斑母猫,四肢修长

长老

石头——灰色公猫,蓝色眼睛

风　族

族长

一星——棕色虎斑公猫

副族长

灰脚——灰色母猫

巫医

青面——棕色公猫,尾巴很短

武士

网脚——暗灰色虎斑公猫

裂耳——虎斑公猫

鸦羽——深烟灰色公猫，蓝色眼睛
枭须——浅棕色虎斑公猫
鼬毛——姜黄色公猫，白色脚爪
夜云——黑色母猫，琥珀色眼睛

猫后
白尾——小个头白色母猫

长老
晨花——玳瑁色母猫

河　族

族长
豹星——身上长有别致斑点的金黄色虎斑母猫

副族长
雾脚——灰色母猫，蓝色眼睛

巫医
蛾翅——金色虎斑母猫，琥珀色眼睛
　　（所指导的学徒是柳爪。柳爪是一只灰色母猫，绿色眼睛）

武士
黑掌——烟黑色虎斑公猫
　　（所指导的学徒是榉爪）

鹰霜——深棕色虎斑公猫,肩膀很宽,冰蓝色眼睛。是蛾翅的哥哥
燕尾——暗棕色母猫,绿色眼睛
田鼠齿——小个头棕色虎斑公猫
芦苇须——黑色公猫
（所指导的学徒是涟爪）

猫后
曙花——淡灰色母猫
藓毛——玳瑁色母猫

长老
巨步——强壮的虎斑公猫

急水部落

溪儿——皮毛光滑、柔软厚实的棕色虎斑母猫,灰色眼睛
暴毛——深灰色公猫,琥珀色眼睛

族群以外的猫

小灰——灰白花色的强壮公猫,生活在马场附近的谷仓里
黛西——乳白色长毛母猫,蓝色眼睛,和小灰生活在一起
小莓——乳白色幼崽,黛西的孩子,是只公猫
小鼠——灰色幼崽,黛西的孩子,是只公猫
小榛——灰色幼崽,黛西最小的孩子,是只母猫

引 子

夜色低沉，笼罩着整座森林。没有一丝风，长草丛静静的，只有一只体形硕大的虎斑猫在其间阔步穿行着。突然，他停了下来，竖起耳朵，眯起琥珀色的眼睛。头顶之上的苍穹，没有月亮，也没有星星，只有长着厚厚菌类的树干，在他脚下光秃秃的地面上投下神秘阴森的光圈。

体形硕大的公猫张开嘴巴，嗅着空气，不过他并没期待能嗅出猎物的气息。他知道，蕨丛摇动并不意味着就有猎物，他也明白，眼角闪过的小块黑影，会在他扑上去的时候如薄雾般消失。在这个地方，不会感到饥饿，不过他非常渴望把爪子刺入猎物的体内，并在猎物温热的身体上咬下第一口时的那种满足感。

一股新鲜的气息飘了过来，他后颈和肩膀上的毛顿时直立了起来：是猫的气息，而且不是他以前在这里见过的那两只猫。这是另外一只——一只他很久以前就认识的猫。他循着那个气息往前走，树木渐渐变得稀疏起来，最后，他来到了笼罩在苍白光线中的空地边缘。那只猫跳着跑过空地，飞奔而来，耳朵平贴着，狂野的眼睛里充满了恐惧。

猫武士

"虎星!"那只猫倒吸了一口气,猛地停了下来,身子紧缩在地面上,"你是从哪里来的?我还以为这里只有我一个。"

"站起来,黑条。"虎斑猫咆哮着,声音里有掩饰不住的厌恶,"不要像只被吓坏的幼崽那样,畏畏缩缩的。"

黑条站起身,飞快地舔了几下身体。他的毛皮曾经如肥美的鱼一样顺滑,现在却稀薄杂乱,夹杂着毛刺。"我不认识这个地方,"他说,"我们这是在哪里?星族在哪里?"

"星族是不在这里走动的。"

黑条的眼睛立刻睁得圆圆的。"为什么不在这里?还有,这里为什么总是黑魆魆的?月亮跑到哪里去了?"说着,他身子一抖,"我还以为,我们会和武士祖灵们在天空狩猎,守望着我们的族猫们。"

虎星低声嘶吼道:"我们是走不上那条路的。但是我不需要星族为我指路。如果星族觉得可以忘掉我们,那它们就大错特错了。"

他转过身,挤进香薇丛,根本没停下来查看黑条跟没跟上。

"等一等,"黑条气喘吁吁地追了上去,"告诉我,你这些话到底是什么意思?"

这只体形硕大的虎斑猫回头看了黑条一眼,琥珀色的眼睛里反射出淡淡的光:"火星以为,长鞭夺去我九条命的时候,他赢了。他真是够愚蠢的,我们之间的恩怨还没了结呢。"

"可是,现在你能把火星怎么样?"黑条质疑道,"你根本

日落和平

无法离开这座森林。我知道的——因为我已经尝试过了。无论我走多远,树林永远都没有尽头,无论我走到哪里,都没有光亮。"

虎星没有立刻回答,继续在矮树丛中穿行着,黑条则紧紧地跟在后面。蕨丛中一出现沙沙的响动或者路上每次闪过的阴影,都让黑条惊恐不已。突然,黑条停了下来,眼睛紧紧盯着前方,张开嘴巴嗅着空气。

"我闻到断星的气息了!"黑条大声说道,"他也在这里吗?断星,你在哪里?"

虎星停下来,回头说道:"省省气力吧。断星不会搭理你的。在这里,你能嗅到很多猫的气味,但却很少能碰上他们。或许我们被困在了同一个地方,但我们都是被各自困住的。"

"那你想怎么对付火星呢?"黑条问道,"他压根就不在这座树林里活动。"

"我不会去对付他。"虎星的咆哮声很轻,却充满了威胁,"我的儿子们会对付他的。鹰霜和黑莓掌会让火星知道,我们之间的战斗还远没有分出胜负。"

黑条看着这位前任族长的脸,然后再次转开了头:"可是,你怎么让鹰霜和黑莓掌去做你想做的事情呢?"

虎星尾巴一甩,示意黑条闭嘴。虎星的爪子不断伸缩着,抓挠着爪下的地面。"我已经学会如何走进他们的梦中,"他低声怒吼道,"而且我有的是时间——全世界所有的时间。等他们把那只肮脏的宠物猫打败后,我会让他们分别当上族长。我要让他

们知道,什么才是真正的权力。"

黑条后退着缩进蕨丛中,说道:"你可是他们再好不过的老师了。"

"他们将学到森林里最厉害的格斗技巧。"虎星接着说,好像另一只猫什么都没有说似的,"他们会学会对反抗者毫不留情。终有一天,他们会平分大湖周围的领地。"

"可是这里有四个族群……"

"很快就只剩两个了。两个由纯种武士组成的族群,而不是被宠物猫和混血猫拖垮的族群。火星已经接纳了那只来自马场的无用毛球和她叫个不停的幼崽。这能是领导族群的方式?"

黑条低下头,平展着耳朵表示同意。

"鹰霜英勇无比。"虎星的吼声中充满赞赏,"他把一只獾驱赶出了河族,就证明了这一点。而且在帮助自己的妹妹当上巫医的过程中,他表现出了非凡的智慧。妹妹的支持,会让鹰霜顺利当上族长。对此,他心知肚明。他知道权力只会降临到那些最想得到它的猫身上。"

"是的,他不愧是你的儿子。"这话从黑条嘴里吐出来,如同雨点从翻动的树叶上滚落。但就算虎星听出了黑条对自己和鹰霜的恭维,他也没有理会。

"至于黑莓掌……"虎星眯起了眼睛,"他同样勇气可嘉,可是他对愚蠢的火星的忠诚扰乱了他的心。他必须学会不允许任何东西——包括族长、武士守则以及星族——阻挡他前进的道路。

日落和平

他凭借长途跋涉到太阳沉没之地,并带领四个族群找到新的家园,赢得了所有猫的尊重。光是这份声誉,已足以让他顺利掌控大权。"说着虎星直起身来,强有力的肩膀上肌肉滚动着,"我会告诉他该怎么做的。"

"我可以帮你。"黑条自告奋勇。

虎星转过身,一脸轻蔑地看着他说:"我不需要帮助。我说过,在这座黑暗的森林里,每只猫都是独来独往的,难道你没听见吗?"

黑条身体不禁颤抖起来:"可是这里这么空旷、安静……虎星,让我和你一起走吧。"

"不。"虎星的声音中透出一丝遗憾,但却没有丝毫的犹豫,"别想跟着我。在这里,任何猫都没有朋友,也没有盟友。所有的猫都必须在阴暗的路上独自行走。"

黑条坐起身,尾巴缠绕在前爪上说:"那你现在要去哪里?"

"去见我的儿子。"说着,虎星沿着那条路飞奔而去,皮毛在淡淡的黄色光亮中泛着光。蜷伏在蕨丛阴影中的黑条被甩在了身后。

在即将消失在树林之前,虎星回头看了一眼,做出了最后的承诺:"火星将会知道,我的时代还没有结束。他或许还有七条命,但是我会通过我的儿子们接近他,直到夺走他的最后一条命。这场战斗他绝对赢不了。"

第一章

黑莓掌站在空地中央,凝视着被毁坏的雷族营地。一弯如猫爪般纤细的月亮挂在环绕山谷的树林上空。淡淡的月光映照着被践踏得不成样子的巢穴,以及营地入口处被毁掉扔到一边的荆棘屏障。雷族受伤的猫正慢慢从阴影处挪出来:他们的皮毛直竖,眼睛惊恐地大睁着。黑莓掌依然能听见正离去的獾们沉重的爪子落地的声音。营地入口处的外面,獾们刚刚经过的灌木丛依然在抖动着,要不是及时赶来的一星和风族武士的帮助,雷族根本就赶不走它们。

但让黑莓掌感到皮毛刺痛、四肢无法动弹的,却不是这惨遭蹂躏的场景,而是两只他从来没想到会再次遇到的猫。他们正小心翼翼地穿过入口处散落的荆棘。他们毫发无损,皮毛光滑,眼中却满是恐惧。

"暴毛,你怎么来了?"黑莓掌不禁叫了起来。

这只强壮的深灰色公猫走上前来,用鼻子碰了碰黑莓掌。"能再见到你真好。"他说道,"我……我本来是想看看你们是不是已经找到了新的家园。可这到底是怎么回事?"

日落和平

"是獾。"黑莓掌简短地答道。他扫了一眼四周,不知该怎样帮助伤痕累累又饱受惊吓的族猫们。

暴毛身边跟着一只身材修长的棕色虎斑母猫,她用尾巴抚过黑莓掌肩上那道长长的伤口说:"你受伤了。"

黑莓掌耳朵抖动了一下。"没事。溪儿,欢迎来到雷族。你们走了这么远的路来看我们,看到的却是现在这幅场景,真是抱歉。"他顿了顿,看看溪儿,又看看暴毛,"急水部落一切都好吧?我真没想到你们会这么快过来看我们。"

暴毛用黑莓掌几乎看不到的速度飞快地扫了溪儿一眼。"我们一切都好。"暴毛说道,"我们只是想确定一下,你们是否如星族所承诺的那样,已经找到了新的家园。"

黑莓掌看着被毁掉的营地,受伤的猫正一瘸一拐地在营地的废墟中穿行着。"是的,我们找到了。"他低声说。

"你刚才说,獾袭击了你们?"溪儿追问道,一脸困惑的样子。

"它们是蓄意的。"黑莓掌解释道,"星族知道它们从哪里来的,我从没见过那么多的獾。要不是风族,它们也许已经把我们全杀死了。"他的爪子颤抖着,他把爪子深深地插进被血浸染的泥土里,身子才没有倒下。

暴毛点点头说:"你不用现在就把所有事情告诉我们。我们能帮上什么忙?"

黑莓掌心中默默感谢星族,感谢它们在这个时候把老朋友送了回来。第一次去太阳沉没之地的时候,他和暴毛曾一起经历过

很多艰险，眼下他真的想不起来，还有谁能帮忙。

山谷边缘被踩倒的蕨丛中传来微弱的哀号声，黑莓掌不由得扭过头去。"我们需要找到所有伤势严重的猫。他们有的已经踏上去星族的旅途了。"他扫了一眼溪儿，提醒道，"獾来到这里，目的就是要杀了我们，而不是把我们赶出去。"

溪儿坚定地迎着他的目光。"无论它们是来干什么的，我都会帮忙。以前的尖牙兽也让我看到过这种惨象，你记得吗？"尖牙兽是一只体形巨大的山猫，曾给急水部落造成了长达数月的恐慌，直到森林的族群猫到达那里。暴毛的妹妹羽尾抓着洞顶一块松动的石头，跌落地面，石头砸死了那只残忍的畜生，羽尾也献出了自己的生命。

"我们会尽我们所能的。"暴毛承诺道，"你只需要告诉我们做什么。你现在是雷族的副族长了吗？"

黑莓掌看着自己前爪下的一片苔藓。"不是。"他说道，"火星决定不再任命副族长。他想等灰条回来。"

"可真是够难为你了。"暴毛的声音里透着同情。黑莓掌不由得眉头微微一皱，他不需要任何猫的同情。

突然，溪儿僵住了，嘶声说道："你不是说獾都已经走了吗？"

黑莓掌转过身，看到一个黑白条纹、尖脸的熟悉身影正从一片干枯的蕨丛中挤出来。他不由得松了口气。

暴毛用尾巴轻轻碰了一下溪儿的肩膀。"这是午夜，"他说道，"它不会伤害任何猫。"说完，他就跳过去迎接这只老獾。

日落和平
RILUOHEPING

午夜眼睛瞪得大大的，仔细地打量着暴毛，然后轻轻点点头。"是那次旅程中的猫朋友，"它声音低沉地说道，"再次见到你很高兴。这只猫是来自山里的部落，对吧？"说罢，它用鼻子指了指溪儿。

"是的，"暴毛回道，"她是溪儿，是急水部落的狩猎者。"他用尾巴示意溪儿走上前，溪儿有些不情愿地走了过来，似乎还不大相信这只獾是朋友。黑莓掌理解她的感受。尽管自己了解午夜，就像了解其他猫一样，但即便这样，看到它那庞大的身躯，自己还是情不自禁想起对方锋利的牙齿，凶恶的闪闪发光的眼睛，以及撕扯猫的毛皮如同撕扯新叶季树叶的爪子。

听到重重的爪子落地声响起，黑莓掌抬起头，发现午夜已经站到自己身边，它那亮闪闪的眼睛里满是痛苦与愤怒。"我的警告来得太晚了。"它粗声粗气地说，"我做得还不够。"

"是你让风族过来帮助我们的。"黑莓掌提醒道，"如果没有你，整个雷族都已经不复存在了。"

午夜低下头，它脸上那道白色条纹在微弱的月光中泛着光："我为自己的族獾感到羞耻。"

"所有的猫都知道，这次袭击与你毫无关系。"黑莓掌告诉它，"雷族永远欢迎你。"

午夜看起来依然十分不安。黑莓掌发现，族长正在午夜身后的空地中央，和族长在一起的，还有一星以及风族的武士们。黑莓掌朝他们走了过去，同时用尾巴示意暴毛和溪儿跟上。在一只

狐狸身长的地方,一片荆棘被踩翻了,叶池正在下面照料蜷缩成一团的蜡毛。黑莓掌开始还以为这位淡灰色武士已经死了,但很快就发现他的尾巴还在抽动。星族不会一夜之间带走我们所有的武士。他坚定地想。

因为刚才的战斗,火星的胸脯依然在剧烈地起伏着。他火焰般的皮毛上被撕开了一条长长的口子,鲜血正不断地渗出来。黑莓掌不由得一阵担忧:族长是不是又失去了一条命?无论是不是这样,他的伤势都很严重。只要我还有一口气在,我就一定要帮助他。黑莓掌暗暗发誓,只要我们团结一致,就可以带领族猫渡过难关,使雷族变得比以前更强大。

尽管受了伤,火星的眼睛依然明亮有神。他面对着风族族长一星的时候,身体坐得挺直。"所有雷族猫都向你们表示谢意。"他说道。

"我想獾不会再来找你们的麻烦了,"一星回应道,"但是如果你愿意,我可以留下几位武士进行巡逻。"

"不用了,谢谢,我认为我们不需要。"火星眼神中的温情显露出这两只猫之间长久以来的友谊。黑莓掌默默地感谢星族,自从一星当上风族族长以后,每只猫都能感到的两族间的紧张关系似乎终于结束了。"你们离开之前,需不需要我们的巫医给看看?"雷族族长补充道,"如果你们之中有武士受了重伤,我很欢迎他们留下来。"

黑莓掌瞥了一眼叶池,看到她依然蜷伏在蜡毛身边。听到火

日落和平

星的话,叶池抬起了头,视线越过空地默默地看着风族武士。当她的眼神定定地落在其中一位武士身上时,黑莓掌不由得心中涌起一股同情。就在两天前,鸦羽和叶池为了在一起,放弃了族群,但听到獾群来袭的消息后,他们又回到了族群。黑莓掌希望叶池不会再次离开,很多族猫在獾的袭击中受了伤,雷族比任何时候都更需要她。

鸦羽低头看着爪垫,似乎在有意躲避叶池的目光。他的腹侧被抓伤了,皮毛也被扯掉了不少,伤口很宽,不过已经不流血了。他用四肢勉强支撑着自己的身体。网脚的一只耳朵被撕裂了,风族的副族长灰脚的肩膀仍在流血。不过没有哪只猫的伤口严重到不能返回风族,而必须留下来。

"感谢星族,我觉得我们都还走得动。"一星回应道,"如果你真的不再需要我们帮忙,我们现在就回风族。"

鸦羽抬起头,绝望地看了叶池一眼。叶池站起身,离开了蜡毛,朝这位风族武士走过来。他们站在离其他猫有一点距离的地方,头靠得很近。站在阴影中的黑莓掌,不想弄出响动打扰到他们,所以,没法子不听到他们的对话。

"再见了,鸦羽!"叶池喃喃着,声音有些哽咽,充满了痛苦,"我们……我们最好还是不要再见面了。"

鸦羽的眼睛睁大了一下。有一个心跳的时间,黑莓掌觉得鸦羽会出言反对,但鸦羽只是摇摇头说:"你说得对。我们不可能在一起。我对你从来就不是那么重要。"

叶池的爪子插进了地面:"你对我的重要性,远比你想象的多得多。"

鸦羽黑色的尾巴尖摆动着:"你是一位巫医。我现在懂得这意味着什么了。叶池,愿星族保佑你。我永远都不会忘记你。"

鸦羽与叶池轻轻地碰了碰鼻子,这个接触短得不超过一个心跳的时间。然后,鸦羽转身回到族猫身边。叶池目送着鸦羽离去的身影,眼睛里充满了深深的痛苦。

网脚不满地看了鸦羽一眼,鼬毛则毫不掩饰地背转身去。不过一星什么都没有说,只是把武士们召集起来,尾巴一甩,领着大家离开了雷族营地。

"再次向你们表示感谢!"火星在他们身后喊道,"愿星族照亮你们回家的路。"

叶池静静地站在那里,直到鸦羽那深烟灰色的身影消失在树林的阴影中。然后,她走过空地,朝炭毛的巢穴走去。走到半路的时候,她轻甩尾巴,示意一直给炭毛帮忙的亮心过来。

"你确定让我帮你?"亮心迟疑地问道。

"我当然确定。"因为疲劳和悲伤,叶池的声音有些沙哑,"所有的族猫都受了伤。如果你能来帮忙,我会很高兴的。"

亮心仅有的那只眼睛闪着亮光,浑身的疲惫顿时消失得无影无踪,跟着叶池朝巫医巢穴走去。

"那是暴毛和溪儿吗?"

一个沙哑的声音在耳边响起,吓了黑莓掌一跳。原来是松鼠

日落和平

飞。她那暗姜黄色的皮毛上结满了血块,一只耳朵尖被撕裂了。

"你难道认不出来了吗?"黑莓掌突然意识到自己的语气有些生硬,但话已经说出口了。"对不起……"他连忙开口说道。

松鼠飞上前一步蹭着黑莓掌的身子,用尾巴尖碰了一下他的嘴巴,不让他说下去。"愚蠢的毛球!"她低声说道。

她绿色的眼睛里满是爱意,黑莓掌的心里不由得一颤,怀疑是不是自己看花了眼。黑莓掌的目光越过松鼠飞,看见蜡毛正眯着双眼朝这边看。

松鼠飞没有注意到蜡毛。她一瘸一拐地从黑莓掌的身边走过去,与暴毛和溪儿碰着鼻子。"感谢星族,你们来了。"她的话道出了黑莓掌的心声,"眼下我们需要所有朋友的帮忙。"

治疗伤口,重建巢穴,给族猫狩猎……一想到有那么多事情要做,黑莓掌突然觉得自己累得都快要站不住了。"我们去向火星汇报一下,然后就开始工作。"

他们走到族长跟前的时候,刺掌也摇摇晃晃走了过来。他眼睛上方有一道很深的口子,鲜血直流。"暴毛?"刺掌低声叫了一句,难以置信地晃了晃脑袋,"不,不可能的。"说完,这只金棕色皮毛武士重重地瘫在地上,直喘粗气。

松鼠飞的尾巴搭在刺掌的肩膀上,示意他伤口处理好后再活动。黑莓掌领着暴毛和溪儿去找火星。

族长惊讶得睁大了眼睛:"暴毛……还有溪儿!你们怎么来了?"

"等以后有时间了我再详细解释。"暴毛说道,"火星,赶快给我们安排工作吧。"

火星在空地上看了一圈,似乎想弄清楚该从哪里下手。"我们应该把武士巢穴清理出来,好让伤得最重的猫有地方睡觉……但是,我们也需要把入口处的屏障重新搭建好。"

整个营地都被毁了,但是雷族几乎没有猫有力气开始重建工作。蜡毛正瘫倒在地上,鲜血从他的腹侧和前腿往出流,叶池正往他的伤口上敷蛛丝。云尾一瘸一拐地走到叶池跟前,他的一条前爪不敢着地,鲜血正从爪子被撕裂的地方往出流。"你好,暴毛。"他经过两只猫的身边时打了个招呼。似乎今夜经历的事情太过不同寻常,就连看见久未谋面的老朋友也丝毫不感到惊讶。"叶池,我能用一片蛛丝吗?"他对叶池说道。

沙风紧跟在云尾的身后,因为疲惫,她的头低垂着,尾巴拖在地上。看见叶池时,她一下子愣住了,然后猛地转身看着火星,浅绿色的眼睛里满是疑问。

"叶池回来了?"她问道,"这是怎么回事?"

火星摇摇头,示意沙风不要说话。"我们等会儿再和她谈谈,"火星说道,"现在,她已经回来了,这才是最重要的。"

"火星!"空地对面突然传来一声大喊,"火星,那些吃鸦食的家伙走了吗?"

黑莓掌转过身,看见了鼠毛、金花和长尾三位长老。他们正在黑暗中小心翼翼地爬下通向火星巢穴的落石堆。在山谷下面战

日落和平

事正酣时,他们一直躲在上面。喊叫的是鼠毛,她的一侧肩膀少了一片皮毛,长尾的尾巴也在流血,金花的身体一侧有一道深深的抓伤。金花把尾巴搭在长尾的肩膀上,领着他往下走。

"你们还好吗?"黑莓掌问着,向他们走过去。

"很好。"鼠毛愤愤地低吼道,"一只獾试图爬到高石台上去。不过我们的动作比它快,把它蹬了下去。"

"要是它们再回来怎么办?"金花听起来仍有些担心。

"它们最好别再回来。"长尾活动着爪子,黑莓掌看见他的爪子间有一缕深色的獾毛,"跟獾打斗,我根本就不需要用眼睛,单凭那难闻的臭气,我就能找到它们。"

"你们最好让叶池看看伤口。"火星说道。

"叶池?"鼠毛猛地转身盯着巫医,语气很不友善,"她回来了,对吗?是永远不走了呢,还是那位风族武士一召唤,就再次离开?"

黑莓掌强忍住没让自己反驳。他知道鼠毛之所以说话这么刻薄,是因为她吓坏了,而且还负了伤。

"还有这位是……"鼠毛走到暴毛前,眯起眼睛仔细打量着他,"暴毛?他在这里做什么?"

"只是来看看。"暴毛说道。这位深棕色长老怀疑的语气让暴毛很不舒服。

鼠毛哼了一声,似乎并不完全相信暴毛的善意:"你离开我们之前是河族武士。为什么你会在这里,而不去河族那里呢?"

猫 武 士

"鼠毛，别这么不知好歹！"松鼠飞生气地说道，"我们需要所有愿意帮忙的猫。再说了，暴毛也算是半只雷族猫，难道你忘了吗？"暴毛的父亲就是众猫离开旧森林前，被两脚兽抓走的雷族副族长灰条。

鼠毛愤怒地对着松鼠飞，但还没等她说话，就被香薇云的叫声打断了。"尘毛，你在哪里？"香薇云正飞快地跑过散落在山谷入口处的荆棘枝条。

她一进入口就站住了，扫视着黑魆魆的营地，并呼喊着伴侣的名字。黑莓掌赶紧朝她跳了过去。

"黑莓掌，你看到尘毛了吗？"她问道。

"没，还没见到。"黑莓掌实话实说，"我帮你去找。"

"我真应该和他待在一起的！"香薇云哀号道，"我不应该离开营地！"

"可是黛西需要你，"黑莓掌提醒她，"没有族群猫的照看，她不知道该怎么办，而且待在营地外面也更安全些。别忘了，黛西来这里的时间不长，还不太会保护自己和幼崽。"

香薇云神情恍惚地摇摇头。"尘毛可千万不能死。"她说道。

"我们会找到他的。"黑莓掌保证道，暗自希望星族今晚没有选中这位武士加入它们。他开始在入口屏障处散落的荆棘条间来回找寻着，然后，逐渐向营地中央找去。当他嗅到尘毛的气息，差点被躺在岩壁阴影处的一只虎斑猫绊倒时，呼吸一下子就屏住了。尘毛的眼睛紧紧闭着，不过当黑莓掌盯着他看的时候，尘毛的耳朵动一下，打了一个喷嚏。

"香薇云，赶紧过来！"黑莓掌喊道。

"尘毛！尘毛！"

听到伴侣的声音，尘毛睁开了眼睛，挣扎着站了起来。香薇云跳到他的跟前，身体紧贴着他的身体，不断舔着他的伤口。尘毛发出断断续续的咕噜声。

黑莓掌知道，只要尘毛能站起来，他就能撑到炭毛或叶池给他治疗。于是，黑莓掌转身往空地走去，想快点修复被毁掉的营地。这时，他看见桦爪走进了山谷。小学徒屁股上的皮毛几乎全没了，一只眼睛紧紧闭着。他用那只没受伤的眼睛紧张地来回看着，似乎还以为会在营地里看到獾肆虐的场景。

跟在桦爪身后的是来自马场的黛西，她正小心翼翼地穿行在荆棘中，身后跟着跌跌撞撞的三只幼崽。他们都睁大了双眼，看着被毁掉的巢穴和浑身是伤、疲惫不堪的众猫。小莓看见了阴影中的午夜，不由得龇牙咆哮起来。他向前迈了一步，四肢僵硬，身上的毛竖着。

黛西吱吱地警告了一声，冲到他的身边呵斥道："小莓，你在干什么？趁着獾没有伤到你，赶紧走开。"

"不要怕，小东西。"午夜声音低沉地说道。

黛西盯着午夜，尾巴圈住小莓，把他往其他猫跟前拽。黑莓掌这才想起来，黛西并不认识午夜。

"没事的！"黑莓掌喊道。

叶池比黑莓掌更先一步赶到这只来自马场的猫跟前。"不用怕，黛西！"她说道，"午夜是我们的朋友。我和鸦羽在山上遇到了它，它提醒我们，它的族獾要进攻雷族，还带着风族武士来帮助我们。"

"可它毕竟是只獾啊！"黛西惊呼道。

黑莓掌走上前去，帮叶池解释道："我们在前往太阳沉没之地的旅途中见过午夜。它不会伤害我们的。"

"没什么可害怕的，"小莓安慰着母亲，"我会保护你的。"

"我敢打赌你肯定会的。"云尾一瘸一拐地走上前来，尾巴尖轻轻地弹了一下小莓的耳朵，"成年猫面对獾时都需要足够的勇气，更不用说幼崽了。你将来一定会成为伟大的武士。"

小莓自豪地竖起尾巴。"我们比赛，看谁先跑到育婴室！"他对自己的同窝猫喊道。

"个——等等！"云尾在三只幼崽身后喊道，"你们还不能进去。"

"为什么不能？"黛西不解地问道，"我的孩子们需要休息。"

"炭毛的尸体还在里面，"叶池平静地说道，"一只獾在她帮栗尾接生的时候闯了进去。"她声音开始颤抖，哽咽着继续说道，"我想尽办法救她，可是她已经踏上去星族的旅途了。"

黑莓掌难以置信地看着她。

炭毛死了？

第二章

黑莓掌感觉自己身体里的每一滴血都凝成了冰。任何武士去了星族，都已经是非常糟糕的事情了，而失去族群的巫医则更为可怕。他突然明白，为什么叶池要让亮心帮她救治受伤的武士了。

鼠毛发出一声震惊的大吼："她还是一只很年轻的猫呀！她还有很长的路要走啊！"

松鼠飞走上前，用鼻子蹭着叶池的肩膀。"我们不会忘记她。"她轻声说道。

黑莓掌点点头，他已经震惊得说不出话来。叶池低着头站了一会儿，然后推起刺掌。"去我的巢穴。"她的声音很轻，似乎正在极力克制着悲伤，"那里有更多的蛛丝。"说完，她就离开了，只回头看了一眼刺掌是否跟了上来。

黑莓掌注意到山谷边缘的阴影中有什么东西在动，转头看见蛛足和白爪正慢慢走出来。蛛足用尾巴示意黑莓掌过去，于是他撑着有些僵硬的腿走了过去。

"怎么了？"黑莓掌问道。

"你过来看看。"蛛足在前头带路朝山谷的崖壁走去，很快，

他们来到黛西和她的幼崽们逃出去的小路跟前。阴影中，摊着一堆浅灰色的皮毛。

"是烟毛，"白爪轻声说道，"我觉得他已经死了。"

黑莓掌的肚子翻腾起来。他知道白爪说得没错，但还是用鼻子拱了拱年轻武士的身体，心里仍奢望他能醒过来。但烟毛却没有动弹，一双呆滞的眼睛毫无生气。

"愿星族照亮他的路。"黑莓掌轻声说道。烟毛的妹妹栗尾刚刚生完幼崽，她该如何承受失去兄长的痛苦啊！

两只年轻些的猫都盯着黑莓掌，似乎在等他发话。黑莓掌费了很大的劲，才强迫自己的脑子转动起来。

"把他抬到营地中央，然后我们给他守夜。"他说道，"我去找雨须。"雨须是烟毛的弟弟，他必须知道这件事，也许他能帮妹妹栗尾减轻痛苦。

等蛛足和白爪抬走了烟毛的尸体，黑莓掌便开始四处寻找雨须。自从战斗结束后，他好像还没见过雨须。焦急如利爪一般抓挠着他的心——雨须不会也死掉了吧？

就在这时，黑莓掌看见一位深灰色皮毛的武士半掩在曾遮蔽武士巢穴的荆棘中——现在那里已经被踩踏得一塌糊涂。那位武士一动不动地躺着，不过等黑莓掌从他的身上抽走一根枝条后，他强撑着抬起了头。

"那些獾——已经走了吗？"他声音沙哑地问道。

"战斗已经结束了。"黑莓掌告诉他，"不过有个不好的消息。

日落和平

你能站起来吗？"

雨须咕哝一声，用爪子撑着地，在长满刺的小树枝里乱扒拉一阵，终于站起了身。他摇摇晃晃用三条腿站着，第四条腿则悬在空中。黑莓掌担心那条腿已经断掉了。他用肩膀撑着雨须，领着他朝安放烟毛的营地中央走去。火星、松鼠飞以及其他几只猫都低着头，围在烟毛身边。

看见哥哥的尸体，雨须惊愕地大叫一声，一瘸一拐地冲了过去，低头用鼻子抵着哥哥浅灰色的身体。他一动不动地待了好几个心跳的时间，然后才抬起头，眼睛里满是悲伤。

"我应该告诉栗尾这个消息。"他说道。

火星尾巴一摆，阻止了他："你需要先检查一下你的腿。就让其他的猫……"

"不！"雨须坚决地打断了火星，"还是让我去吧。烟毛是我们的哥哥，栗尾肯定希望由我告诉她这件事。"

火星犹豫了一下，然后点点头说："好吧，但是你要尽快去找炭毛。"

"火星，你指的是叶池吧？"沙风轻声纠正他。

火星眨了眨眼睛，震惊与疲倦让他的脑子迟钝起来。"对不起，"他轻声说道，"我还是无法相信炭毛已经死了。"

黑莓掌同情地看着他。族长与炭毛的关系非常亲近，炭毛的死肯定让他备受打击。

他需要我的帮助。黑莓掌暗暗鼓励自己。他用尾巴碰了一下

松鼠飞的肩膀，轻声说："我们走吧，去把炭毛的尸体抬到空地上。"

"好的。"松鼠飞说道，"雨须，你如果想和栗尾说这件事，就跟我们来吧。"

三只猫朝育婴室走去。长在山谷崖壁附近的灌木丛遭受的破坏最轻。松鼠飞、蜡毛和蕨毛在与獾的战斗中一直坚守在这里，保护着入口，直到栗尾肚中的孩子生了下来。灌木丛只有部分被踩倒了，那只杀死炭毛的獾甩开了蕨毛，就是从这里闯进育婴室的。

黛西和她的孩子们正站在入口外面。云尾、香薇云和桦爪也在这里。桦爪四肢舒展着，躺在母亲身边的地上。黑莓掌乍看过去，还以为这位学徒因为伤势过重而死，后来才发现他的胸脯正急速地起伏着。香薇云蜷伏在他的身边，轻轻地舔着他的肩膀。

叶池和亮心此时也走了过来。叶池的嘴里衔着一束草药，看见黑莓掌时，把草药放了下来。

"感谢星族，炭毛的巢穴太小，獾根本进不去。"叶池说道，"所以那些草药和浆果都完好无损。"她声音颤抖地又加了一句，"我们把她抬出去，让族群为她守夜，好吗？"

"我们就是来抬她的。"黑莓掌对她说道。

叶池感激地眨了下眼睛。"谢谢你。亮心，"她接着说道，"请给桦爪取些金盏花叶子，然后告诉所有能走路的猫去我的巢穴，在我的巢穴里治疗会更容易些。要是有谁不能走路，就告诉

日落和平

我一声,我必须先去看看他们。"

亮心飞快地点了一下头,就离开了。

叶池率先走进育婴室,后面紧跟着黑莓掌、松鼠飞和雨须。荆棘丛几乎遮挡住了所有的月光,巢穴内黑得就像个山洞。黑莓掌不小心踩到一根带刺的枝条上,不由得疼得咧了一下嘴。他勉强可以看到炭毛正伏在一堆松软的苔藓中,尾巴盘在鼻子上,看起来就像是睡着了一样。

黑莓掌走了过去。"炭毛?"有一个心跳的时间,他以为炭毛会抬起头回应他,但当他用鼻子碰到炭毛皮毛的时候,却发现她的身体已经变得冰凉。

栗尾躺在死去的巫医对面育婴室的最里头。她的身体蜷缩着,背对着炭毛,护着自己的孩子。她的伴侣蕨毛蜷伏在她的身边,皮毛竖立着,看见有猫进来,龇着牙咆哮了一声。

"没事了,蕨毛!"黑莓掌安慰道,"是我们,你不用害怕!"

蕨毛这才放松下来,不过看起来依然很小心,还往栗尾的身边挪了挪。叶池挤到黑莓掌身前,小心地嗅着这只年轻的玳瑁色母猫。黑莓掌眨着眼睛,等到眼睛适应了巢穴里的黑暗,这才看到栗尾的四只幼崽正依偎在她的怀里。栗尾盯着叶池,双眼因为受到惊吓显得有些呆滞。

雨须慢慢靠到黑莓掌身边。"我该怎么对栗尾说啊?"他轻声问道,"她已经承受了那么多痛苦,要是知道烟毛死了,她一定活不下去的。"

"有蕨毛和叶池照料她,她不会有事的。"黑莓掌安慰道,"来吧!对她来说,从你这里听到这个消息,总比从其他猫那里听到要好。"

虽然雨须看起来还有些犹豫,但仍点了点头。"栗尾……"他用嘴巴轻轻地拱着妹妹的肩膀,开口说道。

"雨须,是你吗?"栗尾说着,扭过头来看他,"你受伤了吗?"

"我没事。"雨须应答着,"但是我有个坏消息要告诉你。是关于烟毛的,他……死了。"

栗尾盯着雨须看了几个心跳的时间,似乎没明白他的意思。接着,她抬起头,发出一声悲伤的尖叫:"不!噢,不!"

她的身体因为悲痛不住地抽搐着。黑莓掌听见幼崽们微弱的声音,抗议被从妈妈的肚子上甩了下来。

"栗尾,别太难过了!"蕨毛靠着她,用舌头舔着她的脸和耳朵。栗尾身体颤抖着,把头埋进了他的肩膀。"栗尾,我会一直在你身边。"蕨毛接着说道,"想想孩子们,他们还需要你来照顾。"

"他是怎么死的?"栗尾的声音仍颤抖着。她换了一下姿势,把孩子们重新圈到怀里。她的孩子重新爬到原来的位置,小小的、软软的爪子摁着她的肚子,开始吮吸起奶水来。

"有一只獾杀死了他。"雨须对她说道。

"烟毛是一位勇敢的武士。"黑莓掌说道,"他现在已经安全地和星族待在一起了。"

栗尾点点头,伸出舌头安慰似的舔了一下雨须:"谢谢你告诉我。"

叶池把一卷叶子往栗尾的身边推了推。"这是琉璃苣,"她说道,"能让你奶水充足。"她停了一下,又补充道,"如果你睡不着,我去给你拿些罂粟籽。但是为了幼崽好,最好还是不吃。"

"没事的,我不吃罂粟籽也睡得着。"栗尾低下头,开始嚼琉璃苣的叶子,刺鼻的气味熏得她直皱鼻子,但她还是不断地吞咽着,把它吃完了。

"蕨毛,你能给栗尾带些猎物来吗?"叶池提议道,"至于雨须,你最好待在这里别动,让我检查一下你的那条腿。"

蕨毛用鼻子碰了碰栗尾的耳朵,说道:"我很快就回来。"然后,他绕过炭毛的尸体,走出了育婴室。

栗尾一直目送着蕨毛走远。"炭毛是因为我才死的。"她的声音因为痛苦而变得沙哑,"她本来是可以躲过那只獾的,她却选择留下来帮我。"

"这不是你的错。"叶池的声音从未如此严厉,黑莓掌不由得吃惊地看了她一眼,"炭毛在做一个巫医该做的事情。这是她自己的选择。"

"是的。"松鼠飞说道,"栗尾,你想想,如果炭毛丢下你,獾就会把你和幼崽们杀死。你不想这样,炭毛也一样的。"

栗尾摇摇头,身子一直在颤抖。

"幼崽们很漂亮。"黑莓掌试图转移栗尾的注意力,转移了

黑莓掌走了过去。但当他用鼻子碰到炭毛皮毛的时候，却发现她的身体已经变得冰凉。

"没事了，蕨毛！"
"是我们，你不用害怕！"

蕨毛这才放松下来，不过看起来依然很小心，还往栗尾的身边挪了挪。

叶池挤到黑莓掌身前，小心地嗅着这只年轻的玳瑁色母猫。

虽然雨须看起来还有些犹豫，但仍点了点头。
我该怎么对栗尾说啊？她已经承受了那么多痛苦，要是知道烟毛死了，她一定活不下去的。
有蕨毛和叶池照料她，她不会有事的。来吧！对她来说，从你这里听到这个消息，总比从其他猫那里听到要好。
栗尾……
雨须，是你吗？你受伤了吗？
我没事。但是我有个坏消息要告诉你。是关于烟毛的，他……死了。
不！噢，不！
栗尾，别太难过了！

话题。这时,他才第一次仔细地看着雷族的新成员们,问道:"起名字了吗?"

栗尾点点头。"这只叫小疬,"她用尾巴尖碰了碰个头最大的那只,"他是唯一的公猫。这两只是小蜜和小罂粟。"她依次点着一只淡蕨叶色的虎斑猫和一只和她一模一样的玳瑁色中夹杂着白色的幼崽,然后接着说:"这只叫小炭。"

黑莓掌听到松鼠飞惊呼了一声。这只毛茸茸的灰色幼崽好眼熟,他不由得飞快地扫了一眼身后的炭毛。正在弯腰处理雨须伤腿的叶池也怔了一下。"我觉得炭毛会喜欢这个名字的。"她轻声说着,继续忙着手里的活。

"他们看起来都很结实、健康。"黑莓掌说道,"走吧,松鼠飞,我们现在还要为炭毛做件事。"

松鼠飞没有动,却把尾巴尖轻轻地放在叶池的肩膀上。"你应该马上休息会儿,"她说道,"你看起来累坏了。"

"我没有时间休息。"叶池回应着,却没有抬头看松鼠飞,"如果我去休息了,这些受伤的猫该怎么办呢?"

松鼠飞仍感到很不安。"可是我很担心你,我能感觉到你现在心里很难受。"

这次叶池没有再说什么。黑莓掌看得出,叶池只是想留下来单独静静,照看雨须,于是戳了戳松鼠飞的肩膀。"走吧,"他又重复了一遍,然后压低嗓门补充道,"给她一些空间。她能应付得来,只是需要一些时间罢了。"

日落和平

松鼠飞看上去依然很不放心,但她还是在这狭小的空间里转过身,帮助黑莓掌把炭毛柔软的尸体抬出育婴室。黛西和幼崽们依然与云尾、香薇云聚在入口外。亮心已经拿来了金盏花,正在处理桦爪的伤口。

"你不能离开,"云尾不同意,"你和幼崽们属于这里。"

黛西摇摇头,目光落在死去的巫医身上。"我的孩子们差点被杀死了,"她说道,"或者我死了,他们怎么办?我们还是待在马场里更安全些。"

三只幼崽异口同声大声抗议着。

"那两脚兽呢?"云尾提醒道,"你之所以来这里,不就是害怕两脚兽把你的孩子给抢走吗?"

黛西伸缩着爪子,眼睛里充满了犹豫。没等她开口,亮心说道:"也许现在两脚兽不会把幼崽们抢走了。毕竟他们已经长大了,可以在谷仓里抓老鼠了。"

"可我们不想回去,"小莓哀号道,"我们想留在这里。"

黛西用尾巴轻轻弹了他一下:"你都不知道自己在说什么。你想被獾抓走吗?"

"可是你们都没有受伤啊!"松鼠飞不失时机地提醒道,"族群保证了你们的安全。"

"留下来吧,"香薇云乞求道,"新叶季一到,这里的生活就会容易多了。"

黛西迟疑地看了她一眼:"那你能保证,獾再也不会回来了

吗？"

"谁都保证不了。"云尾说道，"但是我敢打赌，在很长的时间里，我们都不会再见到它们的影踪。"

黛西摇摇头，把幼崽们推进了育婴室："进去吧。经历了这么可怕的一夜，你们都需要先休息一下。"

"可是我们不累。"小鼠不愿意地说道。

黛西没有理会。她回过头，满是恐惧和犹疑地看了云尾一眼，然后便消失在育婴室里。

香薇云跟在她后面说道："我去帮她安顿一下幼崽。"

"你也明白，黛西说得可能是正确的。"亮心说道，她没有看云尾，"她知道怎么样对幼崽们最好。回到马场，没准他们会感觉更安全些。"

云尾张开嘴想要反驳，但是又闭上了。

"你最好到叶池的巢穴去，"亮心对他说道，似乎不想再谈马场来的猫了，"你那只受伤的爪子又流血了，你需要更多的蛛丝。"

云尾扫了一眼育婴室入口，咕哝道："好吧，我这就去。"

黑莓掌转向炭毛，盯着她光滑的暗灰色身躯。炭毛那蓝色的眼睛已经变得呆滞，毫无生气。他不禁痛苦得心如刀绞。松鼠飞站在他的旁边，垂着头；黑莓掌看见松鼠飞身体抖动起来，下意识地靠向她的身体，暗自希望她不会躲开。松鼠飞真的没有躲开。于是黑莓掌闭上眼睛站了一会儿，尽情地呼吸着她甜美、熟悉的

日落和平

气息。

"走吧,"他轻声说道,"这一夜很快就会过去。该准备给她守夜了。"

他和松鼠飞再次抬起炭毛的尸体,走过空地,放在烟毛的旁边。蛛足和白爪正蜷伏在这位浅灰色武士身边,鼻子伸到他的毛皮里。

"再见,"黑莓掌轻声说着,用鼻子碰了碰炭毛的皮毛,"星族以你为荣。"

"我们会想念你的,"松鼠飞接着说道,"我们永远不会忘记你。"

黑莓掌本想蜷伏在炭毛的身边,给她守夜,但是要做的事情实在太多了。于是,他去找火星。此刻,火星还在营地中央,和暴毛、溪儿、午夜待在一起。

"我想我们应该开始重建武士巢穴了。"黑莓掌说道。

午夜冲火星点了点头。"我现在就走,"它说道,"趁着夜色好赶路。"

"可是你肯定和我们一样疲劳,"火星挽留着,"睡一会儿再走吧!"

午夜长着白色条纹的头来回晃动着,打量着被毁掉的营地,说道:"我没什么可做的了。我要回到海边的洞穴里,听波浪拍打海岸,听风在草丛中沙沙作响。"

"要不是你带着风族来帮忙,雷族已经被摧毁了。真不知道

该怎么感谢你才好。"

"没必要感谢我。我的警告来得太迟了，我也没能说服我的那些至亲跟族猫和平处理分歧。"

"但是为什么呢？"溪儿问道，她睁得大大的眼睛里满是悲痛，"在大山里，我们和獾之间从来没有过矛盾。难道这些獾和尖牙兽一样，想把猫杀了吃掉吗？"

午夜摇摇头："我的至亲不吃猫。但是族群猫曾把它们从自己的领地里赶走了，先是在湖的另一边被河族赶走，接着又被雷族赶走。它们要报仇，要抢回原属于自己的领地。"

"我记得鹰霜在森林大会上说过这件事。"火星说道，"他就是把獾赶出去的河族武士。"

黑莓掌猛吸一口气，不禁想为同父异母的弟弟辩解。他的族猫难道想把獾袭击雷族归罪于鹰霜？

"我们也从雷族领地上赶走过一只獾。"松鼠飞开腔了，"还带着幼崽。我甚至还为被赶走的这只獾感到难过呢！"

"我不知道这是否意味着它们还会回来。"火星若有所思地说道，"巡逻队要多加警惕。"

"我也会多加警惕的，"午夜接过话茬，"一旦有风吹草动，我就会过来，或者捎话过来。不过现在我要走了。再见，我的猫朋友。"

"再见，午夜。"暴毛说道，"能再次见到你，我真的很高兴。"

午夜的小眼睛盯着他看了一会儿。"祖灵会保佑你，"它对暴毛说道，"星族和杀无尽部落也会保佑你。你要走的路很艰辛，而且还没有走到尽头。"

深灰色武士点点头说："谢谢你，午夜。"

"我希望你不要走。"黑莓掌对午夜说道。他看了一眼自己的族长，补充道："你难道不能在这儿的森林里筑个巢，和我们生活在一起吗？"

"求你了！"松鼠飞央求着。

老獾摇摇头，眼睛深处透着智慧。"这里不是我要待的地方，"它提醒道，"但星族会引导我们再次相见的。"

"希望如此。"黑莓掌说道。

"那么，再见吧！"火星冲午夜低下头，表达自己深深的敬意，"雷族永远爱戴你。"他一直陪着午夜来到入口处，似乎也不想让它离开。正在被毁掉的入口屏障处整理荆棘枝条的尘毛和沙风，也暂时停下工作，与午夜告别。

松鼠飞和暴毛分别站在黑莓掌两侧，他们看着午夜宽大、平展的爪子从残存的荆棘屏障中踩踏过去，离开了山谷。雷族已经是第二次在午夜的帮助下存活了下来。如果它住在离这里非常遥远的太阳沉没之地，雷族怎么可能安全呢？黑莓掌甚至都不确定自己还能不能找到那片沙质崖壁。

我必须竭尽全力，黑莓掌对自己说，哪怕我只剩下最后一口气，也要帮助族群。现在，雷族比任何时候都更需要我。

午夜消失在黑魆魆的森林里，暴毛转过脸来。"好了，"他说道，

"接下来要做什么?"

"我想每只猫都有自己的事情要做。叶池和亮心负责救治受伤的猫。但是我们都需要休息,恢复一下,"黑莓掌说,"也就是说,我们需要先清理出睡觉的地方,还要捕捉一些猎物。"

"天亮后,我和溪儿可以给族群狩猎。"暴毛应承着,"眼下,我来清理武士巢穴。武士巢穴在哪里?"

问得好。黑莓掌不由得心想。他用尾巴指着远处山谷崖壁下被踩踏过的荆棘丛。"在那边。"他说。那里的荆棘丛长得低矮、浓密,在秃叶季可以很好地防风、防雨。但是獾为了抓躲在里面的猫,摧毁了这道屏障,现在那里看起来根本不像巢穴了。

暴毛眨了眨眼睛。"好吧,我这就开始。"说完,他就朝黑莓掌指的方向跑去。

"溪儿,你去检查一下长老们,"松鼠飞提议道,"他们的巢穴在那边的榛子树下。如果你需要帮助,就过来找我。"

溪儿点点头,朝榛子树下跑去。

黑莓掌正要跟着暴毛离开,这时蜡毛走了过来。"你要给烟毛和炭毛守夜吗?"他问松鼠飞。

"你先去吧。"松鼠飞说道,"我现在要去帮忙重建武士巢穴,稍后我再为他们守夜,炭毛和烟毛会理解的。"

蜡毛眨着深蓝色的眼睛看着她,眼睛中透出受伤的神情,似乎认为她是在拒绝自己。"好吧,那我们待会儿见。"说完,蜡毛走开了,加入围坐在两只猫尸体周围的众猫中。

日落和平

松鼠飞的尾巴轻轻拂过黑莓掌的耳朵:"难道你不觉得你应该去叶池的巢穴,让她检查一下你的抓伤吗?"

尽管发生了这么多事,松鼠飞的眼神仍然让黑莓掌激动得像一只幼崽。"先不急。"他对她说,"叶池要忙的事情够多了,有很多猫伤得比我重。我先去帮暴毛清理武士巢穴。大家都很累了,天也快亮了。"

"那我去看看猎物。猎物堆肯定被毁掉了,但獾应该没来得及吃掉猎物。没准我可以找到一些,让族猫撑到巡逻队回来。如果我找到了什么可以吃的东西,就给你带一些过来。"

"谢谢。"黑莓掌目送着暗姜黄色的武士走过空地,自己也朝残破的武士巢穴走去。他身上的每块肌肉都很酸胀,肩膀上的抓伤也在隐隐作痛。他感觉自己已经累得迈不开爪子了。但是族猫们需要他,他必须鼓足劲头,帮助他们渡过难关。

武士们用来搭建巢穴的荆棘丛靠近崖壁的最高点,离通往高石台的落石堆不远。黑莓掌走近了才发现,尽管最外层的荆棘条都断了,被踩倒在地,但靠近树干的地方却破坏得不严重。他希望能有足够大的没有被破坏的地方,这样,哪怕武士们睡觉时有点挤,但只要撑到新叶季树木长出新芽时就行了。

他又靠近一些,小心地嗅着被毁掉的外层枝条,这时,暴毛出现了,身后拖着一团缠在一起的荆棘。

"嗨,"暴毛把拖拽着的东西放下,大口喘着气,眼睛一眯,说道,"你怎么不休息会儿?你看起来非常疲惫。"

"所有猫都很疲惫。"黑莓掌说道,"我现在还不能休息,要做的事情还很多。"

暴毛扫视了一圈空地说道:"确实如此。"

黑莓掌把尾巴搭在暴毛深灰色的皮毛上。"很高兴看到你,"他说道,"星族这个时候把你派来,真是再好不过了!"

"嗯……杀无尽部落在保佑我。"

"某个祖灵派你来——不管是谁的祖先,我都很感激。"

就在这时,松鼠飞嘴里叼着两只老鼠的尾巴跑过来。她把老鼠丢在他们爪下。"这是给你的,"她对黑莓掌说道,"吃吧,你需要补充体力。"她把第二只老鼠往暴毛跟前推了一下,说道:"你也要吃,暴毛。"

"不,谢谢。"深灰色的武士说道,"我和溪儿在来的路上吃过了。我现在还不饿。"

"好吧,如果你真的不吃,我把它给长老们送去。我已经找到很多猎物了。"她对黑莓掌补充道,"虽然猎物被踩烂了一些,不过撑到明天没问题。"然后她尾巴一甩,叼起剩下的那只老鼠,朝长老巢穴走去。

暴毛又进了巢穴,黑莓掌蹲伏下来,开始吃老鼠。老鼠被踩扁了,还沾着土,似乎是被獾踩到了泥里,但他现在实在太饿了,已经顾不上那么多了。黑莓掌几口就把老鼠吞了下去,然后就去帮暴毛往外拖被毁掉的荆棘。当他奋力把毁掉的枝条拽出巢穴时,刚一用劲,肩膀上的抓伤就又开始流血。荆棘扎着他的爪垫,刮

日落和平
RILUOHEPING

擦着他的身子,他的皮毛上又添了许多新伤。

等他拽着一团很难扯开的枝条,退着走出巢穴时,松鼠飞的气息再次弥漫过来。他丢下枝条,扭过头,发现松鼠飞正站在身后,嘴里叼着一团滴着水的苔藓。

松鼠飞把苔藓放下,说:"我想你一定口渴了。"

"谢谢。"黑莓掌舔着苔藓上的水,觉得从没喝过这么甜美的水。水似乎渗进他的每个毛孔,给他注入了新的能量。

等他喝足了水,松鼠飞又叼起那团苔藓,轻轻地摁在他肩膀的伤口上。当黑莓掌的目光与松鼠飞的目光相对时,黑莓掌不由得浑身一颤,不敢相信自己还能和松鼠飞这么亲密。

"松鼠飞,对不起……"黑莓掌说道。

松鼠飞用尾巴尖遮住了他的嘴。"我知道。"她轻声说道。

黑莓掌多希望就这样静静地站着,淹没在她绿色的眼眸中。但是松鼠飞的身后有什么东西飘过,黑莓掌一抬头,发现蜡毛正死死盯着自己。

淡灰色武士已经结束了为死去的族猫守夜,正穿过空地走过来。不久之后,他一转身,消失在遮挡着巫医巢穴的黑莓屏风后面。

黑莓掌后退一步,看着松鼠飞。"那蜡毛怎么办?"他说道。他已经无须多说——在最近的几个月里,松鼠飞和蜡毛的关系非常亲密,淡灰色武士有足够的理由认为,黑莓掌正在挑衅他。

松鼠飞放下苔藓。"不要担心蜡毛,我会和他说清楚的。"她的眼睛里充满了遗憾,但是没有任何的后悔。她轻轻地用鼻子

碰了碰黑莓掌的鼻子,说:"我现在要去给长老们取水了,待会儿见。"

黑莓掌茫然地看着她走开,然后接着拽枝条。他简直不敢相信,一切会变化得如此之快,他和松鼠飞竟然不需要解释什么,就能重归于好。曾经的争吵,曾经充满敌意的互相伤害,这一切,随着獾的袭击,全都烟消云散。现在他们终于发现,彼此是多么在乎对方。他们甚至不需要道歉,只需展望无尽的未来。

他最后猛地一拉,总算把枝条给扯断了,这时,暴毛推着一团苔藓和荆棘从巢穴中走了出来。

"看到你和松鼠飞相处得这么好,我真高兴。"他说。

"是的,她很棒。"黑莓掌含糊不清地说。他不想让暴毛知道,他和松鼠飞之间的亲密关系曾一度荡然无存。"我们为什么不把这些荆棘拿给沙风,用来修入口处的屏障呢?"

"好的。"暴毛似乎看出黑莓掌有意想把话题从松鼠飞身上引开,有点被逗乐了,"你知道的,"他说,"我对溪儿的感觉也是这样的。"

说着,他叼起一根长树枝的一端。但还没走出几步,黑莓掌就看见溪儿嘴里叼着一大团苔藓,正朝他们走过来。

"长老们会好起来的。"她把嘴里的东西放在黑莓掌身边,通报道,"叶池在鼠毛的伤口上敷了蛛丝,给每只猫一些罂粟籽,帮助他们入睡。松鼠飞给他们送去了水。"

"溪儿,谢谢你的帮忙。"黑莓掌冲苔藓团点了点头。

日落和平

"我把这个从长老的窝里拿出来,因为里面全是刺,根本没办法在上面睡觉。你能告诉我,哪里能找到更多的苔藓吗?"

"你确定你不累?"黑莓掌问道,"你走了很远的路。"

溪儿的耳朵抽动了一下:"我的情况比你好多了。再说,我们一路上也没着急赶路,从我们离开部落,到来到你们这儿,走了一个多月的时间。"

"我们还以为,再也找不到你们了。"暴毛说道。

"那你们是怎么找到的?"黑莓掌问道。这时,他听到身后有动静,不由得吓了一跳,原来是蕨毛嘴里叼着猎物,正往育婴室走去。"是杀无尽部落告诉你们怎么走的吗?"黑莓掌继续问道。

暴毛和溪儿飞快地互相看了一下。

"我倒是希望它们能告诉我们,"暴毛回答道,"那样我们就会早些到了。我们在山里四处寻找,直到后来遇到了一只泼皮猫。那只猫认识和马住在一起的猫。你们认识他们吗?"

"噢,是的,马场的猫,"黑莓掌说,"我们见过——说实话,我们这里现在就有一只,她还带着幼崽。"

暴毛一脸惊讶:"哦,那只泼皮猫告诉我们,他听住在马场里的猫说,有很多的猫搬到了这里。我们知道那一定就是你们。那只泼皮猫还告诉我们应该怎么走。"

"这么说,你们还没有去过河族?"

暴毛摇了摇头。但是不等暴毛说什么,溪儿就用爪子戳了一下黑莓掌的肩膀,说道:"哪里有苔藓?长老们都还等着用呢。"

39

"哦，对对对。等我们把这些荆棘送到营地入口处，我再指给你看。"

黑莓掌和暴毛把树枝拖向沙风、尘毛和火星正在忙活的地方。溪儿叼着苔藓团跟在后面。

"就在那里。"黑莓掌用尾巴指了指森林。一想到众獾眼里带着杀气，从森林中咆哮着冲出来的情形，黑莓掌不由得感到一阵恐惧，皮毛顿时竖了起来。"你直直地往前走，就能在树根处找到很多苔藓。"

"溪儿，我和你一起去。"暴毛说道，"附近可能还有獾，这谁都说不准。"

"我已经布置了岗哨，"火星的声音传了过来，"应该是安全的。"说着，他的耳朵朝山谷顶部抽动了一下。黑莓掌在那里隐约看见了云尾和刺掌的身影。

暴毛也循着黑莓掌的目光看了看，然后转向溪儿："我还是和你一起去吧，武士巢穴也需要更多的苔藓。"

暴毛和溪儿朝森林走去。黑莓掌转身返回营地，看见叶池正从巢穴里出来。叶池走到炭毛尸体旁边时，低下头，把鼻子埋进老师柔软的皮毛里。

"原谅我，炭毛！"黑莓掌隐隐约约听见她说的话，"我想给你守夜，可是要做的事情实在太多了。我知道，你更愿意我照看好族群。"

叶池抬起头，似乎已经振作起了精神。她走到黑莓掌身边。"你

日落和平

现在就到我的巢穴去。"她说道,"你的伤口需要处理。"

"但是……"

"不要再说了,黑莓掌,照我说的做。"此刻叶池的口气听起来很像她的妹妹松鼠飞,"如果你的肩膀感染了,你还怎么帮族群做更多的事情呢?"

黑莓掌叹了口气:"好吧,我这就过去。"当年轻的巫医从身边走过时,黑莓掌把尾巴尖搭在她的肩膀上,说道:"谢谢你,叶池。我是说,谢谢你能回来。雷族需要你。"

叶池满眼悲伤地看了他一眼,然后朝在入口处的父母走去。"火星,"黑莓掌听见叶池喊道,"我还没给你检查过伤口。"

黑莓掌快走到叶池巢穴时,看见蜡毛正从黑莓丛后面走出来。他被撕裂的耳朵上敷着蛛丝,腹侧和前腿上敷得更多。

"你没事吗?"当蜡毛经过时,黑莓掌问道。

蜡毛没有看黑莓掌。"我很好,谢谢。"他简单地回道。

黑莓掌看着蜡毛穿过空地,往育婴室走去。蕨毛和蛛足正在那里拽被踩坏的荆棘枝条,蜡毛加入他们的工作中。

在叶池巢穴所在的岩石缝隙外,桦爪把一只爪子搭在鼻子上,正蜷缩在蕨叶窝中睡觉。他虽然只是位学徒,但是在战斗中表现得很勇敢,不但帮助黛西和幼崽们逃了出去,还保护了他们。他臀部的伤口处,皮毛被扯掉了,现在敷上了金盏花药糊。闻到被嚼碎的草药刺鼻的气味,黑莓掌不由得皱了皱眉头。

在裂缝的另一边,雨须正躺在更厚实的蕨叶中。黑莓掌走过

黑莓屏风时，雨须抬起头，迷迷糊糊地眨眨眼睛。"你好，黑莓掌。"睡意让他的声音听起来有些含糊，"一切都好吗？"

"会好起来的。你的腿怎么样了？"

"感谢星族，我的腿没有断，只是脱臼了。"他发出充满瞌睡的呼噜声，"叶池已经将它复位了。"说着，他再次闭上眼睛，鼻子放到爪子上。

亮心衔着一嘴草药从岩石缝隙中出现了。她冲黑莓掌点点头，弯下身子，快速嗅了嗅雨须和桦爪。

"他们恢复得很好。"亮心说道，"黑莓掌，叶池回来的时候，你告诉她，我给蕨毛送金盏花去了。蕨毛在重建育婴室，这样他就不用离开栗尾身边了。"

"好的。"黑莓掌回答道。

黑莓掌在两只睡着的猫身边坐了下来。没过多久，叶池回来了，身后跟着火星。叶池仔细地检查了黑莓掌的伤口，然后在他肩膀那道很深的抓伤上舔着。

"这是唯一严重的伤口。"她说道，"我每天都要检查一次你的伤口，行吗？你在这里等一会儿，我去给你取些金盏花。"她停下来，盯着远处看了两个心跳的时间，然后深吸一口气，消失在岩石裂缝中。

"她没事吧？"黑莓掌低声问火星，"现在没有巫医照顾她。"

"我会告诉松鼠飞时刻注意她。"

叶池衔着金盏花叶子回来，把叶子嚼成糊状。

日落和平

"我们只剩下这最后一点了。"她抬眼看了一下露出嘴角的叶梗,说道,"明天的第一件事,就是让猫再去采一些回来。"

"我会安排的,"火星答应道,"或者——黑莓掌,你来安排一下可以吗?找一只伤势不太重的猫去做吧。"

黑莓掌点点头说:"好的,火星。"

离开岩石裂缝时,黑莓掌看见站在武士巢穴旁的暴毛冲他摆动着尾巴。

"我觉得,今晚睡觉已经没问题了。"深灰色武士说道,"我们已经把损坏最严重的荆棘条拖出去了,还铺上了一些新鲜的苔藓。巢穴里有点挤,但你们都可以休息一会儿了。"

"那你呢?"黑莓掌问道。

"溪儿和我还不累。接下来的时间,就由我们俩来守护营地吧。"

"谢谢。"黑莓掌突然觉得自己的四肢再也支撑不住了,蜷缩起来睡一觉的强烈念头,让他意识到自己已经精疲力竭了。黑莓掌用尾巴尖碰了碰暴毛的肩膀,然后从他的身边走过,进入了武士巢穴。

树干附近有块空地,对累得顾不上挑剔的猫来说,在那里睡觉也挺好的。蛛足和蜡毛已经睡着了,在他们靠里的地方,尘毛和香薇云正昏昏沉沉地低声说着什么。黑莓掌冲他们打了个招呼,就蜷缩进苔藓和蕨叶中。一个心跳之后,睡意就像一股黑色的浪潮淹没了他。

第三章

叶池睁开眼睛，仍然觉得睡意沉沉。她眨了眨疲惫的双眼，这才发现自己正蜷伏在空地中央的炭毛身边。火星紧挨着她，鼻子深深埋入死去巫医的暗灰色的皮毛中，眼睛眯成一道缝，似乎正在追忆他这位曾经的学徒。山谷上空，黎明的第一束阳光将天空变成了乳白色。

叶池张开嘴，想再吸一口自己深爱的老师的气息，但她嗅到的只是死亡。她治疗完了所有受伤的猫，就过来为老师守夜，但是疲惫汹涌而至，她很快就睡着了。我甚至连给你守夜都做不到。她绝望地想。

她永远无法忘记和鸦羽出走时做的那个梦。在梦里，那只獾发起致命攻击时，她听见了炭毛发出的痛苦的号叫。我本应该留在族群里的。她对自己说。比獾的爪子还要锋利的愧疚撕扯着她的心。

但就算她已经回到自己的族群，鸦羽仍然在心里挥之不去。当鸦羽告诉她，他有多爱她时，他那蓝色的眼睛闪闪发亮；当他意识到，作为雷族的巫医猫，她的心仍跟族群在一起，而不是和

日落和平

他在一起时，他的声音中充满了痛苦。叶池曾面临艰难的选择，但最终，她知道自己应该在这里，在山谷中。她已经放弃了鸦羽，同时也失去了炭毛。现在，只剩下对族群的责任。

她站起身，小心翼翼地伸展着麻木的四肢，生怕惊动正在守夜的父亲。她看见暴毛正守在武士巢穴外面，溪儿坐在更靠近入口的地方，和他一起守护着营地。其他猫已经开始活动起来，蕨毛的脑袋探出育婴室，接着就又缩了回去。不久，黑莓掌和尘毛从武士巢穴中走了出来，嗅着空气。

很快就是长老们把炭毛和烟毛抬出营地、准备埋葬的时间了。叶池冲炭毛低下头，用鼻子碰了碰老师的肩膀，拂过炭毛柔软的暗灰色皮毛。她闭上眼睛，努力想感受到炭毛的灵魂，但是她头顶上方的天空越来越亮，星族武士们正在消失。

炭毛，告诉我，你依然和我在一起！

叶池努力想象自己穿行在群星中，两侧的银色皮毛拂过自己的身体，但是却嗅不到炭毛熟悉的气息。炭毛是不是因为她和鸦羽离开雷族，才拒绝见她的？难道连在梦里，也听不见老师的声音了吗？

炭毛，对不起，真的对不起！她心中哭喊道，不要这样抛弃我。

"我能行的。我就算不用眼睛看，也可以抬我的族猫。"

长尾的声音打断了叶池绝望的祷告。她睁开眼睛，看见三位长老走了过来，鼠毛在前，金花领着长尾走在后面。

"你当然不需要。"鼠毛附和着，"我们一起抬她，不用担心。"

火星从炭毛的身边站了起来。他受了伤,再加上疲劳,动作显得很僵硬。白爪从学徒巢穴的废墟中爬了出来,紧张地四下张望着,似乎想确认一下周围还有没有獾。刺掌曾经是烟毛的老师,他走到烟毛身边,最后一次把鼻子埋进冰冷的浅灰色皮毛里。

"你把他教得很好。"叶池轻声说道。对失去这位年轻的武士,她和刺掌一样心情沉痛:"他为族群拼力奋战,死得很勇敢。"

雨须从围着尸体的众猫中挤过。叶池看见他受伤的腿已经可以落地了,不过还要过些时日,他那撕裂的肌肉才能完全愈合。

"别着急!"她提醒雨须,"如果那条腿吃力太多,你可能会永远变瘸的。"

雨须点点头,然后对鼠毛说:"求你了,让我来抬吧。烟毛是我的哥哥。"

鼠毛低头致意道:"那好吧。"

她和雨须抬起烟毛,金花和长尾则抬着炭毛。叶池的心里一阵难过,却不得不让开道,让他们把她的老师带走。妹妹的气息飘了过来,她感觉到了松鼠飞挨过来的温暖的身体。叶池靠在松鼠飞的肩膀上,很感激她带给自己的安慰。

剩下的族猫都低头站着,静候长老们走过被踩得稀烂的荆棘屏障,进入外面的树林。

等长老们看不见了,火星才开始组织巡逻队。松鼠飞转向黑莓掌,他们相互依偎着,往武士巢穴走去。

叶池的耳朵一阵刺痛。她原以为,妹妹和黑莓掌再也不会那

日落和平

么亲密了。她环顾四周，寻找蜡毛的身影，却看见蜡毛正盯着他们。他眼神里的愤怒，让叶池不由得心头一惊。

对妹妹突如其来的担心，如冰冷的波浪扑向叶池。她想起曾做过的那个梦：她独自在黑暗、陌生的森林里乱走着，哪儿都没有星族的踪迹。她躲在一片空地边缘，看见虎星正在训练他的儿子黑莓掌和鹰霜，教唆他们攫取族群的大权。黑莓掌有着可怕的血脉，叶池无法断定，他是否有足够强大的意志，可以抗拒父亲阴险的怂恿。

她应该把这个梦告诉松鼠飞吗？她朝妹妹的方向走了一步，但马上停了下来。她还要照看受伤的猫，要做的事情已经够多了。作为巫医，她没有责任干涉其他猫的交往。还有，那个梦并非来自星族，因此她也拿不准是什么意思，更不知道那是不是对未来的警告。

她走到蜡毛跟前。"我要检查一下你的伤口。"她说道，"尤其是那只被撕裂的耳朵。"

蜡毛依然盯着松鼠飞，他的眼睛里闪着怒火。"好的。"他说道。

叶池嗅闻他腹侧和前腿上的伤口的时候，蜡毛直直地站着。叶池又仔细地检查了一遍蜡毛的耳朵。"伤口愈合得很好，"叶池对他说，"如果你愿意，我拿点罂粟籽帮助你入睡。"

蜡毛摇摇头。"不，谢谢，我没事。"他最后瞟了一眼空地对面，然后走向正在重修荆棘屏障的尘毛和蛛足。

叶池转身往自己的巢穴走去，她看见亮心飞快地穿过山谷，

47

身后跟着女儿白爪。

"叶池,需要我去采些草药吗?"她问道,"黑莓掌说我可以带着白爪。"

"那太好了。"叶池回答道。

叶池冲学徒友好地点点头,白爪看起来很紧张。她或许觉得森林里到处都是獾。叶池猜想,这也不能怪她。

"我们现在最需要金盏花,"叶池继续对亮心说道,"你在小溪边能找到很多。"

亮心点点头说道:"我知道一个好地方。感谢星族,现在是新叶季了。"

叶池突然对这位族猫生出一股感激之情。叶池想到自己曾经坚信,亮心想取代自己在炭毛身边的位置,不由得倍感愧疚。"炭毛能把你教这么好,真是件大好事。"她说道,"我现在真的很需要你的帮助。"

亮心那只好眼睛闪动着快乐的光芒。"我们走吧!跟上,白爪。"她尾巴一挥,朝营地的入口奔去,学徒急忙跟了上去。

叶池走回到自己的巢穴。当她走到黑莓丛后面时,发现桦爪已经醒来了。他挣扎着想站起来,却扑通一声跌回到窝里了。

"不要急着起来,"叶池警告道,"让我看看你的眼睛。"

她比任何猫都要担心桦爪。他非常年轻,却参加了这么残酷的战斗。他还没有成年猫的体力,不能很快从严重的创伤中恢复过来。

日落和平

桦爪眼睛周围的抓伤又红又肿,只有微弱的光从浮肿的眼缝中透出来。很幸运,他的眼睛并没有瞎。叶池想着。一想到獾用钝爪划破这位学徒的脸,叶池不由得打了个冷战。

叶池飞快地走进存放草药的岩缝里,找到最后两片金盏花叶子。感谢星族,亮心可以采集更多的回来。叶池拿着叶子走出来,放在嘴里嚼着。但是当她试图把嚼碎的药糊往桦爪眼上敷的时候,桦爪却躲开了。

"疼!"他抱怨着。

"我知道,很抱歉,但是如果你的伤口感染了,会更疼的。来吧。"叶池试着鼓励他,"你已经不是幼崽了。"

桦爪点点头。他绷紧身体,浑身僵硬。叶池把嚼碎的金盏花敷了上去。看到药汁流进了他的眼里,叶池不由得长舒了一口气。

"再去睡会儿吧!"叶池检查完他臀部的伤口后,说道,"你要吃些罂粟籽吗?"

"不,我没事。"桦爪说着再次蜷缩起来,"你会告诉蜡毛,我今天不能训练的原因吗?"

"当然可以。"叶池说。

等到桦爪再次睡着,叶池这才带着给栗尾的琉璃苣,朝育婴室走去。没走多远,她就看到暴毛和溪儿嘴里衔满猎物,回到了营地,这才意识到自己已经很饿了。她几乎想不起来上一次吃东西是什么时候了——肯定是和鸦羽从山里急着赶回,通知族群有獾来袭之前。

她朝暴毛和溪儿走去。猎物已经堆成了一个小堆，说明这两位来访者早上干得有多么辛苦。

"你好，"溪儿冲叶池打着招呼，"我正打算往你的巢穴送些猎物呢。"

"不用了，谢谢。如果猎物够的话，我就在这里吃。"叶池放下琉璃苣，说道，"栗尾和长老们吃了没有？"

"我现在就给他们送过去。"暴毛说道，"叶池，想吃什么就吃什么。狩获的猎物很多，沙风和云尾也出去狩猎了。"说完，他叼起两只老鼠，朝育婴室走去。

溪儿带着更多的猎物，给长老们送去。叶池挑了一只田鼠。她刚要蹲下来吃，蛛足和蜡毛走了过来。

蛛足飞快地看了叶池一眼，尴尬地低下了头。"看到你回来了，真好。"他轻声说道。

叶池似乎和蛛足一样尴尬。她不想和任何猫谈她为什么要离开族群。"回来的感觉真好。"她对他说道。然后她转向蜡毛，这才感觉轻松了很多，开口说道："桦爪还需要几天才能恢复，今天没办法参加训练了。"

蜡毛点点头说："我待会儿就去看他。"

叶池飞快地吞下田鼠，然后前往育婴室去找栗尾。湛蓝的天空上飘着几朵白云，太阳已经爬过山谷上方的树梢，照在叶池的身上，暖洋洋的。叶池的心中不由得生出感激之情，心道：等着窝被清理出来时，受伤的猫可以在空地上晒晒太阳。

日落和平

昨晚被毁掉的荆棘，已经被清理出育婴室，只留下几个深浅不一的洞坑，阳光洒在上面。黛西的三只幼崽正在旁边玩闹着，扑打着那些明亮的光圈。

"接招！你这只可恶的獾！"小莓尖叫着。

"滚出我们的营地！"小榛咆哮着。小鼠则龇着牙，厉声骂着。

"够了！"黛西的尾巴圈住三只幼崽，把他们往身边拉，"如果想玩得过瘾，你们就到外面去。你们吵到栗尾了。别忘了她的孩子还很小。"

"是的，我们再也不是年纪最小的猫了。"小莓自豪地说道，"我们很快能当上学徒了。"

黛西没有吭声，但是叶池在这只来自马场的猫的眼里看到了犹豫。

小莓的头从黛西的尾巴下探了出来。"你好，叶池！"他打着招呼，"你去哪里了？我们都很想你。你的风族朋友打算和我们一起住吗？"

"嘘，"黛西用尾巴尖飞快地弹了一下小莓的耳朵，不让他说下去，"现在不要打扰叶池。你没看出来她很忙吗？"

叶池感激地冲黛西点点头，满嘴的琉璃苣倒给了她不搭话的绝佳理由。她继续往里走，来到了栗尾身边。

年轻的玳瑁色母猫正蜷缩在苔藓和蕨叶铺成的窝里，四只幼崽依偎在她的身边。蕨毛紧紧挨着她。他们俩刚刚吃完暴毛送过来的猎物。

51

"你好,叶池。"栗尾睡眼蒙眬地眨着眼睛,"你又送琉璃苣来了?"

"是的。"叶池把叶子放在朋友够得着的地方,"有四只幼崽要吃奶,你要确保奶水充足。"

"他们比饥饿的狐狸都可怕。"蕨毛发出一声高兴的呼噜声,自豪地看着幼崽们。叶池很高兴他现在平静多了,正在从獾袭击的惊恐中恢复过来,可以照看伴侣和幼崽了。

"幼崽们很可爱,也很健康,"叶池说道,"这正是我们族群所需要的。"

看着栗尾嚼着琉璃苣,她不禁想起她俩在旧森林时一起经历的冒险。那个时候,她还是位学徒,栗尾则是位无忧无虑的年轻武士。再也不会像那个时候那么亲密了。现在栗尾有了幼崽,叶池则成了雷族的巫医。和鸦羽出走的时候,她曾短暂地体会过丢掉巫医职责时的心情——不过她的心最终把她带回了族群。

叶池感觉自己和鸦羽之间的距离如同山涧一般,正在拉大。一阵痛苦在她的内心深处翻滚,但她努力不去理会它。她已经选择了要当一位巫医,那就再也没有回头路了。

"尽量多睡会儿。"她对栗尾说道,"蕨毛,你要确保她能休息好。"

蕨毛充满爱意地舔了一下栗尾的耳朵说:"我会的。"

叶池转身离开了,跌跌撞撞地走到明亮的阳光下,站在那里不停地眨着眼睛。她已经放弃鸦羽了,她的老师死了,最好的朋

日落和平

友有了伴侣和需要照看的孩子。就连她曾经无话不谈的妹妹松鼠飞，也和黑莓掌重归于好。叶池希望妹妹快乐，但是与妹妹的亲密无间，依然让她念念不忘。

哦，星族啊！她低声祈祷着，我已经为你们放弃了一切。希望这也是你们想要的。

在这一天剩下的时间里，叶池一直忙个不停。亮心和白爪不知疲倦地采集着草药，等太阳落山时，草药和浆果已经补充得很足，叶池也处理完了族猫的伤口。当众猫回到巢穴，让疲惫的身体休息的时候，叶池看着空地，发现獾袭击时留下的可怕痕迹正在消失。尘毛和一些猫已经在入口处竖起了一半的荆棘屏障。与此同时，沙风和其他狩猎的武士带回了很多猎物，猎物堆都已经堆满了。

叶池已经很累，但她知道自己还不能休息。她没有回自己的巢穴，而是走过空地，穿过建了一半的荆棘屏障。她不由自主地朝湖边走去，一直走到树林边缘的开阔地带，凝视着星光闪闪的湖面。

记忆如潮水般涌上心头，让她想起悄悄溜出营地与鸦羽相会的夜晚。接着，她感觉自己的脚爪变得如空气般轻盈，她飞快地跑过蕨丛，来到他们见面的地方。

现在一切都已经变了。悲伤与迷茫如巨石般压在她的心头。她在枯萎的叶子中蜷伏了下来，目光落在星光灿烂的湖面上。

没过几个心跳的时间，她就发现水面的星光开始晃动起来。一开始，她以为是风吹动了湖面，但她发现周围没有一丝风。她感到皮毛一阵刺痛。头顶上方的银毛星带里的星星如往常一样照耀着，冰冷，苍白，一动不动，但湖里却出现了几处深色的、空空如也的水域，投射在水里的星光正在湖面闪烁游走着，然后汇聚成两条细细的小路。

叶池倒抽了一口气。点点星光这时已经变成了两行爪印，交错着走过湛蓝色的水面。

这是来自星族的信息吗？她是在做梦吗？叶池注意到，星光灿烂的爪印尽头，有什么东西在动。她凝神静气，看向湖的那边。是两只猫，他们正背对着她向前走去，更多的星光在他们身后升起。起初，这两只猫影影绰绰的，很模糊。叶池睁大眼睛，仔细辨认着，希望他们是星族的武士。后来，两只猫的身影逐渐清晰起来，她这才看清，其中一只是暗棕色的虎斑猫，肩膀宽阔；另一只体形小些，身体比较轻盈，长着暗姜黄色的皮毛。

叶池的心跳动得更加剧烈了：那是黑莓掌和松鼠飞。他们肩并肩地走远了，身体靠得很近，爪印融合成一条闪闪发光的道路。他们的爪印延伸着，延伸着，在深色的水面上闪耀着。后来，他们消失在阴影中，倒映的星星散落在湖面上，与天空的星星再次对应起来。

叶池浑身战栗起来。星族知道她担心黑莓掌，知道她对黑莓掌的信任正被与虎星相关的可怕梦境毁掉。星族把这个信息发送

日落和平
RILUOHEPING

给她，肯定是想让她知道，黑莓掌的命运是与松鼠飞的命运紧密地联系在一起，没有谁能把他们分开。

这说明星族同意松鼠飞对伴侣的选择吗？如果是这样的话，叶池就没必要为虎星训练儿子担心了，她也没有必要警告松鼠飞要小心黑莓掌了。他们的未来是在星族的掌控中的。

欣慰如同温暖的和风拂过身体，叶池蜷缩在沙沙作响的树叶间，然后进入了沉沉的梦乡。

似乎过了一段时间，她的眼睛眨动着睁开了。她依然躺在山谷里，树叶的影子在头顶舞动着，山毛榉的树枝在微风中不住摇摆，一股甜蜜的气息飘了过来。她抬起头，看到斑叶正坐在一尾远的树根上。

"斑叶！"叶池大声喊着。她知道自己是在梦中。突然，她记起上次和这只美丽的玳瑁色猫的对话，不由得一跃而起，气得浑身发抖："你撒谎！你要我离开雷族，和鸦羽一起离开。但是炭毛却因为我的离开死了！"

"冷静点，亲爱的小家伙。"斑叶轻轻地从树根上跳下来，走过来，用鼻子碰了碰叶池的肩膀，"我告诉你要追随你的心——你的心和你的族群在一起。你确实追随了你的心。"

叶池看着她，充满了困惑。鸦羽回风族前也说过同样的话。"那你为什么不告诉我，你的意思是让我跟族群在一起？"她质问道。

"你会听吗？"斑叶的眼睛里充满痛苦和爱意，"有必要让你做出和鸦羽一起离开的选择。只有这样，你才会发现那是一条

错误的道路。"

叶池知道斑叶说得没错。只有试着离开之后,她才明白自己对族群有多重要。"可是炭毛死了!"她痛苦地重复道。

"炭毛知道要发生的事情。"斑叶说道,"她也知道该来的怎么也无法避开,就算是星族也无法改变。这就是她为什么没有阻止你离开的原因。你觉得你留下来,情况会有什么不同吗?"

"我觉得会。"叶池坚持道,"如果我知道会这样,我就绝对不会离开她!"

"我知道炭毛的死会让你背上沉重的负担。但我向你保证,无论你做什么,都不可能改变发生在炭毛身上的这一切。"斑叶又靠近叶池身体一些,她的温暖和安慰依然不能减轻叶池的痛苦。

"她死了之后,我从来没有在梦里见过她。"叶池轻声说,"我从来没有感受过她的存在,嗅到过她的气息,或者听到过她的声音。她肯定还在生我的气,否则就不会不出来见我。"

"不,叶池,炭毛爱你。你觉得,她死了就会抛弃你吗?她只是暂时行走在不同的道路上而已。"

新的焦虑在叶池内心升腾起来。她原以为,自己了解巫医和武士祖灵的关系。什么是"不同的道路"?斑叶的意思是,炭毛正行走在虎星所在的黑森林里吗?

"你这是什么意思?"她问道,脖颈上的毛竖了起来,"她在哪里?"

"我不能告诉你。但我向你保证,她现在很好,你会再见到

日落和平

她的，比你想象得要快。"

斑叶的声音渐渐消失了，贴着叶池的温暖，也化为一股清风。这只玳瑁色的星族猫的皮毛逐渐化为光与影的斑纹，直到叶池再也看不见，只有她的气息仍残留在空气中。

叶池睁开眼睛，看见平静的湖面上依然倒映着数不清的星星。一股对炭毛的悲痛之情，再次涌上心头。炭毛为什么要死？她为什么不像斑叶那样在梦里见我？叶池很想像一只被遗弃的幼崽一样大哭一场。

但她没有哭，而是站起来伸展了一下身体。"炭毛，无论你在哪里，"她大声说道，"只要你能听见我说的话，我答应你，我再也不会离开我们的族群了。我现在是族群的巫医，我会循着你的脚步，直到我加入星族。"犹豫片刻后，她又补充说道，"但是求求你，如果我对你还算重要，就请回来告诉我，你已经原谅我了。"

第四章

一股冷风吹拂着皮毛，弄醒了睡在武士巢穴里的黑莓掌。他张开嘴，打了一个大大的哈欠，然后抬起了头。透过曾经遮蔽巢穴的荆棘锯齿状的破洞，可以看见一片苍白的天空。天已破晓，该起来工作了。睡了整整一晚无梦的好觉，黑莓掌觉得心中充满了希望。

他的周围，其他猫也开始醒来。云尾站起身，失去一个爪子的脚掌刚一着地，就疼得直咧嘴。"獾！"他低吼道，"就算我再也看不到獾，我也不会想念它的。"他从枝条间挤了出去，走到空地上。

黑莓掌睡觉的时候，松鼠飞就蜷缩在他的身边，他的鼻孔里依然有松鼠飞甜美的气息。但是现在松鼠飞已经没了踪影，只留下一片被压平的苔藓。当他看见蜡毛也不在的时候，觉得皮毛顿时刺痛起来。他一跃而起，不小心扯动了受伤的肩膀，疼得他尖叫了一声。他循着他们的踪迹往外走，还没等他走到空地上，就听见外面传来松鼠飞和蜡毛的声音。他一下子站住了，躲在枝条后面听着。

日落和平

"你看,蜡毛……"黑莓掌从松鼠飞的声音里听出,她正在竭力控制着怒火,"作为一个朋友,我真的很在乎你。但我不想超越朋友的界限。"

"可是我爱你!"蜡毛说道。他又犹豫了一会儿,补充道:"我们在一起会很快乐的,松鼠飞,我知道我们会快乐的。"

黑莓掌不由得对淡灰色武士生出一丝同情。他太了解失去松鼠飞的感觉有多么痛苦了。

"我很抱歉!"松鼠飞接着说,"我从来没想过要伤害你。但是黑莓掌——嗯,星族已经决定让我们在一起了。"

"我不知道你为什么要这么说!"蜡毛强忍着才没有咆哮起来,"你自己也说过,你不可能相信黑莓掌那样血统的猫。他的确很不错,我知道,但是不管怎么说,他都是虎星的儿子。"

黑莓掌心中的同情立刻消失得无影无踪。他弹出长长的弯曲的爪子,抓挠着地面。难道别的猫就不能不提他的父亲,而是按照他的所作所为来评判他吗?更糟糕的是,松鼠飞会不会因为虎星是他的父亲而不相信他?

"我会根据黑莓掌的行为来评判他,"她生气地反驳道,"而不会根据我出生之前的其他猫的原因来评判他。"

"松鼠飞,我只是替你着想。"蜡毛说道,"我不会忘记虎星,他的爪子上沾满了无辜猫的鲜血。为了把狗群引入我们的营地,他害死了我的母亲,你知道吗?"

松鼠飞接下来的低语声黑莓掌没有听清楚,但她最后的几句

话，黑莓掌却听得很清楚:"这并不能说明,黑莓掌也会和他父亲一样。"

听到身后有响动,黑莓掌意识到更多的武士已经起来了。他不想让其他猫看到他在偷听,于是赶快走出来,来到了空地上。

他刚一出来,松鼠飞就转向了他:"嗨,黑莓掌。"

光线更加强烈了,天空一碧如洗,预示着接下来的阳光将驱散凌晨的寒冷。但是对黑莓掌来说,松鼠飞眼神中的温暖比什么都要重要。黑莓掌走上前去,用鼻子碰了碰松鼠飞,尽量不去理会蜡毛投过来的冰冷的眼神。

黑莓掌伸展身体,想缓解一下僵硬的肩膀。就在此时,他看见火星走出了巢穴,站在高石台上嗅着清晨的空气。

"火星!"他喊道,"黎明巡逻队出发了吗?"

"还没有。你愿意率领一支吗?"

黑莓掌低头致意。"当然可以。你愿意和我一起吗?"他问松鼠飞。

松鼠飞点点头。蜡毛突然说道:"我要去看看桦爪。"不等松鼠飞说什么,蜡毛已经迈开大步朝叶池的巢穴走去。

看着蜡毛离去的身影,松鼠飞绿色的眼睛里满是担忧。"我很抱歉伤害了他。"她说道,"我原以为他是很适合我的伴侣,但后来发现他不是。我不知道该怎样让他明白这一点。"

黑莓掌知道自己说什么都无法让松鼠飞感觉好受些。他用鼻子轻轻碰了碰松鼠飞的鼻子,不由得心想:族群究竟会支持他还

日落和平

是蜡毛呢？淡灰色武士在族猫中很受欢迎，而黑莓掌却只是与曾和他一起前往太阳沉没之地的猫建立了深厚友谊，而且除了松鼠飞之外，其他的猫都在别的族群。

他身后传来沙沙的声响，亮心挤开枝条，来到空地上。她四下里看着，似乎在寻找云尾。当看到云尾正在育婴室外和黛西说话，三只幼崽正往他的身上爬时，亮心感到耳朵一阵刺痛。黑莓掌看到亮心的眼神中流露出伤悲，不由得怒火中烧。云尾把注意力全放在了这只马场来的猫身上，根本没意识到已经伤害了亮心，真是脑子里进了蜜蜂了。

"嗨，亮心，"他假装什么都没有看到，"你愿意参加黎明巡逻队吗？"

亮心摇摇头说："谢谢。我已经答应叶池，今天早上要帮她。白爪能和我们一起去吗？"

"当然可以。蕨毛在育婴室里守着栗尾，让白爪忙碌起来是件好事。"

"谢谢。我这就去叫她。"亮心朝学徒巢穴走去，突然她停下来，转过了身。"真的很高兴看到你和松鼠飞和好了。"她轻柔地补充道。黑莓掌惊讶得说不出话来。亮心大声喊着白爪的名字，跳跃着离开了。

黑莓掌急着出发，便探头朝巢穴里张望。尘毛抖落粘在暗棕色虎斑皮毛上的苔藓碎屑，正准备起身。

"你准备好了吗？"黑莓掌问道。

尘毛抽动着胡须:"我这就来。如果影族听说了獾的事,没准会趁我们还在恢复的时候,进入我们的领地。"

黑莓掌也一直这样想。与风族的边界应该是安全的。一星带领武士帮忙赶走了獾,他不会如此两面三刀,趁雷族虚弱时发难。但是影族的族长黑星却完全不同,他会利用一切机会,拓展自己的领地。

等喊过巡逻队的最后一位成员蛛足,黑莓掌再次回到了空地上。等其他猫都到了,他带头穿过入口处乱成一团的荆棘堆,向下朝湖边走去。

周围的树木变得稀疏起来,太阳已经升到了山顶。湖面上闪耀的亮光,刺得黑莓掌的眼睛都睁不开。一阵微风吹过湖面,弄乱了他的皮毛。沿着湖岸朝与影族交界的小溪行走的时候,黑莓掌这才明白,有松鼠飞再次陪伴在身边的感觉有多奇妙。之前与她的争吵,总让他觉得自己的皮毛被反向捋得刺痛。

"你一直往前走,"他命令蛛足,"一直走到那棵枯树跟前,仔细检查影族的气味标记。确保他们没有越界,然后就在那里等着我们。"蛛足跑开了。黑莓掌又对尘毛和松鼠飞说:"我们来重新设置气味标记,检查一下我们领地内是否有影族的气味。"

他领着巡逻队沿着小溪向上游走去,一直来到小溪改变流向,开始深入到影族腹地的地方。

尘毛发出嘶嘶的叫声。"直到今天我都不愿相信,我们会让影族在这里设置标记。"说着恼怒地甩动着尾巴,"小溪本该是

日落和平

两族的边界,所有的猫都知道。"

松鼠飞卷起尾巴打趣道:"你把这话讲给黑星听,没准你的两只耳朵都保不住了。"

她的这位前任老师哼了一下,就沿着边界大步向前而去。没等他们走出多远,黑莓掌就听见有猫在他们前面的树林中飞奔。他竖起尾巴,示意其他猫停下,然后嗅了嗅空气。可是他只嗅到了雷族猫的气息。

蕨丛猛烈晃动起来,接着蛛足冲了出来。

"你在干什么?"黑莓掌责备道,"我告诉过你在枯树那儿等着。你根本还没来得及去……"

"我知道,"蛛足打断了他,胸脯剧烈地起伏着,"可是我发现了很奇怪的东西。你们必须过去看看。"

"是什么呀?"尘毛翻着白眼,叹着气说,"我希望——不会是獾吧?"

"不会是影族找我们麻烦吧?"黑莓掌没好气地问道。

"不是,是两脚兽的东西。"蛛足气喘吁吁地说,"我以前从来没有见过。"

他甩着尾巴,示意他们跟上。黑莓掌与松鼠飞相互看了一眼,跟了上去,同时小心地检查着边界上影族的气息。除了惯常的标记,黑莓掌什么都没有嗅到。很快,他们就跟着蛛足来到一片空地。地面长满浓密的蕨叶,在苍白的阳光中,新鲜的绿叶伸展着。

黑莓掌嗅到了一股新的气息,肩膀上的皮毛不由得直立了起

来。"狐狸!"他低声咆哮道。

"不过已经不新鲜了,"松鼠飞说道,"至少过去几天,它没来过这里。"

黑莓掌还是不太放心。他看见蕨叶中间有一条小路,很窄,上面有很多爪印。小路上的狐狸气息更浓——这个邪恶的家伙肯定经常在这里行走。他提醒自己,一会儿一定要检查一下附近,看看有没有狐狸的巢穴。

蛛足沿着狐狸经常行走的小路走了几步,然后在离影族边界只有几尾远的地方停了下来。"这就是那个两脚兽的东西。"他说着用尾巴指了指。

为了不踏上狐狸踩过的爪印,黑莓掌直接从蕨叶中钻了过去。只见在这位年轻武士的爪边,有一个闪闪发亮的东西。那是一个薄薄的发亮的东西,被卷成了一个圆圈,固定在一根扎到地里的棍子上。

"你说得对,这肯定是两脚兽的东西。"黑莓掌说道,"它们用这种发亮的东西,给羊群修栅栏。"

"上面都是两脚兽的气味。"尘毛说着走了过来,"它们为什么把它放在这里?有什么用?"

蛛足低下头,想挨近些嗅嗅。但是不等他凑上去,尘毛就把他挤开了。"鼠脑子!"他厉声说道,"你的老师难道没有告诉过你,在不知道自己面对的是什么之前,不要乱戳鼻子吗?"

"当然说了,鼠毛什么都教我了。"蛛足不乐意地瞪着这位

日落和平

年长的武士。

"那就记好了。"

松鼠飞和黑莓掌站在一起,研究着这个圆圈和棍子。

"如果我们碰一碰它会怎么样呢?"松鼠飞小心翼翼地伸出一只爪子。

黑莓掌用尾巴把她的爪子拨开了。"我们没必要为了查清楚它,吃那么多苦头。"他警告道。

"可是我们总得做点什么吧?"松鼠飞抗议道,"稍等!我们来试试这个。"她用嘴咬住一根长长的棍子。

"小心点!"黑莓掌提醒道。

松鼠飞冲他抽动着耳朵,然后小心翼翼地朝两脚兽的那个东西靠了过去,然后用棍子去戳那个亮闪闪的圆圈。圆圈一下子就收紧了,箍住了棍子。蛛足吓得尖叫一声,赶紧往后跳了一步,全身的毛都竖了起来,耳朵也平贴了起来。

黑莓掌站着没动,但是从耳朵到尾巴尖都在颤抖。他闭上眼睛,想象着一只猫根本没有意识到危险,在这条小路上跑着,然后把头伸进了这个圆圈,然后……"它能把一只猫的脖子勒断。"他说道。

"或者是让一只猫窒息而死。"尘毛沉着脸附和着。松鼠飞丢下棍子。"这个圆圈不是用来抓我们的,"她说道,"两脚兽把这个东西放在狐狸经常经过的小路上,肯定是要抓狐狸。"

"为什么呢?"蛛足问道。

尘毛耸耸肩说:"它们疯了,所有的两脚兽都疯了。"

黑莓掌再次看着那个亮闪闪的东西,它比常春藤的卷须还要细,夹得很紧,把小棍淡绿色的树皮都夹烂了。"现在已经没有危险了。"他说道,"不过也许还有很多这种东西。我们要赶紧汇报给火星,让所有的猫都知道这件事。"

"至少,我们知道怎么对付它了。"尘毛冲自己过去的学徒点点头,"松鼠飞,你想出的那个办法很棒。"

松鼠飞绿色的眼睛闪闪发光——尘毛可是不会轻易称赞别的猫的。

"蛛足也很棒,是他发现这个危险的。"黑莓掌说道。但想起这位年轻武士很可能轻易落入陷阱,他不由得又有些担心。"我们最好现在就结束巡逻,"他命令道,"大家要小心爪下。森林里可能到处都有这种陷阱。"

他们开始沿着影族的边界前行。黑莓掌让尘毛带路,他和松鼠飞并排走在巡逻队的最后。松鼠飞近在咫尺,黑莓掌尽力不让自己分神。他嗅着空气,睁大眼睛,留意着可怕的亮闪闪的圆圈。

"你觉得我们应该把两脚兽设置的狐狸陷阱的事情,通知其他族群吗?"黑莓掌问松鼠飞。

松鼠飞瞥了他一眼,绿色的眼睛里充满了警惕:"你是想告诉鹰霜,对吗?"

"不,不仅仅是河族。"黑莓掌说道,尽力不让自己颈部的

日落和平

毛竖起来,"除了小溪对岸的那片树林,风族可能没什么好担心的。但影族的领地里肯定有这种圆圈,我们找到的那个,就在影族的边界上。"

"火星会决定要不要告诉他们。"松鼠飞说道,"下次森林大会时,他很可能会宣布这件事。"

黑莓掌停下来,看着她说道:"松鼠飞,我们能不能心平气和地说这件事?难道你真的认为我是因为鹰霜才想到要提醒河族的吗?"鹰霜是黑莓掌同父异母的弟弟,也是虎星的儿子,是松鼠飞不信任的猫。如果现在黑莓掌和松鼠飞要在一起,他们就必须彻底解决这个问题。

"是的,我的确是这么认为的。"松鼠飞很坦率,但似乎并没有生气,这让黑莓掌松了一口气,"你知道我对鹰霜的看法。"

"可他是我的弟弟,"黑莓掌提醒她,"我不能无视这一点,就像我不能不认褐皮是我的妹妹一样,尽管她现在是影族的武士。"

他不知道自己是否真的很坦诚。他和鹰霜在梦境中一起行走,循着曲折的道路,去见父亲虎星,听他教自己如何领导族群,却从没有和褐皮这样过。他知道,永远不能把黑森林和等着他的黑暗武士这件事告诉松鼠飞,也不能告诉雷族的其他猫。

不过这根本就没有必要。他们永远不会理解的。虎星也许可以教我东西,但这并不意味着我会为得到权力,去做他所希望的事情。他心里安慰着自己。

"褐皮跟他不一样。"松鼠飞坚持说道,"首先,她和我们一起经历过那场旅程;而且,她也算半只雷族猫。"

黑莓掌忍住想要反驳的冲动。他想结束这场争吵。"照你这样说,"他开口说道,"如果叶池跟着鸦羽去了风族,你会因此减少对她的关爱吗?"

"当然不会!"松鼠飞的眼睛不由得睁大了,"就算她和风族猫走了,她也依然是我的姐姐。"

"所以说,鹰霜依然是我的弟弟,褐皮依然是我的妹妹。我们永远都是兄弟姐妹,哪怕我们在不同的族群。你很幸运,你的姐姐和你在同一个族群。只要我的弟弟妹妹能和我在一起,我宁肯抛弃一切。"

松鼠飞似乎明白了什么,绿色的眼睛在黑莓掌的脸上搜寻着什么。"好吧,"她说道,"我想我懂了。我知道在你的眼里,鹰霜和族群一样重要,我只是不喜欢这种感觉罢了。"

"不会的。"黑莓掌立刻回应道,"我首先要忠诚的一直都是雷族。"

"黑莓掌!"尘毛的喊声打断了他们的谈话。

黑莓掌猛地转过身,发现暗棕色皮毛的虎斑武士正从蕨丛中钻出来,蛛足跟在他的身后,刚刚露出头。"我们是在巡逻,对吧?你们打算一整天都站在这里闲聊吗?"

"对不起。"黑莓掌朝尘毛跑了过去,然后率领队伍沿着边界往前走去。

日落和平

当尘毛、蛛足和松鼠飞紧紧跟在他身后前进的时候,黑莓掌希望,他刚才关于鹰霜的争论,已经使松鼠飞彻底相信自己。他也希望,当必须做出抉择的时候,自己真的能把族群的利益放在弟弟的前面。

第五章

"所有能独自狩猎的猫到高石台下集合,参加族群会议!"

火星的召唤声让叶池停了下来。她刚刚在长老巢穴中检查完鼠毛的伤口,这时正往回走。这位深棕色长老一直抱怨自己四肢僵硬,不过她的抓伤已经开始愈合,也没有感染的迹象。

叶池朝空地边缘走去,在火星俯视整个族群的高石台下站住了。沙风和刺掌从猎物堆旁走了过来,云尾和雨须也放下正在修补荆棘屏障的工作。一种不安噬咬着叶池的身体。黎明巡逻队一回来就直接去找火星,他们发现了獾仍然留在领地里,还是发现了影族试图侵占雷族领地的迹象?

叶池竭力压制着心里的焦虑,在香薇云的身边蜷伏下来。香薇云冲她打过招呼后,急切地问道:"桦爪怎么样了?"

"他没事。"叶池回答道。桦爪是香薇云的孩子,在同窝猫中,只有他挺过了旧森林的饥荒。她理解香薇云对他的伤势有多担心。"桦爪眼睛周围的浮肿已经消了,但我还要留他在我那里多观察几天,确保他的伤口不会感染。"叶池说道。

香薇云感激地舔了舔叶池的皮毛:"叶池,你真是一位了不

日落和平
RILUOHEPING

起的巫医。我很高兴你能回来。"

我可没那么了不起,叶池心里想,我曾抛弃了自己的族群!

长老们也从巢穴里走了出来,在崖壁附近安顿了下来。他们似乎已经预感到有什么不好的消息,正焦急地相互看着。暴毛和溪儿站在空地边缘,似乎还有些拿不准该不该过来。

叶池用尾巴招呼他们。"过来坐在这里吧,"她邀请道,"你们待在这里的时候,我们都欢迎你们参加族群会议。"

暴毛和溪儿感激地点点头,走过来在她身边坐下。黛西也带着三只幼崽出来了。蕨毛就坐在育婴室门口,这样就既能听见族长和众猫说什么,也不会离栗尾太远。

黑莓掌和黎明巡逻队的其他成员一起站在落石堆旁。叶池看见他们的尾巴都蓬松着,眼里充满了警惕,似乎察觉到危险就要来了。

"雷族众猫们,"火星开始说话了,"黑莓掌和黎明巡逻队发现了一个东西,大家都有必要知道。黑莓掌,你能来讲讲吗?"

黑莓掌一跃身,跳到一块石头上。"我们在一条狐狸出没的小路上发现了两脚兽的一个东西,"他说道,"是一个细细的、亮闪闪的圆圈,固定在一根扎在地里的棍子上。圆圈一碰,就会收紧。如果有猫被套住了,就会丧命。"

不等他说完,周围就响起了一阵惊恐的哀号。蜡毛蜷伏在地上,此时后颈的毛竖立了起来,似乎准备扑向敌人;白爪吓得肚皮紧紧贴着地面,她旁边的云尾则猛烈地抽动着尾巴,龇牙咆哮

着。

鼠毛的声音响了起来:"领地内到处都有这种圆圈吗?"

黑莓掌挥动尾巴,示意大家安静,这样他才能回答问题。叶池觉得,他站在岩石上的样子很威风,俨然一副副族长的样子。她心里寻思着,火星一直等着灰条回来,这样真的明智吗?如果火星能接受灰条不会回来的事实,并任命新的副族长,情况会不会更好一些?

"我们只找到了一个,"黑莓掌解释道,"不过森林里肯定还有很多。"

"为什么?"雨须不解地问道,"两脚兽为什么要捉狐狸?"

众猫面面相觑,不知所措地低语着。这时,一个颤抖的声音响了起来:"我可以告诉大家为什么。"

叶池扭过头,看到黛西已经站了起来。这是这只来自马场的猫第一次在族群大会上讲话,她看起来很害怕,就跟看到獾闯进营地时一样。

"黛西,继续往下说。"火星鼓励她。

"无毛兽——也就是两脚兽——在农场上养鸟吃。那些鸟跟我们吃的小鸟不一样,而是要大得多。但狐狸老是去偷,两脚兽为了保护鸟,就想杀死狐狸。"她又坐下了,尾巴缠绕在爪子上,不好意思地眨着眼睛。

"谢谢你,黛西,"火星对她说,"至少我们现在知道是怎么回事了。"

"但是我们该怎么应对呢?"云尾问道。

"我们能做什么?"金花挑衅地说道,"没有哪只猫能阻止两脚兽去做它们想做的事。在旧森林的时候,我们就见识过了,我看这里的情况只会更糟!"

"不是这样的。"香薇云温和地对这位长老说道,"就算是这样,我们也不能回去,现在旧森林里已经什么都没有了。在这里,我们必须学习新的东西。星族不会把我们带到一个危险得无法生存的地方的。"

"没准星族会告诉我们怎么应对圆圈的!"金花没好气地回应道。

"我们有办法应对的,"黑莓掌说道,"松鼠飞想出了一个办法。松鼠飞,你过来给大家讲讲。"

叶池看到妹妹跳上岩石,站在黑莓掌身边。她的毛皮是暗姜黄色的,在阳光的照耀下,变成了火焰色,看上去简直和她们的父亲火星一模一样。"这很容易,"松鼠飞说道,"你可以拿一根小棍——要尽可能地长——去戳这个圆圈。圆圈会一下子夹紧小棍。就这样,什么问题都解决了。"

一股自豪感顿时涌上叶池的心头,她们的母亲沙风的浅绿色眼睛里,也闪烁着赞赏的神色。

"真正的危险,"火星警告道,"是猫在不经意间撞上这种东西。所有的巡逻队都要小心,发现了危险,要立即上报。"

"就算我们现在用棍子破坏了这种陷阱,"黑莓掌接着说,"也

"雷族众猫们，"

"黑莓掌，你能来讲讲吗？"

"黑莓掌和黎明巡逻队发现了一个东西，大家都有必要知道。"

"我们在一条狐狸出没的小路上发现了两脚兽的一个东西，是一个细细的、亮闪闪的圆圈，固定在一根扎在地里的棍子上。圆圈一碰，就会收紧。"

"领地内到处都有这种圆圈吗？"

"如果有猫被套住了，就会丧命。"

不等黑莓掌说完，周围就响起一阵惊恐的哀号。

叶池觉得，黑莓掌站在岩石上的样子很威风，俨然一副副族长的样子。

火星一直等着灰条回来，这样真的明智吗？如果火星能接受灰条不会回来的事实，并任命新的副族长，情况会不会更好一些？

"我们只找到了一个，不过森林里肯定还有很多。"

"我可以告诉大家为什么。"

"为什么？两脚兽为什么要捉狐狸？"

黛西，继续往下说。
无毛兽——也就是两脚兽——在农场上养鸟吃。那些鸟跟我们吃的小鸟不一样，而是要大得多。但狐狸老是去偷，两脚兽为了保护鸟，就想杀死狐狸。
但是我们该怎么应对呢？
我们能做什么？没有哪只猫能阻止两脚兽去做它们想做的事。
在旧森林的时候，我们就见识过了，我看这里的情况只会更糟！
不是这样的。就算是这样，我们也不能回去。现在旧森林里已经什么都没有了。
我们必须学习新的东西。星族不会把我们带到一个危险得无法生存的地方的。
没准星族会告诉我们怎么应对圆圈的！
我们有办法应对的，松鼠飞想出了一个办法。松鼠飞，你过来给大家讲讲。

应该经常检查，以防两脚兽重新设置。"

"黑莓掌想得很周全。"火星说道，"我们就这么办。所有走出营地的猫，都要小心爪下，还要留意空气里的气息。如果狐狸的气息和两脚兽的气息同时存在，就表明附近有危险。"

"这么一来，我们该怎么狩猎啊？"雨须轻声说道，"我们不可能又要观察又要嗅气味，还要追捕猎物。"

叶池知道雨须的话有一定的道理。想到一只狩猎猫飞奔而过，却不小心一头撞进闪亮的圆圈里，她就不寒而栗。星族啊，帮帮我们！她祈祷着，否则早晚都会有猫因此丧命的。

担心让她短暂地分了神，等她收回心绪再次听时，火星已经开始说狩猎队的事了。

"暴毛和溪儿，雷族谢谢你们。"他说道，"袭击之后，如果没有你们，我们全族猫要想吃饱肚子肯定会困难得多。"

暴毛低头接受了谢意，而溪儿则盯着自己的爪子，当着全族的面受到表扬，似乎让她很不好意思。

"我想让所有能够狩猎的猫都出去狩猎。"火星继续说道，"我希望太阳落山时，所有的族猫都能吃饱，猎物也高高地堆起来。"

"云尾和我昨天出去过。"沙风说着站了起来，"我可以再去，但我觉得云尾的爪子有伤，应该休息一下。我看他走路一瘸一拐的。"看到云尾跳起来咆哮着，准备反对，她继续说道，"你看，你的脚垫又流血了。"

云尾再次坐下，尾巴尖不住摆动着。

日落和平

"我和你一起去。"黑莓掌提议道。

蜡毛也很快站了起来。"我也去。"他对沙风说道,眼睛却一直盯着黑莓掌。

愚蠢的公猫!叶池心中说道。她站起身,用尾巴示意火星自己有话要讲。

"叶池,有事吗?"她的父亲说道。

"黑莓掌肩膀上的伤势很严重,而且今天还参加了巡逻。"叶池解释着,"蜡毛的伤势是族里最严重的。未经我的检查,他们两个都不能迈出营地一步。"

"你说得对。"火星说道,"这么看来,黑莓掌和蜡毛都不应该出去。叶池,你也检查一下其他的猫。没有叶池的允许,任何猫不准迈出营地一步。沙风,巡逻队的事,就由你负责好吗?"

沙风表示同意。会议也就此结束了。

"嗨,叶池,"刺掌说道,"先看看我的伤口,好吗?我想去狩猎。"

"还有我。"蛛足也挤过来站在刺掌身边,"看,我的抓伤正在愈合。说实话,我很好。"

"我说好了,你才是好了。"叶池反驳道。她飞快地检查着伤口,让伤势重的猫去她的巢穴,接受进一步的治疗。与此同时,沙风开始把其他猫组织起来。

最后,两支狩猎队走出了营地:刺掌、尘毛和香薇云一队,沙风领着松鼠飞和蛛足一队。

"等等！"火星边喊边踩着落石堆下到空地，来到沙风身边，"我和你们一起去。"

沙风眯起眼睛看着他："如果让你回巢穴休息，你肯定不会听的。"

"是的，"火星附和着，同时用尾巴充满爱意地弹了一下她的肩膀，"大家都有伤，我的抓伤没有那么严重。"

"这话应该由叶池说。"沙风说着，扭头找他们的女儿。

叶池嗅了嗅火星腹侧和肩膀上的伤。她明白，自己必须忘记他是父亲和族长，要像对待其他猫那样对待他，他不会因为自己让他待在山谷休息而领情的。幸运的是，尽管他的身体有不少擦伤，但每个伤口都不深。战斗结束后，她已经用金盏花处理过这些伤口了，现在，伤口已经开始愈合。

"你看起来很好。"最后叶池说道，"在你出发之前，我再给你取些金盏花，如果伤口再次流血了，就赶紧回来。"

火星咕哝一声，算是答应了。只有星族知道，他会不会真的这么做。

叶池回巢穴去取金盏花。等她嘴里衔着叶子走出来时，发现火星已经跟过来了，在离巢穴几只狐狸身长的地方等着她。

"那场战斗过后，你注意到松鼠飞和黑莓掌了吗？"叶池把叶子嚼碎，往他伤口上敷的时候，火星问道，"他们似乎不再吵架了。"

叶池继续做她的事，不太想谈妹妹的事，但显然火星是在等

日落和平

着她的回答。"是的，"忙活了一会儿，她才说道，"我想獾的袭击让他们意识到什么才是最重要的。"

"蜡毛一定会很失望的。"

"我也觉得他会失望。"叶池不知道该不该把虎星和他的儿子们一起出现在黑森林的那个梦告诉父亲。提醒族长注意潜在的危险，难道不是巫医的职责吗？

"我过去一直觉得，族里有只长得和虎星几乎一模一样的猫很难接受。"火星继续说着，叶池知道他指的是黑莓掌，"但褐皮离开雷族、加入影族的时候，我才意识到，她和黑莓掌生来就属于雷族。无论他们的父亲是谁，都改变不了这一点。另外，星族如果不相信黑莓掌，就不会派他前往太阳沉没之地。"

叶池轻声附和着，然后绕过他，把药汁滴到他另一侧的伤疤上。

"我应该相信松鼠飞的判断。她也不再是幼崽了。"火星接着说道，"她看重的是他现在作为武士的所作所为。用虎星儿子的身份评判他，就像用宠物猫的身份来评判我。"

"你早就不是宠物猫了。"叶池不满地说道。她依然难以想象，父亲，现在的族群领袖，竟然吃过难以下咽的宠物猫的食物，并且会让两脚兽照顾他。

"黑莓掌也好多个季节没见到过他的父亲了。"火星说道。

这你可就说错了！她正想这么说，可没等她开口，父亲就用更温和的语气接着说道："叶池，我很高兴你能回来。我认为你

做出了正确的决定,希望你也这么认为。炭毛很信任你。"

"我知道,"叶池温顺地说道,"这是我欠她的,我要竭尽全力,成为最好的巫医。"

抹过金盏花,火星谢过叶池,便朝沙风走去。沙风和狩猎队的其他成员正在荆棘屏障附近等着。

看着父亲离去的身影,叶池心中非常沮丧。她现在还不能把那个梦告诉他,也不能把对黑莓掌的忧虑说出来。她因为形势所迫,才放弃了鸦羽,现在如果说出这样的话,只会让别的猫觉得她在嫉妒妹妹。

她叹了一口气,转身往巢穴走去,还有猫等着她治疗呢。

等叶池治疗完所有受伤的猫,已经快到了太阳升得最高的时候了。多数猫都回巢穴休息了。除了桦爪之外,只有云尾还没走。他正伸出爪子,让叶池往伤口上敷嚼碎的马尾草。

"你千万不要去碰伤口,"她责备云尾道,"难怪血会流个不停,你昨天竟然还去狩猎,真是鼠脑子。"

云尾有些不服气地甩着尾巴说:"族猫们需要更多的猎物。"

"族猫们已经有吃的了。现在,你是想待在这里让我看着呢,还是回武士巢穴休息?"

"我去武士巢穴休息。"云尾叹一口气,"谢谢你,叶池。你做得棒极了。"

"有些猫哪怕只有刚出生幼崽的脑子,我的工作也会做得更

日落和平

好。"叶池唠叨道,"如果再让我看见你……"

突然,她闭上了嘴,因为松鼠飞嘴里衔着一只田鼠,正从巢穴前面的黑莓屏风后面走出来。

"给你,最新鲜的猎物。"松鼠飞说着,把田鼠放在叶池的爪边。

松鼠飞转身离开了,但叶池还是捕捉到了她眼中的痛苦。叶池根本不需要用眼睛去看,她凭感觉就能知道,妹妹内心纠结得就像雷雨前咔嚓作响的雷电。

"等等,松鼠飞,你怎么了?"她问道。

她最初以为,松鼠飞会径直离开。没想到妹妹却转过身,飞快地扫了一眼云尾,低声说道:"还不是因为蜡毛。刚才我从他身边经过时,跟他打招呼,他却当我不存在似的瞪了一眼。当时雨须和他在一起。"叶池把尾巴搭在松鼠飞的肩膀上安慰她。松鼠飞继续说道:"现在,整个族群的猫肯定都在议论我!"

"你也不能怪蜡毛,"叶池告诉她,"他真的很在乎你。"

"我从没想过要伤害他!"松鼠飞的声音很平静,但充满了痛苦,绿色的眼睛里满是愧疚,"他的确很棒,我原以为和他在一起会很不错。但是黑莓掌……噢,叶池,你觉得我这样做对吗?"

叶池靠得更近了一些,蹭着松鼠飞的身体。"昨天晚上我去了湖边,"她小心翼翼地说,"星族给我托了一个梦:水面上有两行铺满星光的爪印,紧紧地缠绕在一起,我无法分辨出到底是谁的。后来,我看到你和黑莓掌在爪痕的尽头处走在了一起。你

们身后组成爪印的星光溢出了湖面。你们肩并肩，步幅一致，一步一步地往前走着，直到消失在天空中。"

松鼠飞的眼睛睁得大大的："真的？星族给你看了？这肯定是说，我和黑莓掌注定要在一起！"

"是这样的。我也这么想。"叶池试图掩饰自己声音中的担忧。

"噢，太好了！太感谢你了，叶池。"松鼠飞的尾巴直直竖了起来，爪子不停地伸缩着，一副坐立不安的样子，"我要去告诉黑莓掌。这样他就知道，我们不必再担心蜡毛了。没有什么能阻止我们在一起，没有！"

说完，她就冲了出去，穿过黑莓屏风的时候碰上了亮心和白爪。

"谢谢你带来的猎物！"叶池在她身后喊道。

"我刚才看见黛西了。"亮心说着把金盏花叶子放下来，"她说肚子疼。"

"她需要吃水薄荷。"叶池去岩石缝隙中取草药。

等她回来时，云尾已经站了起来，正小心翼翼地不让那条受伤的腿着地。"如果你愿意，我可以把水薄荷给黛西送过去。"他说道。

叶池正想提醒他要多休息，亮心已经没好气地说道："我怎么没见你热心地去帮助那些真正打过仗的猫。"然后便不再搭理他，对女儿说道："来吧，白爪，我们去找杜松果。"

学徒一脸疑惑地看了父亲一眼，然后跟着母亲走了出去。

云尾盯着她们的背影，嘴巴不由张得大大的："我说什么了吗？"

叶池瞪了他一眼。如果他自己想不明白，给他讲了也是白搭。再说了，她也不想介入他的情感纠葛。她无法判断，云尾是否真的想和黛西在一起，也无法判断他是否依然爱着亮心，现在只是一时糊涂。

叶池把水薄荷放在云尾的面前。"好吧，你可以把这个给黛西送过去。"她说道，"然后一定要去休息。"

她跟着这位白色武士来到黑莓屏风，看着他一瘸一拐地朝育婴室走去。在空地的中央，松鼠飞和黑莓掌正站在一起。松鼠飞正急切地说着什么，激动得尾巴来回摆动着。几个心跳过后，黑莓掌用鼻子碰了碰她，尾巴和她的尾巴缠到了一起。

叶池压抑住自己的叹息。纠缠在一起的爪印所传递的信息再清晰不过了，可是看见黑莓掌和妹妹在一起，她的毛皮依然因为恐惧而刺痛起来。

"噢，星族！"她低声祷告着，"我把自己做的那个黑森林的梦告诉她，可以吗？"

第六章

黑莓掌头顶的天空黑黢黢的,只有菌类映照出的微弱白光,指引着他沿路前行。蕨丛湿漉漉的,朦胧的蕨叶拂着他的毛皮。他朝约定的地点跑去,身上的每根毛都竖着。肩膀处的伤口已经不疼了,每次心跳都让他觉得自己正变得更强壮也更有力量。

很快,道路就变得开阔起来,最后伸展成一片空地。尽管没有月亮,但是借着一抹淡淡的光线,他看见同父异母的弟弟鹰霜正伏在一块岩石旁,岩石上面坐着一只庞大的虎斑猫。

当黑莓掌从树林中走出来时,鹰霜一跃而起,冲他跑了过来。"黑莓掌!"他高声喊道,"你怎么才来?"

这是族群遭到獾的袭击后,他第一个真正意义上的睡眠。可是当他刚闭上眼睛,就发现自己回到了黑森林,他和以往一样,渴望知道虎星会教给他什么。黑莓掌试图不去理会如顽固的荆棘一般扎着他的那种愧疚感。无论如何,他都不会把梦中与虎星相见的事情告诉松鼠飞,因为松鼠飞永远都不会理解,尽管他来见自己的父亲,但绝对忠于自己的族群。

"獾群攻击了我们的营地。"肩并肩往空地走的时候,他给

日落和平

鹰霜解释着。

"獾群！"鹰霜后颈的毛一下就竖了起来，他知道獾有多危险，"有多少只？"

"非常多。"黑莓掌神情黯然地说道。

"你受伤了？"鹰霜注意到黑莓掌肩膀上有一道长长的伤疤，冰蓝色的眼睛里充满了关心。

"没事。"走到岩石跟前时，黑莓掌冲父亲低下了头，问候道："你好，虎星。"

"你好。"虎星琥珀色的眼睛如鹰爪一般攫住了黑莓掌，"你已经有好些天没来了。如果你想拥有权力，就必须全身心地投入——每根毛，每只爪子，每一滴血！缺少任何一点都会让你软弱。"

"我是全心全意的！"黑莓掌辩解着。他知道鹰霜在听，但还是讲出了獾袭击营地的情形；他本不愿意让敌族的猫知道，这次攻击的破坏性很大，雷族仍处于极度疲惫的状态。"在那以后，我几乎没睡过觉。要做的事情实在太多了，要修复被毁掉的一切。"

"你在战斗中表现得很勇敢。"虎星赞赏道，"为了族群，你做好了牺牲的准备，我为你感到骄傲。"

黑莓掌不安地抽动着耳朵。他并没有给父亲讲自己在战斗中的表现，但父亲似乎已经知道了。*他肯定一直在看着我，他刚才对我的奚落，肯定只是试探我。*

"你一定要让火星记住，你在战斗中表现得有多么勇敢，你

85

在战后为了族猫多么得不辞辛苦。"虎星接着说道，"等他挑选副族长时，这会对你有很大的帮助。"

黑莓掌盯着父亲。他拼尽力量帮助族群，并不是为了取得什么权力！然而他还是不由自主生出一股满足感。火星把重要的任务托付给他，火星肯定认为，他是副族长的绝佳选择。

"我还没有带学徒。"黑莓掌提醒虎星，"而且，在确定灰条已经死亡之前，火星不会另选副族长的。"

"这样的话，你就要想法拖延他另选副族长的时间，好让自己能带一位学徒。"虎星说道，"鹰霜，如果是你，你会怎么做？你是怎么想的？"

"让火星觉得灰条还活着，"鹰霜建议道，"当然，这并不是真的。但火星愿意这么想，因此取信他应该不难。"

黑莓掌不喜欢用这种手段掌控族长的想法，尤其是当他知道灰条对火星有多么重要之后，但他不能否认，鹰霜的建议很有用。火星越坚信灰条会回来，黑莓掌在他任命新的副族长前，带学徒的机会就越大。

虎星赞许地冲鹰霜点点头，再次转向黑莓掌："你还有其他要说的吗？"

"嗯……让自己担负起副族长的职责，"黑莓掌说道，"这样就会给火星留下好印象，同时还会让他不那么着急选一位新的副族长。"

"还有呢？"

日落和平

黑莓掌思绪纷至沓来，简直就像在不依靠声音和气味的帮助下追踪猎物那样。

"你可以和黛西的幼崽做朋友，"鹰霜用尾巴轻弹了黑莓掌一下，"他们都快要当学徒了，对吧？如果其中有一只要你当他的老师，那这个问题就简单多了。"

"确实如此，"黑莓掌说道，"这个我能做到。虽然他们的母亲不是族生猫，但是这些幼崽都非常好。"

我想当小莓的老师。他不禁心中想道。在这只壮实、爱冒险的小公猫身上，他看到了优秀武士的潜质。但是虎星会怎么看待一只不是族生的幼崽呢？

"他们的母亲来自马场，你觉得这有什么问题吗？"黑莓掌大着胆子问道。他想起了一个传言，说虎星在掌控河族和影族之后，曾收拢了一些非族生猫做杀手。也许这些传言是假的，也许是父亲改变了对非族生猫的看法？

"他们的母亲应该从哪里来，就回到哪里去。"虎星咆哮了起来，"她对族群一点用都没有。但这些幼崽如果能得到适当的训练，可能会非常有用。"

鹰霜的胡须抖动着："别忘了，我的母亲也不是在族群里出生的。可以肯定的是，河族不会忘记这一点，但我并没有因此变弱或变蠢。"

虎星冲儿子轻轻点了一下头。"你母亲的确是只泼皮猫，但只要你遵守武士守则，你就能和那些看不起你的猫一样优秀。我

87

就当上了影族的族长,虽然我并不是在影族出生的。黛西的幼崽们还很小,只会记得他们是雷族猫。"停了片刻,他接着说道,"出生在族群很重要,但是在通往权力的道路上,我们要利用现有的一切。"

"所以,即便是像火星那样的宠物猫……"黑莓掌开口说道。

虎星发出一声愤怒的嘶嘶声。"火星永远摆脱不掉肮脏的宠物猫气息!"他咆哮着,"出身让他变得软弱。他竟然让哭哭啼啼的马场猫留下来。马场猫的幼崽们长大后,倒会更像族群猫,而不像宠物猫,但马场猫永远也成不了武士。现在,火星竟然还收留了抛弃族群的河族猫。这只河族猫的伴侣就更不要提了,她竟然不属于任何族群,而且也从来不愿意加入任何族群。"

"你是说暴毛吗?"鹰霜的耳朵竖了起来,"暴毛回来了?"

黑莓掌点点头:"就在我们把獾赶出去的时候,他和溪儿出现了。他们留了下来,帮助我们重建营地,但我想他们很快就会去河族。"

鹰霜的眼睛眯了起来,黑莓掌猜不透他在想什么。他多么希望虎星没有把暴毛回来的消息透露出来。他突然有提醒暴毛的冲动,但又想不清楚,自己为什么觉得鹰霜会威胁到暴毛。再说了,他也不能把这些会面的事告诉雷族里的任何猫。

他的腹侧挨了重重的一击,思绪这才猛地回到阴暗的空地里。但他已经失去了平衡,倒在地上。虎星巨大的爪子攫住他,琥珀色的眼睛凶狠地盯着他。

日落和平

"永远要保持警惕!"虎星厉声说道,"任何时候,你都有可能遭到攻击。如果忘记了这一点,你还怎么保护族群?"

黑莓掌喘着粗气,用后爪抓向虎星的肚子。他奋力挺身甩掉了父亲。虎星亮出爪子,抓向黑莓掌的耳朵,但黑莓掌一闪身躲了过去。黑莓掌挣扎着站稳身子,再次扑向父亲,直击虎星的肩膀。虎星趔趄了几下,但很快就稳住了身体,然后绕到黑莓掌的身体一侧,龇着牙,伸出爪子,再次扑向黑莓掌。黑莓掌躲过飞速劈来的爪子,试图去咬父亲的后颈。虎星挣脱了,后退了一步。

黑莓掌大口喘着气。这场打斗比平时的训练要激烈得多,而且平时训练时爪子是不伸出来的。在这场短暂的比试之后,黑莓掌肩膀上的伤口再次裂开了,他能感觉到血正渗进皮毛中。当他的爪子试着落地时,他疼得嘶嘶直叫。

"你的动作应该再快些!"虎星咆哮着,再次扑了过来。

这一次,鹰霜跳到他俩中间,尖叫一声,伸出爪子去抓虎星的腹侧,虎星朝他扑了过去。两只公猫腿脚乱蹬,尾巴乱摆,纠缠在一起。鹰霜拼命地战斗着,就好像世界上所有的獾正在攻击他似的。这给了黑莓掌喘息的时间。等两只公猫终于分开时,甚至连虎星都已经气喘吁吁了。

"好了。"虎星大口喘着气,"我们明天晚上再见。"他琥珀色的眼睛停在了黑莓掌的身上,"见面之前,要和那些马场的幼崽搭上话,赢得他们的信任。如果能让其中的一只做你的学徒,

那你当上副族长的道路就会平坦得多了。"

尽管肩膀有伤,黑莓掌仍感到爪下生风,轻快地穿过森林往回跑着。虎星给他的主意非常好。和小莓交朋友,认真履行副族长的职责,就是为雷族服务。与虎星的见面,会让他成为更优秀的武士,对族群更忠诚,还可以掌握成为强有力的族长所必需的技能。

躺在武士巢穴中的黑莓掌醒了过来,感到一阵钻心的疼痛从右耳朵一直传到肚子。他扭过头,发现肩膀上的皮毛颜色很深,被血块粘在了一起。顿时,他感到似乎有只冰冷的爪子,正沿着脊柱划了下来。他和虎星的打斗是在梦中进行的,为什么伤口会裂开呢?他为什么觉得很累,就像根本没睡觉似的?

就在黑莓掌用舌头舔伤口的时候,蜷缩在他身边的松鼠飞抬起头来。他闹出的动静,以及刺鼻的新鲜血液的气息惊动了她。

"怎么回事?"松鼠飞倒抽一口气,眼睛睁得大大的。

"我……我也不知道。"黑莓掌知道,在所有的猫中,他最不可能把自己去见虎星的事告诉松鼠飞,尤其在她刚开始再次信任他的时候,"肯定是在睡着的时候,被树枝挂住了。"

"粗心的毛球。"松鼠飞同情地用尾巴弹了他一下,"你最好赶紧去找叶池,给伤口敷些蛛丝。"

黑莓掌四下看了看。曙光从荆棘间透了进来,其他的猫都已经开始起来了。"今天谁带领黎明巡逻队?"他问道。

日落和平

"是我。"尘毛打了个大大的哈欠,然后站起身,弓着背,抻着腰,"云尾、刺掌和我一起去。"他用一只爪子戳了戳正在酣睡的云尾,喊道:"好了,醒醒吧。你认为自己是什么,睡鼠?"

"幸好你不用去,否则你的肩膀会受不了的。"松鼠飞说道。

"我没事,"黑莓掌紧张地应答道,"我们为什么不去狩猎呢?"

松鼠飞绿色的眼睛眯了起来,盯着他看了好大一会儿,才说道:"好吧,但你要先去找叶池给你看看。"

黑莓掌不由得感到一阵轻松,因为他不用再回答松鼠飞更多的追问了。于是,他赶紧从枝条中钻出,朝叶池的巢穴走去。他累得头直发晕,脚爪僵硬得就像石头做的。他其实并不想去狩猎,只想蜷缩在窝里好好睡觉。

他来到叶池的巢穴时,巫医正在给蜷缩在黑莓屏风后的桦爪检查。黑莓掌一出现,叶池就赶紧抓了一爪蛛丝,敷在伤口上止血。

"任何一只猫都会认为,你又去战斗了。"她边敷着蛛丝边说。

黑莓掌的心顿时狂跳起来,他不知道叶池是不是已经知道自己去黑森林与虎星见面的事了。

"我也不知道怎么会弄成这样,"他含糊其词,"我可以去狩猎吗?"

"嗯……"叶池犹豫一下,然后点点头,"动作幅度不要过大,如果再流血,就赶紧回来。"

黑莓掌嘴里答应着,退回到空地上。松鼠飞正在武士巢穴附

近等着,和她一起的还有暴毛和溪儿。一想到要和老朋友们一起去狩猎,黑莓掌顿时来了精神。如果暴毛打算很快就离开雷族,以后就没有机会和他一起狩猎了。

"你好,"暴毛打着招呼,"松鼠飞说,你在梦里和獾战斗了。"

黑莓掌的心不由得一紧:松鼠飞的猜测已经非常接近真相了。

松鼠飞领头,他们向营地外走去。现在的荆棘屏障已经几乎和原先一样厚实了,中间有一个通道,通向森林。松鼠飞刚走到入口,蜡毛就从通道里钻了出来,嘴里叼着一团苔藓。

"你好。"松鼠飞向蜡毛打着招呼。

蜡毛冷冷地看了松鼠飞一眼,也根本没理会黑莓掌,衔着苔藓迈开大步向长老巢穴走去。

"我努力解释……"松鼠飞很无助地说,"我一直想给他解释,但他就是不听。我不明白,为什么我们就做不成朋友。"

黑莓掌想说蜡毛永远不会和她做朋友的,但没有说出来,只是轻轻地用鼻子碰了碰松鼠飞的鼻子,说道:"你已经尽力了。走吧,我们去狩猎。"

他们离开营地时,森林里充满雾蒙蒙的水汽,到处是刚长出的树叶的清新气息。随着太阳慢慢升起,雾气开始散去,<u>丝丝缕缕地萦绕在低处的枝头上</u>。高处的树枝投下长长的影子,蜘蛛网和草叶上的露珠闪着亮光。黑莓掌停了片刻,让温暖的阳光透入皮毛,疲惫感终于减轻了不少。

他感觉眼角有东西一闪而过,定睛一看,原来是一只老鼠正跑过开阔地。不等老鼠跑进灌木丛，溪儿已经一跃而起，尖利的爪子一下子就将它杀死了。

"好身手！"黑莓掌大喊道，"你越来越善于在森林中狩猎了。"

溪儿尾巴摆动着。"习惯了在大山里狩猎，总感觉在森林狩猎怪怪的。"她说道，"还好我已经开始找到感觉了。"

在溪儿生活的急水部落，众猫的职责分配和族群猫不一样。在急水部落里，有些猫是狩猎者，负责狩猎，包括狩猎动作敏捷、爪子尖利、在岩石上盘旋的飞鸟；有的是山洞卫士，负责保护部落的猫，同时保护瀑布后的营地。黑莓掌知道，溪儿曾是狩猎者中技巧最熟练的，她曾教自己和暴毛如何追踪老鼠和田鼠，然后把它们当诱饵，去捕获更大的、有翅膀的大型猎物。

暴毛也走了过来。"溪儿，干得漂亮。"他说道，"记住，在森林里，只是静静地等着抓不住多少猎物。猎物们能藏身的地方太多了，你要偷偷地靠近猎物。那边，看见了吗？"他摆动耳朵，指着一只正在树根间慌忙奔走的松鼠，"看着。"

暴毛说着，伏低身子，肚子几乎贴着草地，很小心地选择下风向，悄悄地向松鼠靠了过去。他毕竟是只河族猫，更习惯在激流中抓鱼，在山里，他也曾在裸露的岩石上猛追猎物。但他已经忘记森林下的地面上有很多碎小的东西，结果，一不小心，他爪下的一根小树枝被踩得咔嚓一声。松鼠一惊，机警地直起身子。暴毛懊恼地嘶嘶了一声，冲了过去。但是松鼠的动作更快，已经

灵活地爬上了树,在一根树枝间吱吱叫了一阵,就消失在树叶中。

"老鼠屎!"暴毛大叫一声。

松鼠飞卷起尾巴,一脸戏谑地说道:"溪儿,看来,这堂课是要告诉你,什么不该做。"

"说话别那么刻薄,"黑莓掌说道,"任何猫都会犯错。暴毛和溪儿已经捉了很多猎物。"

"能帮上忙,我们很高兴。"溪儿说道。

黑莓掌突然发现,一只田鼠正在新生的蕨叶须根中跑动,立刻顿住了,然后抽动着胡须,小声说:"现在看我的。"

黑莓掌的爪子每次落地都很小心——要是踩到小树枝,松鼠飞非奚落他一辈子不可——他滑过草地,只挥出一掌,就结果了猎物。

"干得漂亮!"暴毛喝道。

要是生活能永远这样该多好啊!黑莓掌不由得心想。温暖的阳光,丰富的猎物,朋友陪伴左右——对他来说,眼下的一切远比权力重要。但这种念头只是在脑海中一闪而过,他仍然被权力那不可抗拒的吸引所拖拽。只要能当上副族长,他愿意付出一切,不是吗?然后成为族长,领导整个族群。

我真正想要的是什么?他不由得问自己。但这一回,他却回答不上来。

当狩猎巡逻队带着猎物返回营地时,太阳已经高高挂在树梢

日落和平

之上了。黑莓掌走出荆棘通道,看到黎明巡逻队也刚刚回来。尘毛、云尾和刺掌正站在空地中央,身边围着几只猫,有雨须、黛西和她的幼崽们、鼠毛和沙风。火星也在那里,正在听尘毛的汇报。

黑莓掌不由得心生好奇,把猎物往猎物堆上一放,走了过去。

"我们又发现了两个捉狐狸的圆圈,"尘毛正讲着,"一个在风族边界处,另一个在废弃的两脚兽巢穴附近。我们把两个都用棍子给弄坏了。"看到和黑莓掌一起跑过来的松鼠飞,尘毛冲她点点头说:"你提出的那个用棍子拨的方法很管用。"

"我们听见从湖的那边传来了嗡嗡的声音。"刺掌插话道。

"嗡嗡声?是蜜蜂吗?"雨须问道。

云尾抖动着胡须:"不是,比蜜蜂的声音大多了,是两脚兽的怪物发出来的。湖面上到处都是两脚兽。"

黑莓掌的肚子一阵翻腾。自从族群来到湖边以来,几乎没见过两脚兽,看来这种平静已经再次被打破了。他依然忘不了两脚兽毁掉旧森林时的情形,同样的事情会发生在这里吗?

"它们在干什么?"黑莓掌挤到火星身旁,问道。

"它们坐在某种水上怪物的肚子里,在湖面飞驰,"尘毛回答道,"刚才说的声音就是这种怪物发出来的。还有一些两脚兽坐在好像翻过来的叶子里,漂在湖面上,这种东西还有能抓住风的皮毛。"

"那是船。"黛西说道,"湖那边有一个停船的地方,天一暖和,两脚兽就会去那里。"

"什么?"鼠毛脖子上的毛一下子竖了起来,"难道说,整个绿叶季,我们都要这样被骚扰?"

"有可能,"黛西的声音里含着歉意,"它们喜欢坐船漂行,喜欢在湖里游泳。"

"两脚兽为了好玩,才下水?"沙风嗤之以鼻,"这样岂不是太鼠脑子了?"

尘毛轻蔑地晃晃耳朵:"停船的地方在湖的对面,所以,这是让河族和影族头疼的问题。幸运的是,两脚兽不会大老远地跑到这边来。"

黑莓掌扫了松鼠飞一眼,发现她绿色的眼睛正盯着自己:难道她觉得自己又在担心鹰霜吗?

"所有的巡逻队最好都小心点。"火星说道,"下次森林大会时,我们和其他的族群讨论这个问题。不要忘了,影族和河族的麻烦,很容易就变成我们的麻烦,尤其是如果有族群有意要把麻烦带给雷族的话。"

第七章

一整天，叶池都焦虑不安，就好像有刺扎在身上。她忘不了黑莓掌找她往伤口上敷蛛丝的时候，神情有多么疲惫。他又在梦里去见虎星了？

叶池忙完了，在巢穴里躺下准备睡觉。她试着在梦中来到虎星所在的那条黑暗小路。树林里阴森森的，有着不是来自月亮或星星的白光，叶池感到很害怕。但是，她觉得自己亏欠了族群，觉得自己有责任查明黑莓掌到底在那里干什么。这不仅仅是为了妹妹，也是她身为巫医的职责所在。

她睁开眼睛，隐隐约约看到周围全是掉了叶子的高大树木。树木间有影子在不断游走，发出窃窃私语。她的眼前有一条路，在浓密的蕨丛中蜿蜒伸展着。她的爪子轻轻落在地上，轻得像是在追踪老鼠。她开始沿着那条路往前走去。

没走出多远，她就嗅到前面有不止一只猫。于是她小心地躲到蕨丛下，蹑手蹑脚地往前爬行。想到虎星可能会发现自己在窥视他，叶池就害怕得浑身刺痛。

几个心跳过后，她停了下来，一脸的疑惑。小路上站着三

只猫,但他们不是虎星和他的儿子们。这些猫的爪子上和皮毛中有星光闪耀。这时,一只猫转过头来,叶池认出正是蓝星。蓝星是在火星之前的雷族族长,她在叶池出生之前死去了,但是叶池有时候在梦中会见到她。

"出来吧,叶池,"蓝星说道,"我们一直在等你。"

叶池从蕨丛中走了出来,站到这位蓝灰色母猫面前。

"你倒是不急!"另外两只猫中的一只粗声粗气地说道。她叫黄牙,是雷族以前的巫医,当过炭毛的老师。她淡灰色的脸盘显得很宽大,黄色的眼睛眯着,不耐烦地乱甩着尾巴。

叶池没有认出第三只猫。这是一只很漂亮的金色虎斑猫。他冲叶池点点头,自我介绍道:"你好,叶池,我叫狮心。你父亲第一次来到这座森林时,我和蓝星一起见过他。"

"很荣幸见到你。"叶池说道,"我现在是在哪里?你们为什么把我带到这里来?"这是她在梦境中从未到过的地方,有星族的猫在这里,很明显这里不是虎星活动的地方。

三只猫都没有回答,蓝星只是说了一句"来吧",就带头往森林深处走去。

很快,他们就来到一片洒满月光的空地。头顶上,月亮在晴朗的天空中飘动着。这座曾让叶池感到很不吉利的森林,现在看起来竟如此美丽,树下的阴影里充满了神秘,而不再是危险。

叶池看到,在最高的树枝上,有三颗聚在一起的闪耀的小星星。她有些困惑,努力回忆着,想弄清楚自己以前是否见过它们。

在她盯着看的时候，星星一闪一闪的，似乎变得越来越亮，最后亮到几乎同月亮一样了。

"蓝星，那是什么？"叶池问道。

蓝星没有回答，而是带头走到空地中央，用尾巴示意叶池坐下。三位星族武士聚在叶池的周围。叶池又看了天空一眼，却再也看不到那三颗星星了。这肯定是我的幻觉。她心想。

"你们有什么预言要告诉我吗？"叶池把注意力全部都集中到这三位星族武士身上。

"还没有。"蓝星说道，"但我们想告诉你，你前进的道路上会出现无法预知的曲折。"

"是的。"黄牙的声音干巴巴的，但她语气里有什么东西让叶池十分确定，她隐瞒了些什么，"你踏上的是以前的巫医从没走过的道路。"

一阵恐惧袭来，叶池把爪子插进地里，才稳住了身子："你们这些话是什么意思？"

"你还会见到很多猫，"蓝星告诉她，"而他们的爪子将会造就你的未来。"

这算什么回答？叶池想抗议，但是出于对星族的尊重，她没有吭声。

狮心把尾巴搭在叶池的肩膀上，他的气息在叶池的周围飘荡，让她觉得安心了一些，也充满了勇气。"我们是来给你力量的。"他说道。

"无论发生了什么事,都要记住,我们一直和你在一起。"蓝星承诺着。

叶池盯着蓝星充满同情的蓝色眼睛,努力想弄明白她的话是什么意思,却怎么也想不通。但这也没关系了,她早就知道自己将来的路会怎么走。在星族召唤叶池加入银毛星带之前,她只是雷族的巫医。她已经放弃了与鸦羽共同生活的所有梦想。

"我不明白。"她抗议道,"你们不能说得再清楚些吗?"

蓝星摇摇头:"就连星族也无法预知即将发生的一切。你前面的道路,会突然消失在阴影之中——但是我向你保证,我们会陪着你走过每一步。"

这番话让叶池感到很不安,但同时也让她感到宽慰。她知道自己不是孤军奋战,星族没有像她所担心的那样,因为她爱上了鸦羽而抛弃她。没准这也是她再也不能走进虎星的黑森林的原因——因为她追随自己的内心,又回到了星族。

"少安毋躁。"狮心咕噜一声,低下头在她的两耳间舔了一下,"休息一下,坚强起来,为将要发生的事情做好准备。"

"少安毋躁,才能让你的族群秩序井然。"黄牙补充说道。

这三只猫的气息环绕着叶池。叶池觉得四肢沉重,于是叹了一口气,在空地茂盛的草地上蜷缩了下来。一股轻柔的风吹拂着她的皮毛。透过交错的树枝,她看见那三颗新的星星比之前还要明亮。"谢谢你们。"她轻声说着,闭上了眼睛。

日落和平

似乎过了不到一个心跳的时间,叶池再次睁开了眼睛。阳光从岩石裂缝中透了进来,她看到桦爪端坐在巢穴入口附近的窝里。

"我饿了!"桦爪抱怨道,"我能去吃点猎物吗?"

叶池站起身来,开始检查这位学徒的伤口。他臀部的伤疤愈合得很好,不过皮毛长出来还需要些时日;他眼睛周围的浮肿已经消了,抓伤也正在愈合,没有感染的迹象。

"我觉得你今天就可以回学徒巢穴了。"叶池宣布道。

"太好啦!"桦爪的眼睛里闪着亮光,爪子不耐烦地搓着铺在窝里的苔藓,"我可以开始训练了吗?整天坐在这里,实在太无聊了!"

桦爪已经感觉到无聊了,这表明他的身体恢复得很好,这让叶池不由得松了口气。"好吧,"她对桦爪说道,"但只能干轻些的活,不能进行战斗练习。还有,蜡毛伤势严重,短时间内,他还不能教你。"

"我去看看能不能帮他做些什么。"桦爪不等叶池改变主意,就消失得无影无踪了。

"我要天天检查你的伤口!"叶池在桦爪身后喊道。

那个梦让她倍感宽慰,浑身也充满了力气,但是她对黑莓掌的担忧依然还在。她非常确定黑莓掌还在与鹰霜和虎星见面。而且她知道,自己必须密切注视黑莓掌,看看那些梦会不会影响他在现实生活中的行为。族群已经从獾的袭击中恢复过来,黑莓掌怎么看都像是一位对族群忠诚、热心族群事务的武士。但是在虎

猫武士
MAOWUSHI

星邪恶力量的影响下，一只猫真的能够保持忠诚吗？

　　两个晚上之后，叶池在废弃的两脚兽巢穴附近采完猫薄荷，回到营地时，天色已经晚了。月亮高挂天空，大多数猫都回到了巢穴。蛛足正在通道入口附近警戒，当叶池走出荆棘屏障时，冲她点了点头。叶池把草药送到巫医巢穴后，悄悄来到猎物堆跟前，想在睡觉之前吃点东西。

　　她蜷伏下来，正准备吃一只画眉鸟时，突然听到武士巢穴那边传来一阵窸窸窣窣的声响。接着，枝条分开了，黑莓掌强壮的身躯出现了。他没有注意到叶池，走过空地，停下来和蛛足飞快地说了句话，然后便钻入了荆棘通道。

　　他要干什么？他竟然堂而皇之地离开了，似乎完全不在乎被其他猫看见。但他为什么要在其他猫都睡着的时候独自出去？他是去见鹰霜吗？

　　叶池飞快地吞下画眉鸟，起身跟了上去。

　　"这么晚，你还要出去啊？"她再次经过蛛足身边时，蛛足说道。

　　"有的草药趁着月光采最好。"叶池回答道。她这么说也算不上撒谎，可眼下她并没想着去采草药。

　　等她走出荆棘通道时，黑莓掌已经没了踪影。不过循着气息，叶池很快就跟上了他。叶池发现，黑莓掌走的那条石头路，正是她以前偷偷溜出去到风族边界与鸦羽见面时走的那条，心里不由

日落和平
RILUOHEPING

得一阵刺痛。

但是黑莓掌并没有往风族那边去。叶池已经能隐约听见溪水流淌的声音,这位虎斑武士却离开了小路,转进了树林,朝湖边走去。叶池跟在他的身后,大张着嘴巴,努力从猎物的气息中分辨出黑莓掌的气息。

蕨叶不住地拂过叶池的肚皮。她爬上一个很陡的坡顶,钻出了树林。黑莓掌正背对着她,坐在几尾远的地方,凝视着湖面。叶池一动也不敢动,生怕自己的鲁莽跟踪被他发现。但黑莓掌没有回头,似乎并没有发现她。

叶池小心地后退了几步,钻到一个弯弯曲曲的树根底下。这里是黑莓掌和鹰霜见面的地方吗?河族猫要赶很远的路,才能到达这里。

叶池目不转睛地盯着黑莓掌,静静地等着。这时,月亮在天空慢慢飘过,但仍然没有鹰霜或其他猫的身影。黑莓掌一动不动地坐着,盯着星光灿烂的水面。叶池真想知道他现在脑子里想着什么。

黑莓掌和族里的其他猫,包括火星,似乎都认为麻烦已经过去。很难想象,还有什么比獾的攻击更糟糕的事情了。在星族的帮助下,他们躲过一劫,而且创伤也正在愈合。但叶池心里仍然有一股压制不住的不安,现在和黑莓掌单独在一起时,这种不安更为强烈。蓝星、狮心和黄牙已经提醒过了,她的未来一片黑暗,就连星族也无法掌控。接下来的麻烦会是什么呢?她眼前的这只

暗棕色的猫会卷入其中吗？

黑夜正在一点点地过去。一阵倦意袭来，叶池打着瞌睡，又猛地醒了过来，然后又闭上了眼睛，蜷缩在两个树根中间的苔藓中。在梦中，叶池醒了过来。等她爬起身，发现黑莓掌已经没了踪影。在他刚才坐过的地方的前面，血红的湖水非常浓稠，犹如血浪一般拍打着湖岸。

在和平降临之前，鲜血将四处喷涌，湖水将变得一片血红。

叶池吓得倒吸了一口气，转身就跑。但她撞上了一个坚硬的东西，吓得爪子不住地胡乱抓着。她被困住了！等她挣扎着醒过来时，发现自己被一个树根绊倒了，脑袋撞到了旁边的树干上。她头顶上方，清晨的阳光透过树枝，在草地上投下点点亮光。

"谁？"一个严厉的声音传来。

没等叶池说话，黑莓掌纵身一跃，跳到树根上，俯身盯着叶池。他的眼睛里喷着怒火："你在这里干什么？你在跟踪我？"

"不是！"叶池愤怒地反驳道，心里却不由得感到一阵愧疚，因为她确实是在跟踪他，"我昨天夜里出来采草药时，时间很晚了。我肯定是在半道上睡着了。也就这些。"

恐惧在她的内心翻腾着。他不会伤害我的。她对自己说，看在星族的分上，他可是我的族猫啊！而且松鼠飞那么信任他。星族那么看好黑莓掌和松鼠飞在一起，他不大可能走上一条血腥与阴暗的道路。

但黑莓掌一言不发地继续盯着她，这让她很不安。叶池重新

日落和平

平静下来，站起身，扬长而去。虽然她恨不得迈开爪子赶紧逃离，但她强迫自己，慢慢走过开阔地，朝蕨丛的隐蔽处走去。

树林外边的湖水映照着淡淡的晨曦。然而那一刻，在叶池看来，令她感到窒息的红潮拍打湖岸的景象，远比下方波澜不惊的灰色湖面更为真切。

在和平降临之前，鲜血将四处喷涌，湖水将变得一片血红。

等着雷族的，到底是什么恐怖的事情？

第八章

黑莓掌叹了口气，把爪子收到身下，再次出神地望着湖面。自从那次在梦中进入虎星的森林之后，他就再也睡不安稳了。所有武士都挤在重建后的巢穴内，他不停地翻来覆去，会影响到松鼠飞和其他武士。所以，他常常在夜里溜到湖边望着湖面出神，好让族猫们能好好休息。

叶池的惊扰吓了他一跳。不管巫医如何否认，黑莓掌都相信她在跟踪自己。这是否表示，她知道自己在梦里去了哪里？她是不是也和她妹妹一样，无法理解虽然自己去见了虎星，但依然忠于族群。他试着说服自己，去见虎星并不会伤害任何猫，但他心里也开始怀疑，自己是否应该继续去那座阴暗的森林。他害怕叶池已经知道了这件事，更害怕叶池会告诉松鼠飞。这对姐妹关系亲密，很难相信叶池有什么话，是不对妹妹说的。

黑莓掌眯起眼睛，凝望着湖面。晨曦中，湖对面的河族和影族领地上，隐隐约约露出了两脚兽的船，它们就聚在那半桥附近。正如黛西所说，两脚兽目前都待在那里。不过，他仍然开始担心，它们迟早会闯入雷族的领地。

日落和平

阳光越来越强,照在波光粼粼的湖面上。他想起松鼠飞说过,叶池见到他们俩的爪印纠缠在一起。他的皮毛不由得一抖。他多么希望自己也有巫医的能力,能在湖水里读出未来。但是在他的眼里,星星的倒影只是靛蓝色水面上毫无意义的光点。我的未来真的掌握在星族的爪中吗?没有哪位星族武士会出现在虎星所在的森林里。他去黑森林见父亲,是背叛星族的行为吗?星族知道这件事吗?

后来,他又打了一个盹,醒来的时候,小鸟已经开始鸣叫。太阳从风族后面的山顶上升了起来。黑莓掌跳了起来。他没想在这里待这么长时间——想当副族长的猫,就不该夜里在森林里游荡。

他朝营地走去,不时停下来捉些猎物,等走到荆棘通道时,嘴里已经衔满了猎物。他正要走进通道,忽然听见营地里传来一阵怪异的哀号声。他一下子呆住了:难道獾又回来了?

他转念一想,知道这不可能。自那次遭受攻击之后,巡逻队再也没有发现獾的影子,而且他眼前的荆棘,并没有遭到破坏。这时,哀号声再次传来,也更加清晰了。

"我的孩子!我的孩子在哪里?"

黑莓掌急忙钻入通道,进入营地。只见黛西正站在育婴室外面,身上的毛竖立着。云尾和她待在一起,她另外两个孩子正在入口处张望,吓得眼睛睁得大大的。叶池匆忙走出巢穴,穿过空地朝黛西走来。亮心紧紧跟在她的身后。黑莓掌把猎物往猎物堆

上一丢,急忙走了过去。

"我到处都找遍了!"黛西哀号着,"但没有找到他。哦,小莓,你在哪里啊?"

黑莓掌不由得着急起来。小莓是同窝猫中最活泼的,也最有可能惹乱子。他不用费劲也能想到,小莓很有可能偷偷溜出营地去探险了。

"你最近一次看见他是什么时候?"云尾问黛西。

"是在昨天晚上。我今天早上醒来时,他已经没了踪影。我找啊找,但是营地里没有他的踪影!"

"你先别着急。"亮心劝道,"这样哭也没用,而且还会打扰到栗尾。我们会去找小莓的。"

黛西没理会她:"肯定是獾把他吃了!我就知道会这样。"

亮心的那只好眼睛翻了个白眼,就连叶池也开始不耐烦地抖动着胡须:"黛西,你明知道这里好些天都没有獾了。小莓肯定是跑出营地了,我们会循着他的爪印,把他找回来的。"

很多猫都被黛西的哀号声惊动了,纷纷走出巢穴。火星也顺着高石台旁的落石堆跳了下来,朝黑莓掌走过来。

"怎么回事?"

黑莓掌飞快地解释了一遍。

"我们派一支巡逻队去找。"火星下令道,"云尾,由你带队,选两三只猫,立即出发。"

"噢,不,不!"黛西用尾巴缠着云尾的脖子说,"我要你

日落和平

和我待在这里，要是我的另外两个孩子也不见了，那可怎么办？"

亮心生气地嘶嘶叫了一声，转身离开了。黑莓掌却无法埋怨黛西。小榛和小鼠看样子吓坏了，已经不敢迈出育婴室一步，更别说走出营地。他知道黛西很着急，但觉得她没必要这么大惊小怪。云尾有些尴尬，但并没有试着告诉黛西，族猫是不能违抗族长命令的。

"小榛和小鼠哪里都不会去。"叶池平静地说，"云尾，把黛西带到育婴室。我会给她取些罂粟籽，让她平静下来。"

"我来带领巡逻队吧。"黑莓掌自告奋勇。

火星点点头，看到云尾挣脱了黛西的尾巴，推着她往育婴室走去。黑莓掌冲松鼠飞示意了一下。松鼠飞正站在一尾远的地方，和暴毛、溪儿在一起。

"走吧，"黑莓掌说道，"等我找到他，非扒了他的皮不可，瞧他把营地搞成什么样子了！"

"你不会的，你才不会呢。"松鼠飞用尾巴弹了一下他的肩膀说，"你和我们一样，担心他受到惊吓或者受伤。"

黑莓掌咕哝了一声。尽管他的话说得很严厉，但他不否认，自己内心对小莓的这次私自逃离营地的举动还是有些敬佩的。在亲眼见过獾袭击营地之后，一只幼崽能独自进入森林去冒险，这需要很大的勇气。"他越快成为学徒越好。"他嘴上说着，心里却在想，要是能当他的老师，我会更高兴的。

他们从荆棘通道出来，刚走了两尾巴远的距离，松鼠飞就率

先发现了这只幼崽的气息。"他往那边走了。"她用尾巴朝影族的方向指着。

"我们最好快点找到他。"暴毛说道,"如果影族在他们的领地内发现了一只陌生的幼崽,他们可不会高兴的。"

小莓的气味踪迹直接通往边界,只是偶尔会拐到边上,研究一下树根或岩石下的沙坑。溪儿在一个水塘边的软泥中,发现了小莓的小小爪印,他似乎停下来喝过水。再往前走了没多远,地上又出现了几道浅浅的爪印。

"真是个精力充沛的狩猎者!"松鼠飞饶有兴致地卷起尾巴说,"他肯定是在假装埋猎物。"

"你是说那种猎物吗?"暴毛用尾巴指着一只在一片蕨叶上慢慢爬动的甲壳虫。如果它就是小莓的狩猎对象,那么这个小东西算是逃过了一劫。

"我猜你小时候也是这样。"溪儿温柔地责怪暴毛,"至少我们知道,小莓到这里的时候是安全的。"

"可是这里离影族的边界已经不远了。"松鼠飞说道。

就在这时,黑莓掌听见头顶传来一个声音。他用尾巴示意大家安静。但除了风沙沙作响和鸟儿鸣唱,他什么也没听见。又过了一会儿,那种声音再次响起:像是被猫抓住的猎物发出的尖利叫声。

松鼠飞转头看着黑莓掌,圆睁的眼睛里充满了警惕:"可能是小莓!"

日落和平

黑莓掌嗅了嗅空气。小莓的气息很浓烈,但还夹杂着另外一种气息——是一种熟悉却不愿闻到的气息。

"是影族猫!"黑莓掌大喊道,"快!"

黑莓掌穿过树林飞快地朝叫声传来的地方跑去,其他猫紧紧跟了上去。那只鼠脑子的幼崽肯定越过了边界,结果被影族巡逻队发现了。如果他们胆敢动他一爪子……黑莓掌暗暗想着,后颈和肩膀上的毛都立了起来。

他飞快地绕过一片荆棘丛,来到影族边界枯树附近的那片开阔地:"小莓!"

回应他的是痛苦的虚弱的哀号声。黑莓掌看见了小莓,他正在蕨丛下的地上来回扭动着。周围没有其他猫。一开始,黑莓掌以为小莓的伤势太重,起不来了,接着却看见他的尾巴上勒着一根亮闪闪的细丝。小莓被用来捉狐狸的圆圈给夹住了!

松鼠飞发出一声长长的嘶叫,眼睛盯着边界对面的一个地方,后颈上的毛竖了起来。顺着她的目光,黑莓掌看见榛子树丛下蜷伏着三只猫——是影族副族长黄毛和橡毛、杉心。看样子,他们在那里一直看着小莓痛苦挣扎已经有好长一段时间了。

"吃鸦食的东西!"松鼠飞厉声喝道,"你们为什么不帮帮他?"

黄毛站起身,慢慢地舔了几下肩膀。"每只猫都知道,雷族眼里根本没有边界。"她说道,"但是影族坚守武士守则。再说了,那是一只宠物猫,我们影族可不想和宠物猫扯上任何关系。"

111

松鼠飞又嘶吼起来。黑莓掌看得出松鼠飞已经被气得说不出话来。"算了!"他轻声劝道,"我们先救小莓要紧。"

但是松鼠飞活动着爪子,似乎只想着把它们插进影族猫的皮毛里。最后,她还是转过身,跟在黑莓掌身后走过空地,来到小莓身边。

暴毛和溪儿已经俯下身体,安慰着这个小家伙;溪儿在他的耳朵周围舔着,安抚着;暴毛则嗅着死死勒住小莓的那个亮闪闪的圆圈。小莓周围的地面布满了拼命抓挠的小爪痕,看样子,他曾努力试着挣脱出来。他的哀号已经变弱,听上去就像被吓坏的喵喵声。

"对不起!"小莓呜咽着说,"我只是想抓些猎物,然后……"

"你把你的妈妈和整个族群都吓坏了!"黑莓掌严厉地说道,"别动弹,我们很快就把你弄出来。"

可是他仔细研究了小莓的尾巴,却觉得没那么容易。小莓的屁股上沾着血迹,尾巴也在挣扎的过程中弄破了。亮闪闪的细丝把小莓的尾巴紧紧勒住,另一头缠在了埋在地里的棍子上。黑莓掌试着去拉,但那细丝纹丝不动,小莓却疼得尖叫起来。

"你弄疼他了!"松鼠飞倒抽一口冷气说,"让我试试,看看能不能咬断。"

松鼠飞伏在小莓身边。但黑莓掌发现,细丝已经深深地嵌入了小莓的皮毛中,松鼠飞的牙齿根本伸不进去。小莓再次发出哀

日落和平

号声:"你咬痛我了!"

"对不起。"松鼠飞退后一步,大口喘着气,鼻子上沾满了血。

黑莓掌低头盯着被勒住的幼崽。难道真的要把他的尾巴咬掉,才能救出他吗?他正要把自己的想法说出来,却见溪儿冲缠着细丝的棍子抖了抖耳朵。

"如果我们把那个棍子拔出来,那个细丝没准就会松了。"她提议道。

黑莓掌不解地扫了一眼松鼠飞。

"棍子绷紧了那个东西,"溪儿解释道,"但是如果棍子不埋在地里,就绷不了那么紧。"

"溪儿,你好聪明!"松鼠飞扑到棍子前,开始拼命地刨土。溪儿也加入进来,在她的对面刨土,试着将棍子往外拔。棍子每动一次,小莓就痛苦地尖叫一声。暴毛蜷伏在小莓的身边,舔着他的耳朵安抚着,同时用身体挡住他的脸,以免他看见自己尾巴的惨状。

松鼠飞刨得越来越深,黑莓掌发现细丝开始松动了。

"你感觉怎么样了?"黑莓掌问小莓。

"好多了,"小莓说道,"没那么紧了。"

"别动,"黑莓掌告诉他,"快出来了。"

"往后站!"松鼠飞气喘吁吁地说道,"就快要拔出来了。"她用牙咬住棍子,拼命往外拽。棍子一下子飞出了地面,松鼠飞后仰着摔在了地上。小莓感觉自己身子不由得往前一蹿,受伤的

尾巴还拖着棍子。

"别动！"暴毛说道，"让我们先把这个东西取下来。"

现在棍子已经被拔出了地面，细丝也松了很多。黑莓掌小心翼翼地把一只爪子伸到下面，用牙齿把细丝拉松了一些。"试着把尾巴拽出来。"他命令小莓。

小家伙终于把尾巴从亮闪闪的圆圈里拽了出来。黑莓掌不由得从耳朵到尾巴尖都放松了。小莓摇摇晃晃着想站起来，却不料扑通一声侧身跌倒了，眼睛也闭上了。

"你先休息一会儿，"溪儿说道，"我们把你的尾巴清理一下。"

她蜷伏在小莓身边，开始舔他受伤的尾巴。松鼠飞也用舌头快速地舔着。看着小莓皮肉裂开的地方鲜血直往出淌，黑莓掌不由得皱了一下眉头。他搜集了一把叶子，摁到血流得最厉害的地方——尽管这些叶子没有蛛丝管用，但现在没时间去找别的草药。

"只要回到营地，叶池就会来照看你。"黑莓掌承诺着。

小莓没有吭声，眼睛依然闭着，黑莓掌不知道这只幼崽到底有没有听见自己的话。

影族巡逻队躲在榛子树下观望了整个过程，暴毛朝他们走了几步。"看够了吗？"他怒吼道，"至少你们从雷族这里学会了怎么处理捉狐狸的圆圈了吧！"

"影族知道怎么对付捉狐狸的圆圈，谢谢，"黄毛尾巴一甩，回答道，"我们在领地上见过几个这样的东西。不过我们有脑子，不会去碰。"

日落和平

"比幼崽有脑子?"暴毛说着又往前一步,正好站在边界线上,"你们肯定为此深感自豪。你们真是勇猛的武士,我看得出来。"

一声咆哮从橡毛的喉咙里冲出来,他随即一跃而起:"你要敢过边界线一步,我就让你见识见识我们有多么勇猛——你这个叛徒!"

暴毛后颈上的毛顿时立了起来,激动地说道:"我是几只去过太阳沉没之地的猫之一,曾帮助族群找到新家。我这样告诉你——我所做的一切,可不是为了让四个族群如何敌对的。没想到你们连一只受伤的幼崽都不救!"

"可他并不是一只族群猫。"杉心冷笑着走过来,站到橡毛的身边,"你已经在山里待得太久了,没准已经忘了武士守则。搞不好你以前也根本就不知道什么是武士守则,混血猫!"

暴毛弹出了利爪。黑莓掌知道对方的挑衅,势必引发一场战争,但这不是他目前想看到的,尤其是他们还要赶紧把小莓送回营地。

他走到暴毛跟前,戳了戳他。"我们现在不能打斗,"他贴着暴毛的耳朵轻声说道,"他们不配,别理他们。"

暴毛琥珀色的眼睛里喷着怒火,紧盯着黑莓掌。听了黑莓掌的话,他深吸一口气,肩膀上的毛开始渐渐平顺下来。"你说得对,"他说道,"他们只配吃鸦食。"

两只猫转过身,朝小莓走去。影族武士则轻蔑地喊叫着,但黑莓掌和暴毛都没有回头。

他们来到小莓身边。黑莓掌原以为小莓已经昏迷了,但等他弯下身子嗅他的时候,小莓猛地睁开了眼睛。"谢谢你,"他轻声说道,"真的很抱歉。"

"没事的。"松鼠飞说道。

"火星还会让我当学徒吗?"

黑莓掌安慰地舔了舔他的肩膀。"我告诉你一个秘密,"他说道,"火星还是个学徒的时候,也惹出了数不清的麻烦——是这样的吗,松鼠飞?"

松鼠飞严肃地点点头:"这不是秘密!整个族群的猫都知道。"

小莓眨着眼睛:"火星?真的吗?"

"真的,"黑莓掌安慰他,"你做的的确不对,但你也很勇敢。火星会理解的。"

小莓这才放下心来,他叹了一口气,再次闭上了眼睛。

"走吧,"黑莓掌说着,抬头看着同伴,"我们把他抬回营地。"

黑莓掌和暴毛抬着小莓柔软的身体,走进了荆棘通道。小莓的尾巴还在流血,胸脯微弱地起伏着。黑莓掌知道他还活着。要想不让星族带走他,就需要叶池赶紧看看。

松鼠飞跟着两只公猫走进营地,立刻朝姐姐的巢穴跑去。"我去告诉黛西。"走在队伍最后的溪儿说完,便朝育婴室跑去。

当黑莓掌和暴毛抬着小莓走过空地时,身后传来尖利的哀号

日落和平

声。黑莓掌回头看见黛西正从育婴室的入口冲出来。云尾跟在她的身后,不停地说着:"黛西,等等!"

乳白色的母猫在黑莓掌身前猛地停了下来,眼睛睁得大大的,一脸惊恐地说道:"小莓!噢,他死了,他死了!"

黑莓掌嘴里衔着小莓的毛皮,无法说话。

"他没有死。"刚刚赶上来的云尾气喘吁吁地说,"溪儿说他没有死,你忘了吗?你看,他还有呼吸。"

黛西只是呆呆地看着小莓,似乎听不懂白色皮毛武士的话。过了一会儿,她扑到幼崽的身上,开始疯狂地舔起来。黑莓掌的耳朵不耐烦地摆动着。这只鼠脑子宠物猫,难道没发现自己很碍事吗?难道她不明白,现在最重要的是让她的幼崽尽快去看巫医?

"你赶紧让开吧!"云尾把尾巴轻轻地搭在黛西的肩膀上,"让他们带小莓去见叶池。来吧,告诉小鼠和小榛,小莓没事,他俩也急坏了。"

黛西疑惑地看了云尾一眼,然后任由他拉着,朝育婴室走去。

黑莓掌和暴毛走到半路上,叶池已经从巢穴里冲了出来。"可怜的小东西!"她大叫着,飞快地嗅了嗅小莓受伤的尾巴,"把他直接抬进去。亮心正在给他铺窝。"

黑莓掌和暴毛抬着小莓走过黑莓屏风,把他放在叶池巢穴入口处用苔藓和蕨草铺的窝里。小莓侧身躺着,一动不动。亮心用一只爪子轻轻地抚摸着他,松鼠飞则焦急地看着。

"我最好还是赶紧告诉火星一下。"过了一会儿,松鼠飞嘀咕了一声,便飞快地离开了。

叶池冲进巢穴,很快就拿着蛛丝走了出来。"必须先给他止血,然后再敷些金盏花,以免感染。"说完,她把蛛丝敷在小莓尾巴的伤口上。在穿过森林、走回营地的漫长旅途中,黑莓掌敷上去的叶子早已经掉了。

"他会好过来的,对吧?"黑莓掌悄声问道。

叶池抬头看着他,琥珀色的眼睛里蒙着一层阴影。"我也希望这样,但是我不敢保证。"她实话实说,"我会尽力的,剩下的就要看星族的了。"

黑莓掌离开了叶池的巢穴,发现尘毛和刺掌正要去巡逻。他朝他们跑了过去,希望能暂时把对小莓的担忧抛在脑后。他们沿着与风族交界的小溪巡逻,一路上,他却怎么都忘不了小莓躺着一动不动的虚弱的身影。如果小莓死了,黛西或许会带着其他幼崽直接回马场——她之前已经这么威胁过大家了。这么一来,在栗尾的幼崽长大之前,雷族就不会有学徒了。那差不多还要六个月的时间。

黑莓掌猛地抽动了一下尾巴,对自己的想法很是生气。他关心这个聪明、不驯服的小家伙,纯粹是出于担心,而不仅仅是因为他需要学徒。但是无论他怎么努力,都无法抑制自己想当副族长的愿望,而且也总在想怎样才能当上。

日落和平

回到营地时,太阳刚刚越过了最高处。他想立即去看小莓,却发现暴毛、溪儿、火星、松鼠飞一起走过空地。于是他停了下来。

暴毛挥动尾巴,冲他打着招呼,然后抛下其他猫跑了过来。"你好。"暴毛说道,"我们正在等你。"

"怎么了?"看到朋友眼中的遗憾,黑莓掌不由得身体一僵。发生什么事了?

暴毛用鼻子碰了碰黑莓掌的肩膀说:"溪儿和我要走了。"

"现在吗?"黑莓掌失望地把爪子插进泥土里。有暴毛在身边,一切都那么舒服自在。尽管他知道,总有一天,暴毛和溪儿会离开了,但没想到这一天会来得这么快。"我知道你必须回到山里,"他叹了口气,"但我还是希望你能多待些日子。"

暴毛迟疑一下。"不,不是回山里。"他说道,"是去河族。影族猫说得对,如果我们想留下,就必须遵守武士守则,也就是要忠于河族。"

黑莓掌盯着他说道:"所以你就要离开了吗?就为了那些肮脏的、吃鸦食的东西说的话?"

"不是的。"溪儿走到暴毛身边,松鼠飞跟了过去,"我保证你还会见到我们的。我们想永远留在湖区。等到了河族,我要接受训练成为一位武士。"

黑莓掌惊讶地看着她。他们打算永远待在这里?也就是说,他们来这里,不仅仅是想看看族群是否找到了新家。暴毛和溪儿究竟为什么要离开大山?他们为什么不想回去?但是他没有问。

如果暴毛想让他知道，就会告诉他的。一想到朋友不能信任自己，不能向自己敞开心扉，黑莓掌的心里就如同利爪抓挠一般痛苦。

"你们能留下来真是太好了！"他装出开心的样子说，"至少在森林大会的时候，我们还能见面。"

"是啊，我们还期望着听到河族的小秘密呢。"松鼠飞用鼻子碰了碰暴毛的鼻子，然后又碰了碰溪儿的。沉默了片刻，她又补充道："我们都不会忘了我们的那次旅程。我们会永远并肩前行。"

火星站在几尾远的地方，等着与这些朋友道别。"我们不会忘记被獾袭击后你们所做的一切。"他对两位来访者说，"雷族会永远感谢你们。我们永远无法回报你们的恩情。"

暴毛低头致意："我们也很感激你，让我们留在雷族这么长时间。"

这时，溪儿来到了暴毛的身后，他俩转身朝荆棘通道走去。黑莓掌和松鼠飞跟着他们走出营地，他俩肩并肩站着，目送着暴毛和溪儿走进灌木丛中。

"愿星族照亮你们前行的道路！"黑莓掌在他们身后高声喊道。

暴毛停下来，回头看了一眼，卷起尾巴向他们告别，然后和溪儿一起消失在蕨丛中。

第九章

月亮飘浮在高空,照亮了环绕山谷的树木,但小莓栖身的窝里,此时却笼罩在浓厚的阴影中。叶池蜷伏在幼崽身边,鼻子挨着他的鼻子。小莓发烧了,鼻子很烫,很干燥,闭着眼睛不住呜咽着。自昨天早上黑莓掌和族猫把他抬回营地以后,他就一直没有清醒过来。

从那时起,叶池就一直在照料他,根本没有合眼。蛛丝和金盏花都已经用过了,叶池不得不承认,自己也没办法完全保住小莓受伤的尾巴。那天下午,她把小莓尾巴根部的最后两根肌腱咬断了。小莓疼得四肢抖动着,尖叫了一声,但并没有醒过来。叶池往咬断的新伤口上敷了更多的蛛丝,把小莓的尾巴尖交给亮心,埋在了营地外面。

现在她从储藏的草药中取来琉璃苣的叶子,嚼烂后,掰开小莓的嘴,往里面挤汁液。愿星族保佑,能把小莓的烧降下来。月亮的影子悄悄爬过空地,叶池仍然守护在小莓身边。她实在太累了,终于闭上了眼睛,进入了不安稳的睡眠中。

她发现自己正站在湖边,头顶上方,银毛星带的星星闪耀着。

湖对面稍远的地方,一个深色的影子引起了她的注意:一只猫正飞快地朝她而来。等那只猫靠近些时,她认出是泥毛。泥毛是河族以前的巫医,在族群踏上旅途迁徙到新家园之前就死了。但他现在看上去身体既强壮又轻盈,毛皮上闪烁着点点星光。

叶池向他低头致意:"泥毛,你好,你有什么消息要带给我吗?"

"是的,"这位前巫医说道,"我想让你给蛾翅捎个信。"

叶池身子一震。蛾翅是河族现在的巫医,她根本不相信星族,所以武士祖灵不可能出现在她的梦里。有一次,叶池把羽尾的信息传给蛾翅,提醒她注意河族领地上两脚兽的毒物。代替蛾翅承担起巫医最重要的职责,这让叶池的心里总觉得很不安,尤其是在对雷族许下新的承诺以后,她更不愿意替蛾翅捎信了。

"河族的一位长老得了绿咳症,"泥毛接着说道,"蛾翅需要猫薄荷,但是她却找不到。"他的眼中充满了焦虑。"我选蛾翅当巫医,难道是个错误?可我巢穴外的蛾子翅膀分明……"他有些迟疑,似乎不知道接下来该怎么办,"叶池,求求你,不要让我的族群因为我的不当选择而受难!"

"你是想让我给蛾翅送些猫薄荷?"叶池问道。她想起在那个废弃的两脚兽巢穴旁边,就长着很多浓密的猫薄荷。

"不用。在河族领地外面一点点就有很多,但蛾翅不知道。"泥毛说道,"她必须去河族领地边缘的小雷鬼路,然后朝着与湖相反的方向走,直到看见一排带花园的两脚兽巢穴。猫薄荷就在

日落和平

那里。叶池,你能把这些告诉她吗?"

他张开嘴,发出微弱的啜泣声。叶池惊恐地看着这位老巫医渐渐消失,声音却一直在周围回荡。叶池的眼睛猛地睁开了,看见小莓在窝里拼命地扭动着。"疼!我尾巴疼!"他哀号着。

叶池把一只爪子放在他的胸口,让他安静下来,然后往他的嘴里挤了更多的琉璃苣汁。她轻抚着小莓的皮毛,在他耳边发出安慰的呼噜声。她想起泥毛提到那可怕的绿咳症时,眼中流露出的焦虑之情。

月亮已经落山了,天空现出了第一缕晨光。叶池勉强辨认得出头顶上方的树木的深色轮廓。

"我现在怎么走得开,去河族呢?"她轻声自语道。

以前,火星允许她去帮助河族,但是这次她有生病的幼崽需要照顾。如果不好好照顾,小莓有可能会死去。而且几天前,叶池曾抛弃过雷族,和鸦羽一起出走——如果她这次又没了踪影,族猫们会怎么想?就算她告诉他们,她是帮助蛾翅去了,但她的这种行为,族猫们会理解吗?

如果蛾翅仔细去找,也能找到猫薄荷。幸好今晚就是月半之夜了,在月亮池就能见到蛾翅了。到那时,她可以把泥毛的话传给蛾翅,而不用现在离开族群了。

叶池继续守护着小莓,却怎么也忘不掉泥毛的那个梦。按泥毛说的去做会不会也是巫医职责的一部分呢?她叹了口气。当巫医怎么一下子就变得这么复杂了呢?她只是对雷族负责呢,还是

要对整个星族负责？如果是要对整个星族负责，岂不是要对星族所照看的所有猫都要负责？

"我不知道我到底该不该去。"叶池心神不宁地说道。

太阳已经开始落山，在空地上投下血红的光柱。叶池站在巢穴外面，低头凝视着小莓。现在小莓蜷缩在窝里睡得很安静，他的烧已经退了，但叶池依然不敢确信，他的伤口是不是正在愈合。

守了一夜，叶池几乎已经筋疲力尽，她觉得自己根本没办法走那么远的路去月亮池。而且，她也很害怕见到其他巫医，告诉他们炭毛已经死去的消息。

"你必须去。"亮心说着，把尾巴搭在叶池的肩膀上，"有我在，小莓不会有事的。我知道小莓醒来后，我要给他吃什么。"

叶池知道她说得没错。亮心能帮上大忙，而且需要的草药这里都有。再说了，她还要把泥毛的消息捎给蛾翅。

"好吧，"叶池说道，"我会去的。我会尽快回来的。"

"不用担心。"亮心安慰她。

最后，叶池又检查了一遍小莓的伤口，然后走进空地，朝荆棘通道走去，对正在负责警戒的刺掌道了声晚安。这次前往月亮池没有炭毛陪伴，叶池感觉很不自在。她希望自己能感受到炭毛的灵魂，却根本嗅不到炭毛那熟悉的气息，也感受不到柔软的暗灰色皮毛拂过她的身体。叶池感到了从未有过的孤独。

她走向风族边界，然后顺着小溪往山上爬去。此时，太阳已

日落和平
RILUOHEPING

经落到地平线下,森林里完全暗了下来,到处都能闻到绿叶新鲜的气息,她能感受到脚爪上的露珠凉凉的。想到马上就能蜷伏在满是星光的月亮池旁,与星族共享梦境,她的疲劳顿时就消失得无影无踪。有其他巫医陪着,有星族武士说话,她就不会再感到孤独了。

叶池在靠近风族边界的地方看见了风族的巫医青面——青面的前面是影族的巫医小云。他们肯定嗅到了她的气息,正在那里等着,因为等她爬过最后一个缓坡后,一下子就到了他们面前。

"你好,叶池,"青面声音低沉地说,"见到你真高兴。我为你们的损失而伤心。炭毛那么年轻就加入了星族的行列,真的让我很难过。"

"什么?"小云大声问道,脖子上的毛立刻竖了起来,"炭毛死了?"

叶池知道,影族巫医还不知道这个消息。于是,她点点头说:"獾群袭击了我们的营地。一星带领风族武士前来相助,但是他们来得太迟,没能救下炭毛。"

来得太迟的是我。她心里默默地想。

小云垂下了头:"她是一位伟大的巫医。我的这条命就是她给的。"

这件事叶池听说过。很久以前,疾病袭击了影族,炭毛违抗命令,前去帮助小云和他的一位族猫。小云总是说,就是因为这件事才让他选择了成为一位巫医。

叶池不知道是否应该把真相告诉他们——炭毛之所以会死，是因为自己背叛了族群和巫医的职责。他们会不会也像她一样，把炭毛的死归罪于自己的失职？

但是她发现青面和小云的眼中，除了同情，什么都没有。她知道，如果她真的说出了这件事，虽然能减轻自责，却只会增加他们的悲伤。

"你一定很想念她，"青面轻声说道，"但你会是一位出色的继任者。"

"希望如此吧。"叶池有些不自然地说道，喉咙哽咽得几乎说不出话来，"我永远都忘不了她，也忘不了她教会我的一切。"

他们一直往山上攀爬着，同行的巫医走在她的两侧，似乎是想分担她的痛苦，并且带给她力量。

叶池本来想问问青面，鸦羽怎么样了，但她知道自己不能这么做。你必须停止想念他。她心中暗暗说道。

此时，夜幕已经降临。叶池在荒原的凸起处停了下来，回头看着照着远处湖泊的半月。没有蛾翅的身影。叶池嗅了嗅空气，也没有发现她的气息。

"你们在路上看到蛾翅了吗？"叶池问其他巫医。

青面摇摇头。

"我也没看见她。她从来不从影族领地那边经过。"小云说道，"不过不用担心，她以前也来晚过。"

叶池知道这话不假，但她十分清楚河族的事情。蛾翅要照顾

日落和平

患了绿咳症的长老,不知道她是不是因为这个原因,才不能来。没准绿咳症已经扩散开了,而蛾翅却没有能治疗绿咳症的猫薄荷。

当叶池和其他猫抵达奔腾的溪流跟前时,依然没有看到蛾翅的影子。于是叶池往上跳着跑到星光闪闪的溪水边,然后钻过环绕着山谷的灌木丛,心中期望她的朋友已经早到了。

瀑布像一道移动的银光从石壁上倾泻下来,下方的水池翻滚着,洒满了跳动的月光。可是,没有那个熟悉的金色虎斑猫的身影站起来迎接她,也没有一丝朋友的气息。山谷里空空的。

青面带头,沿着盘旋的小路往月亮池走去。叶池跟在他的身后,感觉脚爪轻轻滑入到早已逝去的一代代猫留下的爪印里。但是这次,她没有像以往那样,感觉到环绕在自己周围的宁静。她太担心蛾翅和河族了,也很害怕在梦里见到泥毛时,他会责备她没有把信息带给蛾翅。

她不能把这些告诉其他巫医。她挨着他们,在水池边蜷伏了下来,抻长脖子,舔着冰冷的池水。那种冰冷似乎浸入了她身体的每一个部位,冻住了她的四肢,让她觉得自己变成了冰猫。她盯着翻腾的水面出神。等水面渐渐平静了下来,叶池隐约看到有数不清的猫的倒影,那是围绕在她周围山谷中一排排猫的倒影。

她抬起头,看到蜷伏在她身体两侧的青面和小云一动不动,已经深深地进入了梦乡。月亮池周围的灌木丛中、山谷两侧,都是隐隐发光的星族武士的身影。

不远的地方,有一处伸到水面上的悬崖,长满了苔藓,一只

原本蜷伏在上面的蓝色猫站了起来。叶池认出这只猫正是蓝星。

"欢迎你，"雷族前族长说道，"星族欢迎你成为雷族的新巫医。"

月亮池周围的星族猫群里传来一阵低声的祝贺声。叶池看到羽尾坐在一只美丽的银色猫的身边。这只猫肯定就是她的母亲银溪。在靠近水边的地方坐着鼩鼱爪，以及香薇云的幼崽小叶松和小冬青——他们在旧森林时死于饥荒。风族原族长高星坐在他们附近。叶池感到自己正从他们亮晶晶的眼睛里得到力量。

"谢谢你们，"她回答道，"我会尽力为我的族群服务，我发誓。"

在月亮池的另一边，她看见了一群前任巫医：她自己的亲密守护者斑叶、黄牙和泥毛。尽管天空没有一丝云彩，月亮在谷地上空飘浮着，但他们似乎被一团阴影笼罩着。泥毛正盯着自己的爪子，叶池不知道他是不是故意不看自己，不由得心里一紧。

叶池凝视着这团阴影，急切地想见到炭毛。虽然斑叶已经解释说炭毛并未生自己的气，可是叶池依然害怕老师因为自己曾放弃族群，责怪自己。

"求求你，炭毛……"她轻声说着，转向蓝星，问道，"蓝星，炭毛在哪里……"

但星族武士已经开始慢慢隐没，他们皮毛上的微光也越来越弱，透过他们的身体，叶池甚至可以看清山谷的两侧。有一个心跳的时间，他们如同岩石上的一层薄冰一般闪耀着，接着就消失

日落和平

了。蜷伏在月亮池边的叶池眼睛一眨,醒了过来。

她站起身,伸展着冰冷、发麻的四肢。她旁边的小云也坐起身来,开始用一只爪子洗脸。青面则飞快地舔梳着弄乱的皮毛。他俩都没有提起在梦中见到了什么。

"我昨天出去时,在垫脚石的上游发现了一大丛水薄荷。"他们沿着小路爬出谷地的时候,青面告诉叶池,"你或许想采一些——那些草药够我们两个族群用。"

"谢谢!"叶池说道,"这种草药治肚子疼最好。"

"前几天,我看见一只身上有姜黄色斑块的白色猫在采集金盏花。"青面沿着山坡往下走时,继续说道,"她是亮心吧?她看起来很忙,忙得都没有注意到我。"

"是的,她帮了我很大的忙。"叶池说道,"在遭到獾群袭击以后,我们需要大量的金盏花来治疗伤口。"

小云点点头。"感谢星族,我们在影族领地里还没有见过獾。"他说道,"雷族受伤的猫没事了吧?需要帮忙吗?"

叶池突然有些好奇,如果黑星听到小云主动提出要帮助敌对族群,会说些什么呢。幸好她可以明确地拒绝小云。"不,谢谢,我们雷族没事了。"叶池回答道,"族猫的伤口都快愈合了。"

山丘之上,还没有露出曙光。叶池心想,自己还有时间把泥毛的消息捎给蛾翅。但如果她回到石头山谷时太晚了,族猫们会怎么想?她以前抛弃过他们,他们现在希望看到她全身心服务于族群。更何况,她越早回去给小莓做检查越好。

还不仅仅如此，如果她要去河族，就要经过风族的领地，那么，很可能就会碰到鸦羽。

叶池顺着小溪一直往下，进入了雷族领地，她甚至没有朝风族所在的荒原看上一眼。她生命中的那一段经历已经结束，她也绝不会走回头路。她是一位巫医，有着与星族武士同行的力量。这是她从不接近其他猫的绝佳理由——她走的是一条不同的道路，一直以来都是如此。只要她能尽力把精力集中在自己的职责上，她对鸦羽的那段感情就会慢慢消退，到时候，对她来说，鸦羽就与其他猫没什么不同了。

第十章

黑莓掌离开猎物堆时,看见蜡毛正一瘸一拐地从叶池的巢穴里走出来。他的前腿伤口上敷了新的蛛丝,正朝武士巢穴走。但半道上,他就被桦爪给截住了。

"你好,蜡毛!"桦爪说道,"蕨毛要带白爪去训练,我们能和他们一起去吗?"

"不能。"他的老师暴躁地咆哮道,"我从岩石上摔了下来,伤口又裂开了。叶池说,我今天不能离开营地。"

桦爪的尾巴耷拉了下来。他转过头,难过地看着蕨毛和学徒白爪从荆棘通道离开了。

黑莓掌走到蜡毛和桦爪跟前,用尾巴弹了一下失望的学徒。"别那么伤心。"接着他对蜡毛说,"我正要去巡逻,如果你愿意,我可以带上桦爪。"

桦爪的尾巴瞬间就翘了起来,胡须激动地颤抖着。"求你了,蜡毛!"他乞求着。

蜡毛张开嘴,黑莓掌确信他会拒绝。就在这时,黑莓掌身后响起一个声音:"好主意。桦爪受伤的这段时间,错过了很多训练,

不能再这样下去了。"

黑莓掌转身看见族长正沿着落石堆从高石台上走下来。"我认为我们应该去影族边界，"黑莓掌说道，"重新设置一下气味标记，并检查一下有没有两脚兽设置的抓狐狸陷阱。"

火星点点头。蜡毛仍眯着眼睛盯着黑莓掌。但淡灰皮毛武士什么也没说，转身朝武士巢穴走去。

"那么，你也一起去吧。"火星对桦爪说道，"照黑莓掌说的做，小心抓狐狸的圆圈。你不想像小莓那样，失去尾巴吧？"

"我会小心的。"桦爪答应道。

黑莓掌把头从枝条间伸进武士巢穴，喊沙风和刺掌去巡逻。蜡毛坐在苔藓铺的窝里，没有搭理他。

天阴沉沉的，微风潮乎乎的，预示着很快就会有雨。猎物的气息也闻不到了，似乎它们都躲进了洞里。除了头顶上树枝的沙沙声，几乎听不到任何声音。

桦爪仍然激动得浑身发抖，黑莓掌看得出，这位学徒正在努力控制着自己，安静地走在其他巡逻队员的身边。

"为什么你不跑到前边去，看看能不能找到影族的气味标记呢？"黑莓掌提议道，"如果找到了，就回来告诉我们。"

"好的，黑莓掌！"桦爪眼睛闪闪发亮，竖着尾巴跑开了。

看到桦爪的臀部刚刚重新长出毛茸茸的皮毛，黑莓掌好容易才抑制住了自己的担心。桦爪很幸运，逃过了獾的袭击，但他不能永远得到族猫的保护，他必须掌握生存所需的技能，带他巡逻

就是最好的训练。"小心抓狐狸的圆圈！"黑莓掌在桦爪的身后喊道。

"也该让他撒撒欢了。"等这位学徒没了踪影，沙风说道，"獾群袭击营地时，他和蜡毛就受了伤。自那以后，他几乎就没有踏出过营地。"

"没准火星会让你接替蜡毛训练他呢。"刺掌说道。

"或许吧。"黑莓掌点点头，尽管他心里十分高兴，但却努力掩饰着。他很享受当老师的感觉，不由得爪子痒痒，恨不得马上就能有一位自己的学徒。

他依然希望火星能让他当小莓的老师。这只幼崽勇敢，求知欲强，尽管爱惹麻烦，他却很喜欢。小莓是黛西这窝猫中岁数最大、身体最强壮的，身上有着成为优秀武士的潜质。

黑莓掌跳过盘根错节的橡树根，发现桦爪正站在前面几尾远的荆棘丛边，张大嘴嗅着什么。

"黑莓掌，我找到气味标记了。"他汇报道。

"什么？你不可能在这里嗅到。"难道蜡毛根本就没有训练过桦爪？"我们离影族边界还远着呢。"

桦爪看起来很受伤。"可是我确信……"他辩解着。

沙风穿过蕨丛，走到桦爪所在的地方。过了一会儿，她走了回来，浅绿色的眼睛里闪烁着怒火。"桦爪说得对，"她说道，"影族在那处荆棘旁边设置了气味标记。"

刺掌愤怒地发出一声嘶嘶的吼叫："那里是雷族的领地！"

猫武士

黑莓掌感觉喉咙里气息涌动。他带着巡逻队走过空地,绕过荆棘,刚走出几尾远,影族气味标记的恶臭味就顿时淹没了他们。

"这些气味标记是新设置的。"他嘶嘶地说道,"循着气味,我们应该能赶上他们,问问他们为什么要这样做。"他猛一转身,又补充了一句:"桦爪,你赶紧跑回营地,一定要快。告诉火星这里发生的事情,让他多派些武士过来。"

学徒的肚皮贴着地面,尾巴拖在身后,顺着他们来时的路飞奔而去。

黑莓掌仔细检查气味,找到了影族巡逻队的去向,于是追了过去。沙风、刺掌也紧跟着他。影族的气息越来越浓。黑莓掌爬上一处缓坡,看到影族巡逻队正在对面的山谷中设置更多的气味标记。

黑莓掌气得浑身的毛全竖了起来。他停了几个心跳的时间,数了数对方巡逻队的猫。影族共有四位武士:黄毛、橡毛和杉心——就是当小莓在抓狐狸的圆圈中挣扎时,袖手旁观的那三只猫,另外还有花楸掌。他们的数量超过了雷族猫,但黑莓掌知道,他们已经没有时间等援兵了。

"黄毛!"黑莓掌冲影族副族长大喊道,"你们在这里干什么?"

四只影族猫都猛地转过身来,面对着雷族巡逻队。

"你看我们是在干什么?"黄毛傲慢地说道。

"我看你们是在窃取我们的领地。"刺掌嘶嘶地吼道。

日落和平

"很久以前,各族的边界就已经确定下来了,"黑莓掌提醒他们,"所有猫都应该知道他们族群领地的边界。"

"那是过去的事了。"杉心说道。

"影族需要更多的领地。"黄毛眯起眼睛,盯着黑莓掌,"自从你们的营地遭到獾群袭击之后,雷族已经衰弱了,根本守护不住自己的边界。"

"关于獾群,你都知道些什么?"沙风问着,上前一步。

"知道的够多的了。"黄毛回道,尾巴尖不住抽动着,"我们知道你们伤亡惨重,根本无力对抗我们。你们正忙着重建营地,根本就顾不上边界。还有,你们还死了一位巫医。"

有一个心跳的时间,黑莓掌觉得困惑极了。影族怎么可能知道獾群袭击雷族的事?接着他就想起来,三天前叶池曾去过月亮池,参加了月半的聚会。她肯定把雷族的状况告诉了小云。

他的爪子插进了地面。现在没时间想这个。"滚出我们的领地!"他冲黄毛咆哮道,"否则我们会让你们尝尝当初雷族欢迎獾的滋味。"

黄毛撇了撇嘴,说道:"我可不这么认为。"

黑莓掌发出一声可怕的尖叫,往谷底冲去。他先从空中扑到黄毛身上,然后爪子抓住了黄毛的肩膀。黄毛试图用牙咬黑莓掌的喉咙,但被黑莓掌一爪击在胸部,倒在了地上。她在黑莓掌的身下翻滚着,眼睛里燃烧着怒火。

黑莓掌瞥见沙风正和橡毛打在一起,沙风用后爪击打着橡毛

黄毛！
你们在这里干什么？
你看我们是在干什么？
我看你们是在窃取我们的领地。
很久以前，各族的边界就已经确定下来了，所有猫都应该知道他们族群领地的边界。
那是过去的事了。
影族需要更多的领地。
自从你们的营地遭到獾群袭击之后，雷族已经衰弱了，根本守护不住自己的边界。
关于獾群，你都知道些什么？
知道的够多的了。
我们知道你们伤亡惨重，根本无力对抗我们。你们正忙着重建营地，根本就顾不上边界。
还有，你们还死了一位巫医。

影族怎么可能知道獾群袭击雷族的事？三天前叶池曾去过月亮池，参加了月半的聚会。她肯定把雷族的状况告诉了小云。

否则我们会让你们尝尝当初雷族欢迎獾的滋味。

滚出我们的领地！

我可不这么认为。

黑莓掌发出一声可怕的尖叫，往谷底冲去。

的肚子。花楸掌则与杉心摁住了刺掌。黑莓掌冲着黄毛又挥出一爪,然后跃起身,去帮自己的族猫。跑开的时候,他感觉自己的臀部被黄毛抓了一下。

桦爪,你可一定要快啊!

黑莓掌跳到杉心身上,用牙死死咬住深灰色公猫脖子处的皮毛。黄毛冲上来想咬黑莓掌的尾巴,却被他用后腿蹬开。黑莓掌顺势在地上打了个滚,各种猫的气息混合在一起,众猫纠缠在一起,让他几乎分辨不出谁是敌人。

就在这时,黑莓掌听见从远处传来一阵怒吼,声音越来越响。黄毛一爪抓在黑莓掌的脖子处,脸凑到他的跟前,骂道:"狐狸屎!"紧接着就跳开了。杉心也趁机挣脱了。黑莓掌摇摇晃晃地站起来,看到火星和雷族武士正往谷底冲来。

火星跳到黄毛身上,愤怒地吼叫着,然后用牙齿紧紧咬住了她的喉咙。黄毛的爪子划过火星的肩膀,却无法脱身。松鼠飞直接冲向杉心,把他撞翻在地,然后紧紧按在地上。在松鼠飞的身后,尘毛跳到花楸掌身上,爪子狠狠地抓进影族武士的皮毛。橡毛看见蛛足和雨须从蕨丛冲出来,直接向他冲过来,吓得尖叫了一声,连滚带爬地穿过树根和荆棘丛,往影族边界跑去。沙风趁机在他臀部狠狠抓了一下。

"撤退!"黄毛吼叫道。她勉强站起身,火星的牙齿和爪子下还留有她的皮毛。她喉咙的部位流着血,开始撤退。

火星一甩尾巴,命令自己的武士放开影族猫。松鼠飞狠狠地

日落和平

咬了杉心耳朵一口，然后跳着躲开了他的爪子。尘毛翻滚着挣脱花楸掌，站起身来咆哮着。两位影族武士转身逃走了，但黄毛却站住了。

"火星，不要以为你赢了，"她厉声说道，身体两侧剧烈地起伏着，"影族还会设置新的边界标记的。"

"那肯定不会是在雷族这里，"火星反唇相讥，"现在滚回你们的领地去。"

黄毛的眼睛里喷射着怒火，发出一声愤怒的嘶嘶声，转身跟着自己的族猫逃走了。蛛足和雨须紧紧跟在她的身后，发出可怕的尖叫，一直把入侵者赶得没了踪影。

火星抖了一下凌乱的皮毛，来到黑莓掌身边。"谢谢！"黑莓掌气喘吁吁地说，"还有你，桦爪。"这位站在族长身边的年轻学徒双眼发亮，正大口喘着气。"你跑得真快。救兵来得很及时。"黑莓掌赞道。

黑莓掌把桦爪在远离边界的地方发现影族设置气味标记的事飞快地讲了一遍，还讲了一下他和巡逻队其他成员是如何看见影族武士窃取更多领地的。"影族猫认为，我们遭到獾群的袭击后，非常虚弱，已经无法阻止他们了。"他补充说道。

"你受伤了？"松鼠飞说着，走到黑莓掌身边。她绿色的眼睛里满是关切，身体紧挨着黑莓掌，给他检查伤口。

黑莓掌停了一会儿，检查大家的伤情。让他放心的是，他受伤的肩膀并没有裂开，只是腹侧被咬掉了几撮毛，尾巴也很疼——

139

猫武士

似乎黄毛咬到它的时候,使出了全部的力气。沙风的肩膀被抓伤了,刺掌喉咙处的伤口也在流血。

"你们最好马上返回营地,让叶池给检查一下。"火星说道。

"我没事。"黑莓掌坚持道,"我们需要沿着原有的边界设置气味标记,以防影族有其他想法。"

"我也没事。"沙风补充道,"但是刺掌,我觉得你应该回去。你喉咙处的伤口,看起来情况不妙。"

刺掌只是点点头,他累得似乎已经没有力气争辩了。

"那我和你们一起去吧。"松鼠飞对黑莓掌说道,她活动着爪子,眼睛里闪着亮光,"如果影族猫胆敢把一根胡须伸过边界线,我一定会让他们知道,这是他们一生中犯过的最大错误!"

黑莓掌和巡逻队设置完气味标记,返回营地时,听见山谷里传来愤怒的号叫声。他的耳朵不由得竖了起来。他飞快地穿过荆棘通道,发现火星正站在高石台上,其他族猫都聚集在下面。

"我们应该进攻他们的营地!"鼠毛怒吼道。

火星甩动尾巴,示意安静。"我们不会去攻击他们。"他说道,"你们和我一样清楚,我们还没有完全恢复过来。如果我们强行发动攻击,一旦失败了,将会是一场灾难。"

这话说得很对,大多数雷族猫的身上留下的獾爪伤仍没有痊愈。黑莓掌心想。

"但是从现在起,"火星继续说道,"所有的巡逻队都要注

日落和平

意领地内是否有影族出入的迹象。"

黑莓掌猜测火星就要结束会议,于是走上前去,说道:"火星,我有些话想说。"

火星点点头,示意他继续往下讲。

黑莓掌的目光四下扫视了一圈,最后停在离巢穴入口不远的叶池身上。"叶池,你是不是把獾群攻击了雷族的事告诉小云了?"他问道。

叶池看起来有些疑惑:"是的——在月亮池见面的时候,我告诉了他。"

"你难道从没想过,小云会把这件事告诉黑星?如果你能把嘴巴闭上,我们就不会有这种麻烦。"

巫医跳了起来,琥珀色的眼睛里顿时燃起了怒火。"我必须告诉小云炭毛是怎么死的!"她解释道,"难道你认为小云不想知道炭毛发生了什么事吗?"

黑莓掌知道自己的话有些过分,但与影族的战斗对他震动很大。在所有的猫当中,叶池最应该知道,什么会把族群置于危险境地。

"你把所有的事情都告诉其他巫医了?"

"青面早就知道了,"叶池回答道,"蛾翅没去月亮池。"她的眼睛里依然闪着怒火,补充说道:"黑莓掌,我对其他巫医说什么,你管不着。"

"如果你需要决定忠诚的对象是谁,这就关我的事。"黑莓

掌反驳道,"别忘了,虽然你是巫医,但也是雷族猫。"

叶池张开嘴想要反驳,但却什么都没说出来。她看起来伤心欲绝。当黑莓掌意识到自己不该公开指责她对族群不忠时,为时已晚。

"你怎么能这么说?"松鼠飞瞪了黑莓掌一眼,眼中的怒火足以烧焦他的皮毛,"叶池当然要把这种重要信息告诉其他巫医。看在星族的分上,她的老师死了,对所有巫医来说,这都是一件大事,而不仅仅只是雷族的事情。"

"我知道。可是……"黑莓掌想打断松鼠飞,可是她仍然继续说了下去。

"这不是叶池的错,也不是小云的错。谁知道黑星和他的武士们会这么鼠脑子,竟然以为可以乘虚进犯雷族。再说了,我们也已经让他们明白,他们这么做是大错特错了。"

黑莓掌不敢正视叶池燃烧的目光。"对不起,"他轻声说道,"对不起,叶池。"

"松鼠飞说得对。"火星在高石台上说道,"黑星纵容他的武士破坏两族之间的约定,他要为此事负责。请大家放心,下次森林大会上,我会和他理论的。"他的眼神变得阴沉起来,龇着牙咆哮道:"如果他胆敢向雷族发动战争,我们会让他明白,雷族早已做好准备,正在等着他!"

日落和平

第十一章

　　一轮满月高高地挂在天上，松鼠飞从树桥尽头一跃，跳到了岛上。顿时，很多猫混杂在一起的气息扑面而来。她意识到，雷族武士是最晚到达森林大会空地的族群。火星迅速跑离岸边，同时用尾巴示意雷族武士们跟上。

　　黑莓掌跑在火星的身后，和他一起跑着的还有松鼠飞、尘毛和雷族的其他猫。黑莓掌身体紧贴地面，迅速穿过浓密的灌木丛，来到了洒满月光的空地，空地上满是大橡树伸展的枝杈投下的斑驳影子。

　　大橡树现在已经长满了叶子，黑莓掌看见黑星的一部分身体正隐藏在一根树枝后，白色的皮毛若隐若现，豹星则眨着明亮的眼睛，注视着下面的众猫。火星走到大树前，冲一星点点头，然后和他一起爬上树干，在树枝间坐定。

　　黑莓掌刚一踏进空地，就感觉周围的气氛有些奇怪的紧张感。其他族群的猫都在盯着雷族武士看，似乎正在重新审视他们。他听见一些猫窃窃私语，评论着雷族武士身上依然可见的伤疤。

黑莓掌四下观望着,希望能看见暴毛和溪儿。他看到了河族的副族长雾脚,于是便绕过一群兴奋的学徒,坐到她的身边。"你好,"他打着招呼,"河族的猎物怎么样?"

"很好。"雾脚回答道,"我听说你们被獾群袭击了?"

黑莓掌点点头,他并不太想谈论被獾群袭击的事,便问道:"暴毛和溪儿怎么样了?他们今天晚上来了吗?"

雾脚摇摇头说:"豹星没有选他们来参加森林大会。不过他们两个都很好。很高兴能再次见到暴毛。"她蓝色的眼睛闪闪发光。黑莓掌知道,她的哥哥石毛曾经当过暴毛的老师,她也曾是暴毛的妹妹羽尾的老师。"但是,很可惜,暴毛只能待很短的时间。"雾脚又补充了一句。

黑莓掌有些惊讶。暴毛和溪儿说过,想永远留在河族,不过很显然,他们对河族猫说了不同的话。或许是因为河族猫对他们的欢迎,不如暴毛想象得那么热烈,他们没被选中参加森林大会,就说明了这一点。

"他们很快就要离开了吗?"黑莓掌问道。

"我不知道他们离开的具体时间,"雾脚说道,"但我确信他们最终还是想回到部落去,不是吗?"

她冲黑莓掌低头致意,然后走到大橡树的根部,在影族副族长黄毛和风族副族长灰脚旁边坐了下来。黑莓掌看着她们旁边的空位,皮毛不由一紧。这也再次提醒他,雷族没有副族长与她们坐在一起。

日落和平

"嗨。"

黑莓掌吓得跳了起来。他的眼睛正渴望地盯着三位副族长,根本没注意妹妹褐皮走了过来,坐到了他的身边。

"嗨,"黑莓掌说道,"你怎么样?"

"我很好——不过你怎么样?"玳瑁色母猫声音里充满同情,"听说你们惹上了獾群,我真的很难过。"

"我非常好,族里的猫也一样。"黑莓掌连忙说道。虽然褐皮是他的妹妹,但同时也是影族的武士。他想让褐皮明白,雷族仍然很强大。"如果叶池嘴不那么快,告诉其他巫医我们遇到了大麻烦,我们的情况还会更好。"

褐皮看上去很困惑:"叶池?"

"她在月亮池和其他巫医见面时,把这件事告诉了小云。"

"但影族并不是从小云那里听说这个消息的,"褐皮说道,"他根本没有说过。"

"那你们是从哪里听说的?"

"黄毛和杉心在河族边界巡逻时碰到了鹰霜,是鹰霜告诉他们的。"褐皮解释道。

黑莓掌惊讶地看着妹妹。蛾翅没去月亮池见叶池,那鹰霜怎么会知道獾群袭击雷族这件事的?顿时,冰冷的爪子攫住了他的心:他们在黑森林里和虎星一起训练时,是他自己告诉鹰霜的。愧疚顿时淹没了他,更糟糕的是,他还不能因为这件事向叶池道歉,因为那样一来,他就得说出真相了。

"鹰霜说他只是有些担心。"褐皮接着说道,"他想知道影族武士有没有见过雷族猫,以及你们的伤势是否严重。他知道,獾群肯定已经给你们雷族造成了严重的破坏。"

黑莓掌心不在焉地点点头。他需要好好想想。鹰霜真的是关心雷族,才这样问的,还是说他别有用心,想把这个消息传寄给影族?他肯定知道影族族长黑星听了这个消息,会做何反应。黑莓掌瞥见鹰霜和一群河族武士坐在一起,很想走过去质问他。但是还没等他向褐皮道别,就听见大树上传来火星的喊声,宣布会议开始。

整个空地都安静了下来,所有的猫都把脸转向大橡树,他们的眼睛在月光下闪闪发光。

"豹星,你先讲吧!"火星提议道。

河族族长站起身,她那满是斑点的毛皮依然掩映在枝叶间。"河族爆发了绿咳症。"豹星开口说道,"我们的长老巨步死了。但是感谢星族,河族其他的猫没有被感染。"

空地上响起一阵同情的低语声。黑莓掌瞥见了坐在松鼠飞身边的叶池,不明白这位年轻巫医为什么看起来一副深受打击的样子。她应该没有替河族长老悲伤的特殊理由啊?

"我也有个好消息,"等众猫的议论声平息下来后,豹星接着说道,"我们的巫医蛾翅已经收柳爪为学徒了。"

那只金色虎斑猫正坐在离树根不远的地方。黑莓掌猜想,坐在蛾翅旁边的那只灰色幼崽应该就是新学徒。河族众猫高喊着:

日落和平

"柳爪,柳爪!"柳爪绿色的眼睛里闪着兴奋的光,有些不好意思地低下了头。

豹星退了回去,用尾巴示意一星接着讲。就在这时,大树根部的鹰霜站起身来。"稍等一下!"他说道,"蛾翅有重要的消息要讲。"

豹星的眼睛眯了起来。黑莓掌看得出豹星很是意外。不过她点点头说:"好吧。蛾翅?"

河族巫医慢慢地站起身。黑莓掌觉得她已经被吓坏了,似乎并不想讲话。黑莓掌很好奇,鹰霜到底想要干什么?

"蛾翅?"看到巫医不说话,豹星敦促道。

"她要讲的是一个预兆。"鹰霜的尾巴尖来回抽动着,提醒着妹妹。

"噢,是的……预兆。"蛾翅听起来很慌乱,"我……我做了一个梦。"

"她怎么了?"褐皮在黑莓掌的耳边轻声说道,"她是一位巫医,对吧?她肯定做过很多梦。"

"告诉我们,你做了什么梦!"豹星冷冷地说道,"顺便也解释一下,为什么要在森林大会上宣布这件事,而不是提前向你的族长报告。"

"我也不想这样。"蛾翅怯生生地说,她的声音听起来像一位不懂规矩的学徒,而不是一位巫医,"这是鹰霜的主意。"

"等你们听了这个梦之后就明白了。"鹰霜插话道,"接着讲,

蛾翅。"

"我……我不确定是不是应该在这个时候讲,"蛾翅结结巴巴地说道,"也许是我错了。"

"星族告诉你的事情也会有错?"鹰霜听起来很惊讶,"你是巫医,只有你能解释我们武士祖灵给我们的预兆。"

"是的,你接着说。"豹星此时终于有了兴趣,"让我们听听星族给你说什么了。"

蛾翅再次用厌恶的眼神看了哥哥一眼,但没有说话。黑莓掌不理解她为什么这么不情愿。他注意到叶池像石雕似的一动不动,惊恐地盯着蛾翅。她知道蛾翅要讲什么吗?黑莓掌很想知道,这些巫医是不是已经从星族那里得到什么可怕的消息,一个不愿意透露给族群的消息。

"我做了一个梦……"蛾翅开始讲道。她的声音很低,惹得有些猫大叫起来:"你大点声!"

蛾翅抬起头,声音高起来,不过黑莓掌依然能看出,她全身的皮毛都散发着不情愿的气息。

"我梦见自己在小溪里捉鱼,"她说道,"我看见两个本不该在那里出现的鹅卵石。那两个鹅卵石的颜色和形状,都与众不同。溪水流过它们时,泛起了水花,流速也变缓了。接着,水流越来越快,把两个鹅卵石吹得往前滚去,直到后来看不见了。这时,溪水也恢复了往常的模样……"蛾翅的声音渐渐低了下去,她低下头,盯着爪子发呆。

日落和平
RILUOHEPING

她周围的所有猫都看起来很困惑，开始互相看着，低声交谈起来。黑莓掌无法理解叶池为什么看起来那么心烦意乱。他没听出来这位巫医的梦有什么可怕之处，似乎跟族群也没有什么关系。

"你讲完了？"看到蛾翅沉默下来，豹星追问道，"这个梦是什么意思？星族到底想告诉我们什么？"

还没等蛾翅回答，鹰霜就上前一步。"在我看来，梦的含义很清楚。"他说道，"很显然，河族有两个不该有的东西，这两个东西与其他的族猫无法共存。就像鹅卵石一样，小溪只有清理了它们，才能正常流动。"

窃窃私语声再次从空地上响起，尤其是河族猫聚集的地方。他们看起来都很担心。年轻武士田鼠齿的声音盖过了其他猫的声音："那是指暴毛和溪儿吗？他们就是我们要清除的那两个鹅卵石吗？"

黑莓掌倒吸了一口气。星族真的相信暴毛和溪儿不属于河族？

黑莓掌身边的褐皮将爪子深深地插进地里。她曾与其他猫一道长途跋涉，前往太阳沉没之地，暴毛也是她的朋友。"如果有猫敢动他一爪子，我就……"

"别管闲事！"鹰霜冲她吼道，"这是河族的事。在我看来，如果我们让暴毛和溪儿留下来，星族会非常生气的。"

"这太荒唐了！"雾脚从橡树底下站了起来，"暴毛属于河

族！"

"不要再争了！"蛾翅央求着，"鹰霜，我告诉过你，我不知道……不太确定……那个梦是什么意思。求你……"她声音颤抖着，"求你不要胡乱猜测。我会等待星族传来其他预兆……也许下一次的预兆会更清楚些。"

鹰霜眯起冰蓝色的眼睛，冷冷地盯着蛾翅。他们头顶的树枝上的豹星，看起来既尴尬，又生气。黑莓掌敢用一个月的黎明巡逻来打赌，豹星一定会严厉批评蛾翅，批评她不该在所有族群都参加的森林大会上，说出这么不确定的事情。

"对，"豹星简洁地说道，"在你得到更多信息之前，我们不会采取任何行动的。蛾翅，下一次一定要先让我知道。"

蛾翅低头坐了下去。豹星没再说什么，只是用尾巴示意一星上前说话。

风族族长从栖身的树杈上站了起来。"风族没什么好通报的，"他说道，"一切都很正常，我们的猎物也很多。"他再次坐下，示意火星接着讲。

黑莓掌看见族长上前一步，感觉心里一阵紧张。火星会怎么讲述影族试图窃取雷族领地的事情？黑星又会怎样为自己武士的行为辩解？

火星从獾群入侵雷族营地开始讲起，他感谢一星和风族武士的帮忙："如果没有你们的帮忙，我们还会死更多的猫。"

一星挥动尾巴说道："这都是我们应该做的。"

日落和平
RILUOHEPING

"我悲痛地告诉大家，烟毛死了。"火星接着说道，"我们的巫医炭毛也死了。族群永远怀念他们。"

多数猫似乎早就知道炭毛死了。哀悼声如同风掠过草地一般，在空地上飘过。大家都非常怀念她，因为所有的猫都尊敬她，钦佩她。

"叶池现在是雷族的巫医。"火星继续说道，"她照料我们受伤的武士，表现得非常出色。雷族武士们都已经康复。我们还重建了巢穴和营地的入口屏障。无论怎样，獾群的入侵并没有削弱雷族的力量。"

他停了一会儿，好让大家理解他话中的含义。然后，火星才转向黑星栖身的树枝，声音变得严厉起来："在獾群袭击我们后不久，我的武士发现，影族巡逻队在我们的领地上设置气味标记。黑星，对此你有什么要说的吗？"

黑莓掌忍不住看了妹妹一眼。

"你别怪我！"褐皮压低声音说，"我告诉过黄毛，入侵雷族愚蠢至极。可她会听吗？"

黑莓掌把尾巴轻轻地放在妹妹的肩膀上。"没事。"他低声说道，"所有猫都知道，你是位备受尊敬的武士。"

黑星站了起来，他那巨大的黑色爪子稳稳地站在细细的树枝上。火星的指责似乎并没有让他不安。"随着天气越来越暖和，"他开口说道，"两脚兽把船和水上怪物带到了靠近我们领地的湖里。它们的幼崽在我们的领地上玩耍，吓跑了猎物。它们的怪物

在小雷鬼路上行走,在空气中留下了难闻的气息。"

"的确是这样。"豹星插话道,"它们也侵入了河族的领地,把垃圾丢得到处都是,我甚至在这个岛上也发现过它们。"

"它们还在岛上燃起了火。"雾脚补充道。

黑莓掌浑身的毛倒立了起来,身子颤抖着。他依然记得在自己还小的时候,那场席卷旧雷族营地的可怕大火。不难想象,肆虐的大火也会吞噬整个岛屿,把大橡树烧成一堆一触即散的焦黑棍子。如果两脚兽也在湖岸边燃起火,那可怎么办?虽然到目前为止,雷族一直都很安全,没有在领地靠近大湖的区域发现两脚兽的踪迹,但这种情况能持续多久呢?

"这跟你们窃取我们的领地有什么关系?"松鼠飞高声喊道。

"我们最初划定边界的时候是枯叶季,"黑星接着说,"那时候,大家都不知道两脚兽会给族群带来什么影响。我们从没想到,会在影族领地里碰到这么多两脚兽。影族已经很难捕捉到足够的猎物……"

"河族也是如此。"豹星说道。

黑星冲她点了点头,继续说道:"因此,在我看来,唯一的解决方法就是重新划定边界。雷族和风族应该给影族和河族让出部分领地。"

雷族和风族再次爆发出抗议的叫喊。一星一跃而起,后颈上的毛直立了起来:"休想!"

火星尾巴一摆,示意大家安静。但是过了好大一会儿,空地

日落和平
RILUOHEPING

上的吵嚷声才完全停了下来。黑莓掌看见云尾站起身,冲黑星发出挑衅的嘶嘶声,尘毛猛烈地抽动着尾巴,松鼠飞愤怒地尖叫着。风族的鸦羽站起来,后颈上的毛直立着,爪子插进泥土里。鸦羽身边的网脚,正冲着黑星愤怒地吼叫着。黑莓掌感到一股愤怒从耳朵一直涌到尾巴尖。但他强迫自己保持安静,等着看族长怎么应对。

"黑星,我们是不会同意的。"等空地上安静下来,火星立刻说道,"就现在的边界来看,每个族群都分到了适合本族习惯的领地。你不想让河族猫像风族猫那样,在光秃秃的山坡上狩猎吧?"

"我们可以学。"鹰霜坚持说道,"自从我们来到这里,已经发生了很大变化,我们当然也可以学习新的狩猎技巧啊!"

"我倒想看看你们怎么学,"鸦羽回击道,"学起来可不像看起来那么容易。我知道,如果让风族猫在雷族那样的密林中狩猎,也会觉得非常困难。"

"哼,你当然知道。"网脚讥讽道。

"够了!"一星低吼一声,低头瞪着网脚。

网脚怨恨地瞟了鸦羽一眼,好像自己当众挨族长训斥,是这位深烟灰色武士的错。黑莓掌意识到,对于鸦羽曾经为了雷族的巫医,抛弃族群的事,鸦羽的有些族猫并没有原谅他。

"没有猫愿意挑起族群间的争斗,"鹰霜说着,仰头望着四位族长,"但雷族和风族应该讲道理。如果你们的领地被两脚兽

这样入侵了，你们会怎么办？"

鹰霜讲话的时候，褐皮轻蔑地哼了一声，凑到了黑莓掌身边。"有一次我和黑星、橡毛巡逻时，在边界处碰到了鹰霜。"她对哥哥说道，"他看上去似乎很担忧两脚兽，还说边界不能改变实在是一件很遗憾的事。我知道不该这么想，但还是觉得，会不会是因为这句话，让黑星动了入侵雷族的念头。"

黑莓掌目不转睛地看着褐皮。这不会是真的吧？鹰霜永远不会鼓动影族攻击雷族的。他之所以这么说，应该是担心族群没有足够的猎物，这对武士来说，是很自然的事情。而黑星攻击别的族群，根本就不需要别的猫的鼓动。

"鹰霜不会这样的。"黑莓掌说道，但却看到褐皮绿色的眼睛里满是怀疑。

"真的吗？我猜你正想告诉我，鸟不会在树上铺窝了。"褐皮冷冷地说。

黑莓掌心中烦闷，便转过身去。他没有听到火星是怎么回应的，现在鹰霜再次开口说话，并且挑衅地抬头看着雷族族长。

"火星，关于族群的边界，你是不是太固执了呢？我经常听你说，星族认为森林里应该有四个族群。如果其中两个族群饿死了，怎么还会有四个族群啊？"

鹰霜扫了一眼黑莓掌，似乎想让同父异母的哥哥支持自己。黑莓掌迎上他的目光，然后看向了别处。鹰霜的话听起来很有说服力，但黑莓掌不相信影族和河族会有饿死的威胁，尤其是在猎

日落和平
RILUOHEPING

物丰盛的绿叶季。再怎么着,他们也应该等一两个季节,看看两脚兽的入侵到底对湖边的各族领地造成了什么影响,然后再讨论改变边界的问题。

"鹰霜,在我看来,你可一点不像快要饿死的样子。"火星说道。

"河族需要更多的领地!"鹰霜低吼道,"如果你们不给,我们就自己去拿。"

"鹰霜,你代表不了河族!"雾脚冲他怒吼道。

就在这时,风族的裂耳跳了起来,喝道:"如果你想皮毛被撕成碎片的话,就试试看!"

鹰霜转身面对裂耳,弹出了利爪。河族猫黑掌挤过猫群站到了鹰霜身边,后颈的毛直立着,尾巴蓬松成原来的两倍大。包括鸦羽在内的三四位风族武士,也跳过来支持裂耳。

"收起爪子!"雾脚从刚才坐着的树根上跳了起来,"这是森林大会!你们都忘了吗?"

包括鸦羽在内的一两只猫往后退去,但大多数猫并没有理会河族副族长的话。黑莓掌看到影族的杉心和花楸掌站了起来,亮出了爪子。尘毛和刺掌迎了上去,挑衅地呸了一口。黑莓掌惊恐地看到,影族猫朝自己的族猫扑了过去。四只猫顿时在地上翻滚起来,尖叫着,厮打着。

"不!"黑莓掌怒吼道,"想想休战协议!"

黑莓掌冲向前,想分开厮打在一起的猫,却发现周围更多的

猫打了起来。黑莓掌用牙咬住杉心的肩膀,想把杉心从尘毛身上拽开,但另一只猫却跳到了他的背上,把他撞翻在地。黑莓掌一下子陷入打斗的武士中间,这时,他听见火星愤怒的喊叫声:

"都收起爪子!这不是星族的意思!"

第十二章

战火立刻燃遍整个空地,叶池身子紧紧贴着地面。她恐惧得四肢都僵硬了,身上的毛竖了起来。她无法相信,众猫竟然破坏了星族的停战协议。接着她想起了那个血红的波浪拍击湖岸的梦。那是真的!在血流成河以前,这里不可能有和平。

空地上到处是号叫着、战斗着的猫。叶池竭力想找到鸦羽,担心他会受伤。她听见父亲在高喊,可是他的命令被敌对族群的尖叫声给淹没了。

"星族,帮帮我们吧!"叶池祈祷着。

武士祖灵们的灵魂似乎听见了她的乞求,空地上飘过一片阴影,银色的月光暗淡下来。叶池抬起头,发现一块乌云飘过来,把月亮完全遮住了。战斗的尖叫声渐渐弱了下去,最后变成了恐惧的号叫。一些猫停止了战斗,一动不动地蜷伏下来,盯着可怕的天空。

"看!"光线太暗了,看不清楚是谁,但叶池听出这是风族巫医青面的声音,"星族发怒了!这肯定是一个信号,告诉我们边界应该维持原来的样子。"

尽管老巫医的话语中不乏权威，但是周围还是响起了几声抗议。火星的喊声把他们全都镇住了。叶池借着朦胧的月光，勉强辨认出了父亲——他此时正站在高处的一根树枝上。

"青面说得对！"火星高声喊道，"星族已经表明了态度。领地维持现状。森林大会结束！"

"河族猫下一次举起爪子前，必须征得我的同意！"豹星威严地站在树枝上，补充道，"所有的猫，马上返回营地！"

"风族猫也一样。"一星说道，用愤怒的目光扫视着空地。

黑星发出一声嘶吼。"这件事没有完。"他吼道。

"是的，没有完！"又有一个声音响了起来。透过黑暗，叶池认出了鹰霜那庞大的虎斑身躯。"下一次森林大会上，我们再继续讨论这件事。"

这可不是由你说了算。叶池心里想。鹰霜行事就像族长一样，但是他连副族长都不是。对他的不信任，让叶池身上的毛不禁立了起来；一想到他对同父异母的哥哥黑莓掌会有多大的影响，叶池的心中就更加不安了。

让她松一口气的是，战斗总算是结束了。众猫们各自散开，舔着伤口，怒目相向。几位族长从橡树上跳下来，开始召集本族的猫。

所有的猫都在开始寻找自己的族猫，准备回家。叶池费劲地在拥挤的猫群中走着。和蛾翅说过话，她才能离开。

巨步死了！叶池当初决定不传递泥毛关于猫薄荷的信息时，

日落和平

曾自我安慰,蛾翅无论如何都能找到猫薄荷的,她甚至认为,即使这位长老不吃草药,也可以恢复健康的。他的死都是我的错!叶池心里想道。

蛾翅说的那个梦是怎么回事?她真的梦见小溪里有两个鹅卵石?如果她真的开始信仰星族,并能接到它们的信息,泥毛就不会找叶池来捎信,他可以亲自告诉蛾翅。但是泥毛没有——也就是说,蛾翅在森林大会上撒了谎。

叶池想象不出她的朋友为什么要这样做。她和暴毛、溪儿之间究竟发生了怎样的争吵,才想把他们驱逐出河族?叶池想起蛾翅和鹰霜之间的紧张关系,以及鹰霜让妹妹当着众猫的面,讲出那个梦的迫切神情。这难道是他的主意?如果是鹰霜逼迫蛾翅撒谎,那她为什么要同意?她是一位忠诚的巫医,最讨厌撒谎,先前还拒绝把叶池的梦境讲给豹星听。

叶池定了定神,从几只风族猫的身边挤了过去,发现蛾翅正和柳爪蜷伏在大橡树的根部。看样子,在整个战斗的过程中,她一直在护着学徒。但是没等叶池走到她的跟前,鹰霜出现了。他的皮毛凌乱地竖立着,即使他经历过了最激烈的战斗,看上去似乎并没有受重伤。

他走到妹妹跟前,眼睛里透着凶光。"你这个鼠脑子!"他骂道,"你差点就把一切都毁了。"

蛾翅飞快地看了一眼柳爪。"你去找雾脚,"蛾翅对学徒说道,"告诉她,我马上就来。"

柳爪跳起来跑开了,边跑边紧张地回头看鹰霜。叶池躲进了阴影中。她不喜欢偷听朋友讲话,但她必须知道到底出了什么事。

"你真让我失望!"鹰霜咆哮道,"你答应过我,要在森林大会上把那个梦讲出来,这样我们就可以立刻赶走那些肮脏的外来者。要是你下次张开嘴巴的时候,还有猫信你,那我们可真是太幸运了!"

"是呀,他们为什么要信我?"蛾翅站起来,直面自己的哥哥,眼睛里满是哀伤,"我们都知道那个梦是假的。我从来没有收到过来自星族的梦。"

鹰霜发出恼怒的哼声。"但是没有谁知道,对吧?除了你和我。如果你站在那里,没有像幼崽那样说话,他们就会相信你。'我说不准……我需要更清楚的信息!'"他惟妙惟肖地模仿着妹妹说话的腔调,"我真想把你的皮毛给扒下来。"

"随你的便!"蛾翅反唇相讥,"你让我在森林大会上撒谎,这比失去皮毛更糟糕。"

叶池紧张地亮出爪子,准备随时跳出来保护蛾翅。但是她看出鹰霜正在努力地控制情绪,他肩膀上的毛开始平顺下来。当他继续说话的时候,他的声音也平静了许多:"你并非真的是在撒谎。你知道,如果暴毛离开了,那就再好不过了。我应该当副族长,可是如果他留下来了,雾脚就会让他接替这个职位。"

"他是一位好武士……"

"别给我讲这个!"鹰霜低吼道,"他曾离开过一次,我们

日落和平

怎么知道,他不会再次离开?我一直忠于河族,应该当副族长!你知道,星族也知道,那为什么不让整个族群都知道呢?"

"因为我的职责是对整个族群负责,而不是对你。"蛾翅平静地说道。

鹰霜嘴唇一缩,露出了牙齿。"这不是我们原先的计划!"他咆哮道,"我让你成为巫医,不是为了这个。如果你心爱的族猫知道了你的事情,你觉得他们会怎么做?"

蛾翅的身子突然颤抖了一下,她后退一步,把头扭开了。叶池觉得如同踏入了冰冷的激流,汹涌而来的恐惧差点让她站立不稳。鹰霜怎么会帮助蛾翅当上巫医?是泥毛在星族的指点下,选中了蛾翅的。什么样的"真相"会使蛾翅为哥哥撒谎?

突然,蛾翅一脸平静地看着哥哥。"鹰霜,你想怎样,就怎样吧。"她说道,"我想尽我所能,当位好巫医,服务族群,但是我不能再撒谎。在两脚兽把雾脚抓走的时候,你曾经当过副族长,你也会再次当上的——前提是,你不要再做什么愚蠢的事情。"她停了一会儿,语气更加严厉地说道:"如果你说出了有关我当上巫医的真相,你也没什么好下场,对吧?"

鹰霜抬起前爪。叶池拉开架势,准备随时冲出去帮助朋友。但这位虎斑武士却转过身,走开了。他的样子非常像叶池在梦中见到的他的父亲虎星。

蛾翅瘫倒在树下,似乎耗尽了所有的力气。叶池走到她的跟前,用尾巴尖轻轻地碰了碰她。叶池不知道该说什么。她不知道

该不该把自己听到他们吵架的事情讲出来。叶池依然不明白,这一切到底是怎么回事。鹰霜明显知道,妹妹并不相信星族。但是这件事叶池也知道,而且她早已经接纳了蛾翅。即便没有来自星族的力量和指导,蛾翅也在尽力地想要当个好巫医。

"蛾翅,是我。"叶池支支吾吾地说,"巨步死了,我很难过。"

蛾翅抬起头,琥珀色的眼睛里满是懊悔。"我找啊找啊,却怎么都找不到猫薄荷。"她说道。

安慰的话梗在叶池的喉咙:我又怎么能担负起为两个不同的族群解释星族征兆的责任啊?

"叶池?"蛾翅问道,"你是不是有什么事情没有告诉我?"

"都是我的错!"叶池脱口而出,"泥毛在梦里找我,让我告诉你,在哪里能找到猫薄荷。可我当时要照看一只生病的幼崽,没有时间过来。还有,我也不知道,你会不会相信我的话。"她说道。

"噢,我会的,"蛾翅平静地说,"我从没怀疑过你信仰的力量。"

好奇心如脚垫上的刺一样刺激着叶池:"可是,如果你不相信星族,你又该怎么解释我做的这些梦?"

蛾翅想了一会儿才说道:"总之,你可能本来就知道哪儿有猫薄荷。或许是黑莓掌或许松鼠飞首次对湖区进行探索时看到过,可能他们之中有谁告诉过你,只不过你给忘了。"

叶池不记得谁跟她说起过猫薄荷。还有,最早探索新领地的时候是枯叶季,那时候植物并不繁茂。"我觉得不是这样。"叶池很不自在地说道。

"我知道你没有撒谎,"蛾翅安慰她,"只是你醒着时忘掉的事情,又在你的梦中出现了罢了。你相信星族,所以才会觉得是星族给了你那些记忆。"

叶池困惑地摇摇头:"不说那些了。我还是告诉你,在哪里能找到猫薄荷。你去……"

"蛾翅!"豹星在空地的边缘喊道,"你打算坐在那里聊一晚上吗?"

"来了!"蛾翅答应着,站起身,"我必须走了。豹星今天够生气的了。"

"顺着雷鬼路,往远离湖的方向走!"蛾翅朝河族族长走去时,叶池在她的身后大声喊道。

但蛾翅似乎没有听到她的话,一点反应都没有就消失在黑暗之中。

叶池叹了口气,站起身跟了上去。她爬过环绕着空地的灌木丛,来到了小岛的边缘。已经有猫开始通过树桥离开小岛。黑暗中一片混乱,树桥又很滑,但是大家都着急着离开这个灾难性的大会。有些猫聚集在横卧着的树根附近,排队等着上桥。

叶池朝他们走过去,心里不禁有些担心蛾翅。她没有问朋友那个关于鹅卵石的梦,没有问她和鹰霜对质的是什么,也没有弄明白,鹰霜是怎样帮助蛾翅成为巫医的。或许这样也挺好,叶池不由得心想,蛾翅或许并不想让她知道这些。

叶池扫视着族猫。乌云依然遮蔽着月亮,她突然看见阴影中有动静,但没认出来是哪只猫。紧接着,一股熟悉的气息扑面而来。她呆住了。是鸦羽!

她的爪子想让她逃走,但是风族武士已经看见她了。鸦羽走了过来,微弱的星光映照出了他瘦削的身躯,深烟灰色的皮毛让他变成了另一种阴影。

"你好,鸦羽。"叶池不自然地打着招呼,"你在风族还好吧?"

"很好。"鸦羽简洁地回答道。

叶池不相信这是真的。在开森林大会的时候,她能明显地感觉到,有些风族猫还在怪他为了叶池离开过风族。"如果因为我,给你惹上了什么麻烦,我很抱歉……"叶池说道。

"麻烦?"鸦羽耸耸肩膀说,"我告诉你,一切都好。"

与鸦羽离得这么近,叶池的心不由得怦怦直跳。她知道鸦羽也在掩饰着自己内心巨大的痛苦,不忍心看他这样伤心。"我从来没想过要伤害你。"叶池说道。

"我们都选择忠于自己的族群。"鸦羽的声音平静而坚定,可叶池从他每次的呼吸中,都能感受到痛苦,"如果从此不再相见,也许会更好。"

叶池知道鸦羽说得对,但一股比獾的牙齿还要尖利的痛苦深深刺穿了她。难道以后连朋友也做不了?

鸦羽定定地看了叶池一会儿,然后转身离开了,沿着湖岸朝还等在树桥边的几只风族猫走去。

"再见。"叶池轻声说道,但是鸦羽并没有回头。

"看看你可怜的尾巴!"黛西哀号着。

小莓在叶池巢穴外的窝里转着圈,想看看自己剩下的那截尾巴。他似乎一点都不难过。"我现在像一位武士喽!"他自豪地说道,"每位武士身上都有伤疤。伤疤表明他们很勇敢。"

黛西心里一颤。"你能想办法帮帮他吗?"她乞求叶池。

叶池叹了口气。"就算是星族,也不能让他的尾巴长回去。"她说道。

"嗯,这个我知道,我很感激你所做的一切。我原先以为他肯定要死了。我只希望谁能让他明白,丢掉尾巴跟勇敢一点也沾不上边,也不是一只聪明猫该做的事。我希望他以后再也不会那样做了。"

"你已经吸取教训了,对吧,小莓?"叶池问道。

小莓不再转圈了,他坐在蕨叶里,眼睛亮亮的。叶池几乎不敢相信,他就是几天前因为疼痛和发烧躺在那里哀号的那只幼崽。

"嗯……"他说道,"我知道私自溜出营地不对,但是我在营地里实在太无聊了!我想去看看湖。"

黛西吓得尖叫一声:"你会淹死的!"

"你必须得等到当了学徒才能离开营地。"叶池告诉他,"到那个时候,你的老师会带你走遍整个雷族领地。"

小莓激动地扭动着身子:"我现在能当学徒了吗?黑莓掌能

当我的老师吗？"

叶池被逗乐了。她也很高兴，这么恐怖的经历，都没有挫伤小莓的勇气。

"不行，你还太小，"她解释着，"而且火星会决定，由谁来当你的老师。"

小莓看起来有点失望，但是很快又开心起来："那我可以回育婴室吗？我敢说，我不在的时候，小榛和小鼠都想不出什么好玩的游戏。"

黛西叹了口气。"你知道，他这话不假。"她对叶池说道，"你简直想象不到，小莓不在的时候，他俩有多安静！"

"再过一两天或许就可以了，"叶池答应了幼崽，"你首先要让自己身体强壮起来。所以，你要多休息，不要一直到处跑。"

小莓立刻在蕨叶做的窝里蜷伏起来，还努力地把剩下的尾巴收在鼻子下。他盯着母亲和叶池，眼睛闪闪发亮。

"非常感谢你，叶池！"黛西说着站了起来，"有你这样的巫医，雷族真的很幸运。"

她给叶池、小莓说了再见，就离开了。亮心嘴里叼着一束带叶的猫薄荷，刚好绕过黑莓屏风，与她擦肩而过。

"找到了！"亮心把猫薄荷放在叶池巢穴入口附近，埋怨道，"难道你不喜欢猫薄荷的气味？"

叶池低声表示也喜欢。但实际上，这种气味让她肚子里一阵翻腾。从今以后，这种气味都会让她想起，她没有把猫薄荷的信

息传递给河族,结果导致巨步死去。

"叶池,"亮心开口说道,"我想恢复我的武士职务,可以吗?现在,只有蜡毛需要每天检查伤口,我其实在这里也没太多事情可做。"

叶池惊讶地看着亮心。在过去的这个月里,叶池已经慢慢习惯了这只白色皮毛上带着姜黄色斑块的母猫的帮忙,已经想不起炭毛还在时,自己曾经那么恨她。而且叶池也意识到,自己根本就不想当一位孤零零的巫医。但是亮心说得对,已经没有理由阻止她履行日常的职责了。

"当然了,"叶池回应道,"我真的很感激你所做的一切。"

亮心低下头,看起来有些尴尬。"我很喜欢做这些事,"她说道,"而且我跟你和炭毛学到了很多。只要你需要,我会随时过来帮忙的。"

"谢谢你,亮心。"

叶池目送着朋友消失在黑莓丛后面,然后转身叼起猫薄荷,走进自己巢穴。她注意到草药和浆果放得有些凌乱,于是便开始整理起来,想让所有的东西各归其位。

她发现有的杜松果已经枯萎了,挨个检查了一遍,把还能用的拣了出来。她想起炭毛也做过同样的事情,告诉她哪些浆果不新鲜了,应该扔掉,心里不由得一阵难过。现在巢穴里几乎嗅不到炭毛的气息,空气里满是草药、苔藓和石头的气味,就好像老师从来没有在这里待过似的。好像巫医本身并不重要,只有巫医

的技能被世代传了下来。

如果真是这样,那我的感受也不重要。叶池坚定地告诉自己,我要竭尽全力,服务我的族群。

也许该考虑训练一位学徒了。等栗尾的幼崽们长大了,可以从中选一个。她希望能找一位像河族的柳爪一样的好学徒。叶池想起来,河族猫染上两脚兽的毒,发病的时候,这位新学徒曾起到很大的作用。星族对蛾翅选的学徒满意吗?它们肯定满意。但是,蛾翅不相信星族,她该如何把柳爪教成一位真正的巫医呢?她自己无法接收到星族的信息,并诠释梦境,又怎么能够教会柳爪呢?

一想到蛾翅,叶池就想起了昨天晚上她和哥哥在大会结束时的那场争吵。他们两个之间发生了什么事情?

就在此时,叶池听见身后传来兴奋的尖叫声。她扭过头,看见小榛和小鼠正在巢穴外面嬉闹着。她张开嘴,正要提醒他们,不要吵醒正在睡觉的小莓。可是她的话还没说出口,就看见一只蝴蝶飞进了巢穴,在她的头顶扑闪着。两只幼崽跳着跑过来抓蝴蝶。他们在叶池周围争抢着,把她整理好的杜松果弄得到处都是。蝴蝶在他们爪子刚好抓不到的地方飞着,惹得他们兴奋地叫着。

"嘿,"叶池抱怨道,"小心爪子下面。"

两只幼崽没有理会她,追着蝴蝶跑到外面的空地上。叶池叹了口气,发现他们并没有吵醒小莓,便把脑袋探出黑莓丛,以确保他们不惹出更大麻烦。她看到他们追着蝴蝶,跑进崖壁附近的

日落和平

荆棘丛。

"这些幼崽!"叶池小声说道。他们有可能被困在里面,也有可能爬上崖壁。叶池走过去,刚绕过荆棘丛,就听见胜利的喊叫声。

荆棘丛内,两只幼崽正低头看着蝴蝶。蝴蝶已经掉在地上,一动不动,一只明亮的斑纹翅膀已经被折断了。

叶池出现时,小榛抬起了头。"是我抓到的,"她自豪地说道,"我要成为最棒的狩猎猫!"

叶池盯着蝴蝶折断的翅膀,不由得感觉皮毛一阵刺痛。尽管她想不起来曾经这么近距离地观察过死去的蝴蝶,但不知怎的,她却感觉这种场景是那么的熟悉!

叶池百思不得其解。这时,小鼠的话打断了她的思绪:"一只玳瑁色的猫把蝴蝶指给我们,还告诉我们可以追着玩。"

叶池没听明白。"你说的是栗尾吗?"她这位朋友是族群里唯一的玳瑁色猫,但她正在育婴室,和自己的幼崽们在一起。

"不是,是另外一只。"小榛很不屑地说道,似乎觉得叶池是个鼠脑子,"她把我们喊出育婴室。我以前从来没见过她,但她闻起来就是雷族猫。"

"而且她还知道我们的名字。"小鼠说道。

叶池感觉皮毛再次刺痛起来,比上一次还要厉害。"那只猫现在在哪里?"她小心地问道。

小鼠耸耸肩说:"我不知道。也许已经走了。"

两只幼崽看起来对蝴蝶失去了兴趣，爬出荆棘丛，回到了空地上。叶池待在原地，盯着被折断翅膀的蝴蝶。能找到幼崽们，并且在其他猫没注意到的时候消失，这种玳瑁色猫只有一只。她让幼崽们追赶蝴蝶肯定是有目的的，但她的目的是什么呢？斑叶，你到底想告诉我什么？叶池用一只脚垫轻轻地拍着蝴蝶的残骸，用一根爪尖扎住折断的翅膀。蝴蝶的翅膀……蛾子的翅膀……蛾翅！

叶池不由得睁大了眼睛，呆住了。一个场景在她的脑子里出现：在河族旧营地，鹰霜用一只爪子扎着蛾子的翅膀，悄悄穿行在阴影中，然后小心地放在泥毛的巢穴外面。叶池全身颤抖起来。河族接受泥毛选择蛾翅当学徒，是因为泥毛在他的巢穴入口附近发现了一只蛾子的翅膀，并认为这是星族的预兆……但是，鹰霜是故意把它放在那儿的吗？

叶池坚信，蛾翅一定是后来才知道这个预兆是假的。她依然记得，蛾翅第一次说起蛾子的翅膀时，眼神里流露出的惊讶。当鹰霜把真相告诉她时，她肯定极为震惊，但想以巫医的身份为族群服务的意愿，迫使她必须守住这个秘密。

叶池把爪子上的蝴蝶翅膀甩掉。她想告诉自己，自己是错的，没有谁能做出这么可怕的事情，就算是鹰霜也一样。但她不能无视斑叶想要告诉她的信息，而这也很好地解释了，到现在为止，隐藏在黑暗中的一切。

在森林大会上，鹰霜曾威胁蛾翅，要公开一个秘密，还说他曾帮助蛾翅成为巫医。他明显是拿那个秘密要挟她，强迫她编造来自星族的预兆，以帮他获取河族的权力。

　　叶池一直觉得鹰霜不可信，但直到现在，她才把真相弄清楚了。叶池的爪子抓着眼前的地面，她多么希望自己抓的是鹰霜的皮毛啊。但这解决不了任何问题。叶池也想到要在森林大会上与鹰霜对质，但那样做也没什么用，毕竟她没有证据。而且指责鹰霜，就意味着同时在指责蛾翅。如果河族知道关于蛾子翅膀的预兆是假的，他们还会让她当巫医吗？

　　斑叶，告诉我该怎么做？你告诉我这些，肯定是有原因的。

　　这时，她想起了柳爪。和所有在族群里出生的猫一样，这位年轻的学徒肯定相信星族。没准她可以履行蛾翅跟星族相关的那部分职责。如果蛾翅知道了这些，或许会有勇气对抗她残暴的哥哥。虽然说柳爪不可能解决所有问题，但是她至少能帮上一些忙。

　　但是我该怎样告诉柳爪呢？叶池问自己，她是蛾翅的学徒，而不是我的。如果她的老师不相信星族，她又该如何了解星族呢？

第十三章

黑莓掌的皮毛擦着蕨丛,飞快地跑过黑森林,去见虎星。他肩膀的伤口现在已经完全愈合了,全身充满了力量,他脚爪发痒,迫切想向父亲和鹰霜展示自己的格斗技能。他相信,虎星听了自己要说的事,一定会很高兴的。

他跑到空地上,在一棵荆棘树的阴影下猛地停住了。父亲正坐在空地中央的岩石上,低头跟一位身材修长的玳瑁色武士说话。

褐皮!她来这里干什么?

好奇如利爪一般抓住了黑莓掌的心。他将肚皮紧贴着地面,悄悄地绕过空地,来到靠近岩石的一片深草丛中。他竖起耳朵,刚好听到了他们的对话。

"我以前就告诉过你,"褐皮怒吼道,"我不想参与你那野心勃勃的计划。我有自己的打算。"

黑莓掌一下子紧张起来:没有哪只猫敢这样和虎星说话!

但这只体形庞大的虎斑猫似乎并没有生气,他听起来很高兴。

"褐皮,你有我的胆识,你是一位勇敢的武士。但有时候,这种胆识也会让猫变得愚蠢起来。不要对我的话充耳不闻,我可以让你成为族长。"

"狐狸屎!"褐皮咆哮道,"我是影族的忠诚武士。如果有一天我当上了副族长,甚至是族长,那也是因为我自己努力取得的,是因为我的族猫和星族希望我这样做。你歪曲武士守则,只是想达到你的目的,简直跟你活着的时候一样。"

虎星咆哮一声。黑莓掌看见他亮出闪闪的爪子。他不由得担心起妹妹来,心怦怦直跳。

但褐皮高高地仰起头。"你吓不倒我,"她平静地说道,"而且你给我的,我都不想要。"

褐皮转过身,大步走过空地,径直走进黑莓掌藏身的深草中。她不由得大吃一惊,发出嘶嘶的声音:"你在这里做什么?"

"我还正想问你呢!"黑莓掌说道。他小心翼翼地看向草丛外,生怕虎星看见他们。幸好,这只体形庞大的虎斑猫已经转身走开了。

褐皮瞪着哥哥,眼神冰冷。"你以前来过这里,是不是?"她说道,"你觉得他可以让你获得权力。你脑子里装的全是草吗?你知道他活着的时候,都做了什么!"

"那都是过去的事了。"黑莓掌不自在地抽动着耳朵,"现在他正帮助我和鹰霜成为优秀的武士。我们一起训练。虎星教会了我们很多东西。"

"我打赌他会教的!"褐皮不屑地哼了一声,"黑莓掌,动动脑子好吗?你已经很了不起了,你勇敢、忠诚,掌握了很多武

士技能。你为什么还需要虎星的帮助？"她没给哥哥辩解的机会，接着说道："我们曾经花了很长时间，来摆脱父亲对我们留下的阴影。小的时候在雷族，多数猫都不信任我们。星族在上，连族长都不信任我们！这也是我加入影族的原因。虎星欢迎我，但是后来我发现了他是怎样当领导的，因此当长鞭杀死他的时候，我很高兴。我不想和他扯上一点关系。没有他，我也过得很好。你也一样能过得很好。"

"或许吧。"黑莓掌为自己辩解道，"可他在我还不了解他的时候就死了。没准儿现在正是了解他的好机会。"

他的妹妹眯起眼睛。"这根本就是不可能的，你知道的。"她叹了一口气，既是因为疲劳，也是因为恼怒，"黑莓掌，我认为你会成为一位很棒的族长。但前提是，你必须通过正当途径当上。"她离开的时候，用鼻子碰了碰黑莓掌的耳朵，声音更加亲切地说道："好好想想吧，鼠脑子。"

黑莓掌一直目送着褐皮大步离开。他不知道虎星会不会把他的另一个女儿蛾翅也召唤到这里。不过转念一想，又觉得不可能。蛾翅是巫医，她所有的梦境都会与星族分享。还有，巫医不能当族长，她走的是另外一条路。

黑莓掌有点被褐皮说服了。他知道，如果松鼠飞知道自己去见了虎星，也会这样说。但是他又安慰自己，接受父亲的帮助算不上什么错，再说了，所有的武士都梦想着有一天能当上族长。如果星族同意他和松鼠飞在一起，岂不是说明它们也赞同他的野

日落和平
RILUOHEPING

心?他压下来自内心的那个不安的声音,走到空地上,去见虎星。

随着从武士巢穴外传来的一声刺耳的喊叫,黑莓掌惊醒过来。他一跃而起,后颈上的每一根毛都竖立了起来。

"不要大惊小怪。"睡在苔藓窝里的蛛足说道,"是香薇云在喊。她刚才来过这里,正到处找那只马场来的猫。"

"黛西?她不见了?"

"嗯。香薇云说她不在育婴室,"蛛足解释道,"不过她肯定没走远。她最不可能走丢。自从獾袭击以来,她几乎就从没有离开过山谷。"

这倒是真的,不过这更让黑莓掌心里不安。他挤出荆棘丛,看到香薇云正站在空地中央,身边站着云尾。

白色公猫正笨拙地用尾巴抚着香薇云的肩膀,试图让她平静下来。"黛西不可能跑远的。"他安慰道,"还记得小莓走丢时,她有多害怕吧?"

"可是幼崽们也不见了,"香薇云着急地说道,"她肯定是有意把他们带走的。"

黑莓掌正要朝香薇云走过去,突然听到身后又响起一声喊叫。他转过身,看见栗尾正从学徒巢穴那边跑过来。

"白爪和桦爪也没见过他们。"她气喘吁吁地说道,"我觉得黛西他们不在营地里。"

黑莓掌站在那里想了一会儿。这会儿太阳刚刚升到树梢,如

果黛西已经离开营地,那么她肯定是在天蒙蒙亮的时候走的。到底是什么重要的事情,能让她走出营地,进入森林?要知道,她一直认为森林里非常危险,很害怕到森林里去。

"到底是怎么回事?"黑莓掌问香薇云。

浅灰色母猫的大眼睛里充满了悲伤。"我带着猎物去看黛西和栗尾,"她解释道,"发现黛西的窝里还有余温,可是她和幼崽们却没了踪影。"

"我们找遍了整个营地。"栗尾尾巴猛烈地抽动着,补充说道,"我们必须派巡逻队出去找。"

"嗯,但你还是别去了。"香薇云对栗尾说道,用鼻子蹭了蹭她的肩膀,"你应该和你的孩子们在一起。"

"蕨毛和孩子们在一起呢,"年轻的玳瑁色猫后说道,"我想帮忙去找黛西。"

"是的。但是……"

香薇云突然停住了。她看见一团火焰色的皮毛闪动了一下——火星从高石台上自己的巢穴里走了出来。族长走下落石堆,穿过空地,朝他们走过来。

"怎么回事?"

香薇云连忙解释,但是还没等她讲完,黑莓掌就看见尘毛从荆棘通道出来了。黎明巡逻队已经回来了,跟他一起回来的,还有松鼠飞、沙风和亮心。

黑莓掌用尾巴示意他们过来,然后问道:"你们有谁看见黛

日落和平

西出去了没有？"

"看见了。她跟着我们出了营地，"尘毛迷惑不解地说道，"怎么了？出什么事了？"

"她不见了！"香薇云挤到他的身边，"你为什么不拦住她？"

"看在星族的分上！"尘毛嘶声叫道，"我还以为她只是去方便呢，所以就没拦她。"

"幼崽们和她在一起吗？"云尾问。

"我没注意。"尘毛回答道。

"我看到了，"沙风说道，"他们跟着她呢。"

"小莓嘴里还不住地抱怨着什么，"松鼠飞补充道，"不过我们并没有停下来听他说什么。"

"事情已经很清楚了。"火星非常担心地说道。大家转过身，都看着火星。"黛西一直说要带着幼崽回马场。小莓被捉狐狸的圆圈套住的事情，肯定让她下了决心。等小莓能走了，她立刻就离开了。"火星猜测道。

"不是这样的！"云尾听起来很生气，"遭到獾群攻击之后，我答应会照顾她的。"

"但是后来她的幼崽被捉狐狸的圆圈弄掉了半只尾巴。"火星提醒道，"对不起，云尾，我知道你已经尽力了。"火星看起来一脸的遗憾。"有一阵子，我真的觉得情况已经好起来了。她的幼崽们也都适应得很好。"他抽动着耳朵，继续说道，"我要把这件事告诉全族的猫。"

他朝通往高石台的落石堆跑去。云尾和黑莓掌对视了一眼。云尾的蓝眼睛里闪着怒火。

"就这样了？"云尾说道，"难道火星不打算去找黛西？"

不等黑莓掌说话，火星的喊声响了起来："所有能独自狩猎的猫，到高石台下集合，参加族群会议。"

黑莓掌等着其他猫从巢穴出来时，爪尖不停地伸缩着。叶池从黑莓屏风后面走了出来，亮心跑到她的身边，轻声说着什么，肯定在说眼下的事。鼠毛和金花从榛子树丛下走了出来，中间是长尾。鼠毛一脸好奇。众猫在落石堆附近找地方坐下。

听见火星的喊声，蕨毛从育婴室里探出头来，然后冲到栗尾身边。"你在干什么？"他焦急地舔着栗尾的耳朵，说道，"看看你，累得浑身都在颤抖！你不能把自己累成这样。"

栗尾靠在他的肩膀上。黑莓掌看出她在颤抖，不过他判断不出栗尾颤抖，是因为劳累呢，还是因为失去黛西而感到难过。

"我还以为能找到她呢。"栗尾轻声说道，"她肯定回马场了。"

"也就是说，你帮不上什么忙了。"蕨毛对她说道，"你赶紧回育婴室去，孩子们都哭得厉害。他们都饿了，可是我喂不了他们！"

"你为什么不早说？"栗尾转身朝育婴室跑去，尾巴翘得高高的，似乎忘记了疲劳。

松鼠飞从沙风和尘毛身旁走过，来到黑莓掌跟前说："今天早上，要是我能停下来和黛西说说话，没准就可以劝她留下来。"

日落和平

"这不是你的错。"黑莓掌努力克制着内心的失望,轻声说。他一直对黛西能否成为真正的族猫表示怀疑,但失去黛西的幼崽,却是场灾难。我的学徒怎么办?黑莓掌从松鼠飞的话中推断,小莓并不想走,这恰好证明了这只幼崽具有武士精神。因为黛西,雷族将失去一位好武士。

"黛西肯定觉得,她和幼崽们属于马场,"火星还在解释着,"我们都将怀念她和她的幼崽们。但是她想离开,我们必须尊重她的选择。"

"简直是个鼠脑子!"云尾脱口而出。

火星低头看着他,尾巴尖摆动着。但云尾似乎并不担心对族长大不敬会惹恼族长。

"黛西在马场并不比在这里安全。"云尾不满地说道,"她来到这里,是因为害怕两脚兽带走她的孩子们。再说了,自从遭到獾群袭击以来,这里就再没有一只獾的影子。我认为,我们应该把她找回来。"

松鼠飞发出轻轻的嘶嘶声。"你听听亮心的意见吧,"她用尾巴指着那只脸上满是疤痕的母猫,"我敢打赌,她不愿意让黛西回来。"

黑莓掌飞快地扫了一眼。松鼠飞说得对,亮心的脸上既有愤怒,也有痛苦。

"云尾,"火星开口说道,"我们不能强迫黛西做什么。她……"

179

"我们至少要去和她谈谈，"云尾打断了火星，"那样也能确认她是不是已经安全回到了马场。"

"我同意云尾的意见。"黑莓掌上前一步，站在白色皮毛武士身边。他知道，如果不尽力找回小莓，也许自己后半辈子都会后悔的。"火星，如果你同意，我可以和云尾一起去。"黑莓掌说道。

松鼠飞惊讶地抽动着胡须："我记得好像有只猫曾经对宠物猫加入族群颇有微词。"

黑莓掌尴尬不已。"嗯，呃……我对此表示歉意，"他说道，"但是雷族需要更多的幼崽，黛西的幼崽们都会成为优秀的武士。"

"很好。"火星说道，"你们可以去，但如果黛西决定留在马场，你们就直接回来，别再打扰她。你们最好等到太阳落山时再动身，那时候周围没那么多两脚兽。"

"太好了！"云尾高兴地竖起尾巴。

黑莓掌再次看向亮心，正好看见她转过黑莓屏风，进入了叶池的巢穴。

夕阳西下，把湖水染成了一片猩红色。黑莓掌和云尾向下来到岸边。在血红色天空的映衬下，影族领地上的松林一片黑暗。黑莓掌希望，这不是他们马场之旅的凶兆。

他们与湖边保持着两尾远的距离，飞快地穿过风族领地。黑莓掌闻到了巡逻队的气息，但是太阳已经落到了森林的下方，整

日落和平

个荒原的斜坡都处在阴影中,根本看不到任何猫的身影。

等他们来到马场外面的时候,夜色更加浓重,天空飘满了云朵,月亮被遮住了。云尾停下来,嗅着空气,黑莓掌透过两脚兽的栅栏仔细地观望着。马场的另一侧有一个两脚兽的巢穴,漆黑中透出一丝黄色的光亮。黑莓掌希望他们不用走近那个地方。

在更近的地方还有一个稍小一些的建筑,里面没有光亮。黑莓掌记得白天时曾从这里走过,当时它看起来很像巴利和乌爪住的那个谷仓。

"就在那边,是吧?"黑莓掌用尾巴指了指,问云尾。

"是的。黛西说他们住在一个谷仓里,"云尾回答道,"我们过去看看。"

云尾贴紧着地面,从栅栏下面爬了过去。黑莓掌跟在他的身后,进入了陌生的两脚兽领地。他感觉皮毛一阵刺痛。在越来越凝重的黑暗中,黑莓掌跟着云尾白色皮毛的模糊身影往前走着。忽然传来一声高亢的马叫声,黑莓掌一下子僵住了。一个心跳过后,地面上传来马蹄踩踏的咚咚声。

黑莓掌强忍着恐惧,扭头来回看着,想弄明白响声到底是从哪里传来的。就在这时,两匹马从黑夜中冲了出来,它们皮毛光滑,马蹄亮闪闪的,如同一阵旋风,差一点就踩到他的身上。马的眼睛向后观望着,似乎是受了惊吓,飞快地奔跑着。

云尾吓得大喊一声,撒腿就跑。黑莓掌也跟着他跑了起来,边跑边喊:"不!往这边!别跑散了!"

黑莓掌已经分辨不清谷仓在哪边了。最后，马消失在黑暗之中，但依然能听到咚咚的马蹄声。他和云尾差点直接被踩成肉泥。

就在这时，他看见一个淡淡的身影冲过马场。是马场的公猫小灰。小灰是黛西的幼崽们的父亲。

"跟我来！"小灰气喘吁吁地说着，顿了一下，转身朝来时的路跑去，"快点！"

黑莓掌和云尾紧跟在他的身后。黑莓掌瞥见了马的身影，它们鬃毛飞扬着疾驰而过。等马跑过去了，小灰放慢了脚步，领着他们来到了谷仓的墙跟前。

"进去吧。"小灰说道。

谷仓是用石头垒成的，入口是用木条拼成的，底下有一条窄窄的缝隙。小灰钻了进去，接下来是云尾。黑莓掌也跟着他们往里钻，可是发现缝隙很窄，要想让他的肩膀通过，不是件容易的事。黑莓掌站着大口喘气，然后努力屏住呼吸，让身体贴地更近些，好不容易才钻了进去。

这里比乌爪所在的那个谷仓要小。谷仓内几乎没有一丝光亮，但是黑莓掌还是辨认出了熟悉的干草垛和稻草。草的气息弥漫在整个空间，其中还夹杂着老鼠和猫的气味。黑莓掌嗅到了黛西和三只幼崽的熟悉气息，不由得松了一口气——至少他们安全到家了。

"哇，我从来没想到会在这里看到你。"小灰说道。

"你们来这里干什么？"一只猫走上前来，站在小灰身边，

日落和平

好奇地看着两位来自森林的猫。她的毛皮是灰白花色的,黑莓掌不知道她和小灰是不是同窝猫。

"这是丝儿。"小灰对黑莓掌和云尾说。

"我是云尾,他是黑莓掌。"说着,白色武士尾巴一指同伴,"我们来看看黛西。"

谷仓入口外传来沉重的爪子落地的声音,云尾不由得停了下来。入口的屏障开了,黑莓掌的心不由得再次怦怦地跳起来。两脚兽!他和云尾飞快地对视一眼,立刻冲到草垛下躲了起来。

黑莓掌刚把尾巴尖收进仅容他藏身的狭小空间,就听到小灰被逗得叫起来:"不用躲起来,是无毛兽。"

黑莓掌费劲地在狭小的空间里扭过身,往外观望着。起初他什么都没有看到,因为一束明亮的黄色光直接照着他的眼睛。随着那道光一转,他看见光亮后面有个黑魆魆的影子,用爪子抓着这束光,另一只爪子拿着一个碗——就像黑莓掌前往太阳沉没之地的途中,在两脚兽的窝里见过的那个东西。两脚兽晃了晃碗,里面有东西刷刷作响。他听见丝儿说:"晚饭!到吃晚饭的时候了!"两脚兽把碗放在两只马场猫面前,然后带着刺眼的光出去了。

等入口的屏障关上了,黑莓掌有些尴尬地爬了出来。小灰扭头看向他,丝儿则一头扎进放食物的碗中。

"你们来看黛西?"小灰听起来很惊讶,"我还以为她一离开,你们就再也不想看到她了。"

183

"我们很喜欢黛西。"云尾说道。

"是的,我们想确认一下,她和幼崽们没事。"黑莓掌补充道。

还没等黑莓掌把话说完,谷仓远处的角落里就传来欢快的尖叫声。黛西的三只幼崽激动地跳了起来,朝黑莓掌和云尾冲了过来。

"你们来了,你们来了!"小莓尖叫着,"我就说过,你们会来的。"他蜷伏在黑莓掌的跟前,皮毛蓬松着,龇牙做出咆哮的样子。"回马场的路上,我还追过一只老鼠呢!"他自豪地说。

"你抓住它了吗?"黑莓掌问。

小莓看起来很沮丧:"没有。"

"没关系,下一次一定会抓住的。"

幼崽立刻高兴起来,晃动着半截尾巴说:"我要把谷仓里的老鼠全都抓住!"

"给我们留点儿!"小榛抗议着。此时她已经冲到云尾跟前,把他扑倒在地,正往他的身上爬,一边爬一边说道:"我们也想抓老鼠。我们也想像桦爪和白爪那样当学徒。"

"他们已经是武士了吗?"小鼠问道。

"武士!"云尾大声叫了起来,"怎么可能!你们才刚离开一天。"

"我们感觉好像过了几个月!"小莓哀号起来,"这里太无聊了。"

"可是这里很安全。"黛西的声音响了起来。黑莓掌抬

日落和平

起头,看到这只母猫走了过来,尾巴一甩,轻拂了一下小榛的肩膀,说道:"立刻下来!你这么做,是尊重武士的表现吗?"

小榛立刻跳到了地上。云尾站起身,抖掉身上的草屑。"你好,黛西。"他打着招呼。

黛西站在一尾远的地方,一脸坚定地看着他:"我知道你们为什么来这里。请不要让我回到森林里,我已经下定决心了。"

"但是大家都想念你和幼崽,"云尾说道,"雷族也需要新的武士。你知道,我们会尽最大努力,让你们过得舒服些。"

"我们想回去。"小莓说着,戳了一下母亲。小鼠和小榛也随声附和着。

黛西摇摇头说道:"不,你们不能回去。你们还太小,根本不懂。"

"我觉得不是这样。"黑莓掌插嘴说道,"你把他们带进森林的时候,他们还很小,根本不记得马场,他们只知道生活在营地里的事情。跟其他武士一样,他们差不多算得上是族生猫了。他们当然想回去。"

黛西长叹了一口气:"那是不可能的。我一直住在无毛兽的附近,习惯了固定的喂食时间,习惯了头顶上有屋顶。而武士们鄙视这种生活方式。"

"我们不会鄙视你,黛西。"云尾轻声承诺着。

"但是森林里的一切,都那么陌生!"黛西埋怨道,"我连你们一半的武士守则都弄不懂。我觉得我不属于那里。"

她的眼睛里满是悲伤，死死地盯着云尾。黑莓掌如同被闪电击中，霎时明白了。她爱上了这位白色皮毛的武士！而且她肯定也知道，云尾的心里只有亮心。黑莓掌不由得发出一声同情的呼噜。或许黛西离开是对的。每天都要看着云尾，却又知道只能跟他做朋友，这肯定让她很受伤。

云尾似乎并没有意识到黛西汹涌的情感。"我还是觉得你应该跟我们回去，"他说道，"营地里一直有你的位置，所有的猫都想念你。我知道亮心也一样。"

黛西的脸抽搐了一下。黑莓掌听到云尾提到亮心，觉得他真是太鼠脑子了。"可是我在那里根本没什么用，"黛西说道，"我觉得族群里所有的猫，都很厌烦照顾我。"

"不是这样的。"黑莓掌试图安慰她，"你一直都在帮助栗尾，照顾她的幼崽们，不是吗？"

"不要担心，我会照顾你的。我会保护你不受獾的伤害，我会给你教武士守则。"小莓晃动着半截尾巴，向母亲保证道，"等我当上了学徒，我会把老师教的都告诉你。"

"我们也会。"小榛说道，"请带着我们回去吧！我们要当武士，自己抓猎物。我们不喜欢难吃的两脚兽食物。"

小鼠活动着爪子说："我们想学习战斗技巧。"

小灰一直静静地听着。这时，他走到黛西身边，用鼻子碰着她的鼻子。"或许你应该回去。"他说道。

黛西转身看着他，眼睛里既有疑惑，也有难过："我还以为，

日落和平

你会想我的。"

"我确实想你,也想孩子们。但是很显然,我们的孩子不打算在这里生活。他们爪子一踏入谷仓,就一直在说森林里的事情。"灰白花色公猫冲她充满爱意地眨着眼睛,"等他们长大了,你随时都可以回来。"

"你也可以一起去森林。"云尾向小灰提议道。黑莓掌不由得眉头一皱。

"我?"小灰惊讶得睁大了眼睛,"住在野地里,被倾盆大雨淋着,每一口吃的都要自己去找?不,谢谢啦!还有,"他接着说道,"猫太多了,我永远都记不住你们的名字。"他回头看了一眼另一只母猫。她已经吃完了,正用一只爪子洗脸。"我不能把丝儿独自留下,对吧?"

小莓又戳着黛西问道:"我们能回去吗?能吗?"

黛西看着幼崽们说:"森林里又冷又湿,也没有可口的食物,到处都是獾和圆圈,你们真的愿意回去?"

"是的!"三只幼崽蹦跳着,激动得眼睛发亮,"是的!是的!"

"嗯,我想想……"

小莓发出胜利的欢呼。他和同窝猫飞快地转着圈,尾巴翘得高高的。"我们要回森林了!我们要回森林了!"

"太好了!"云尾看起来和幼崽们一样高兴,"这三只幼崽正是雷族所需要的。终有一天,他们会成为优秀的武士。"

不，你们不能回去。你们还太小，根本不懂。

我觉得不是这样。

你把他们带进森林的时候，他们还很小，根本不记得马场，他们只知道生活在营地里的事情。跟其他武士一样，他们差不多算得上是族生猫了。他们当然想回去。

我一直住在无毛兽的附近，习惯了固定的喂食时间，习惯了头顶上有屋顶。而武士们鄙视这种生活方式。

我们不会鄙视你，黛西。

但是森林里的一切，都那么陌生！我连你们一半的武士守则都弄不懂。

> 我觉得我不属于那里。

黛西的眼睛里满是悲伤，死死地盯着云尾。

黑莓掌如同被闪电击中，霎时明白了。她爱上了这位白色皮毛的武士！

黑莓掌不由得发出一声同情的呼噜。或许黛西离开是对的。

> 我还是觉得你应该跟我们回去，营地里一直有你的位置，所有的猫都想念你。我知道亮心也一样。

黑莓掌看见黛西的眼里闪过一丝痛苦。云尾的高兴,更多的是因为幼崽们要回去,而不是因为他们的母亲。

黑莓掌用尾巴碰了碰黛西的肩膀。"香薇云和栗尾看到你,会很高兴的。"他说道,"发现你走了,她们非常难过。"

黛西冲他眨了眨眼睛,深邃的眼睛里有了一丝光亮。"她们都是很好的朋友。"她轻声说道。

"我们什么时候走?"小莓在母亲面前站住,问道,"现在吗?"

"不,不是现在。"不等黛西张口说话,云尾上前一步,"外面一片漆黑,我们等天亮时再走。"

"欢迎你们在这里过夜,"小灰说着,用尾巴指着碗说,"请自便。"

"好的,谢谢。"云尾走到碗边,一头扎了进去。

黑莓掌以前就听说过,这位白毛武士经常溜出去,吃两脚兽给的食物,后来两脚兽把他抓住了,关在它们的巢穴里。在火星的帮助下,他才得以逃脱。看得出来,他很喜欢宠物猫的食物。

"我不用了,谢谢。"黑莓掌对小灰礼貌地点点头,"我会自己狩猎的。"

"给我们展示一下吧!"小莓央求着,小鼠也在一边问道:"我们能观看吗?"

三只幼崽蜷伏在一起,睁大眼睛看黑莓掌嗅着空气。等他们安静下来以后,整个谷仓似乎到处都是老鼠跑动和尖叫的声音。

日落和平
RILUOHEPING

黑莓掌很快便发现了一只肥硕的老鼠,它正在一堆草边啃一粒种子。黑莓掌尽量不让爪子在石头地面上发出声响,小心地潜行过去。这只老鼠我可千万不能失手。他心里想着,旋即纵身跃起,一下子咬住了老鼠的脖子。

三只幼崽激动得尖叫起来。黑莓掌叼着老鼠走了回来。小莓摆开狩猎架势,也像黑莓掌那样扭动着屁股。他的姿势非常准确,甚至都挑不出毛病。他将来一定会成为优秀的武士。黑莓掌心想。

"给!"黑莓掌把老鼠放在三只幼崽面前说,"如果你们的妈妈同意,你们可以一起吃了它。我再去抓一只。"

黛西同意了。她看着幼崽们吃起来,不由得轻轻地摇了摇头。过了一会儿,她转过身,和云尾一起吃起了碗里的食物。

黑莓掌又给自己抓了一只老鼠。等他吃完时,黛西已经把幼崽们召集起来,去干草堆中睡了。云尾从草堆中扒出一些干草,给自己铺了一个窝。"我很高兴很快就能回营地了,"他说道,"这种东西根本没有苔藓舒服。"

黑莓掌也给自己做了一个窝。他深有同感,干草太粗了,身下的石头地面也透着凉意。黑莓掌蜷缩起来,把鼻子伸到了尾巴下。他想念武士巢穴,想念族猫们呼出的温暖气息,最想念的是松鼠飞和她甜美的气息、松软的皮毛。他辗转反侧了很长时间,才进入了梦乡。不过,在远离族群的马场,他没有受到梦的惊扰。

第十四章

叶池蜷伏在用苔藓和蕨草铺成的窝里,辗转反侧,怎么都睡不着,感觉就像有蚂蚁在皮毛里爬。该怎么和柳爪联系,把星族的消息告诉她呢?

最后她终于恍恍惚惚地进入了梦乡。等她睁开眼睛时,她发现自己正站在可以俯瞰湖面的斜坡顶部,这里离黑莓掌那次凝视水面的地方不远。今天晚上,她没有看见这位虎斑武士。叶池穿行在深深的草丛中,片片草叶都被镀上了银边。在湖边等着她的是另外一只猫。这只猫凝视着水面,星族如霜一般的光辉,照在这只猫的皮毛上。

斑叶?叶池不由得加快了步伐,最后飞奔起来,一直跑到了水边。等叶池到了湖边,看得更清楚的时候,才发现那只猫是羽尾。羽尾是暴毛的妹妹,从太阳沉没之地回来的路上,死在了大山中。

美丽的银色虎斑猫呼噜呼噜地表示欢迎。"我正期待你来呢,叶池!"她说道,"我们今天晚上有一个任务,就我和你。"

"什么任务?"叶池问道,激动得浑身的毛都竖了起来。

"星族让我帮你进入柳爪的梦中。"羽尾解释道。

日落和平

叶池惊讶地盯着星族武士。每位巫医都独自在梦里和星族交流，从不进入彼此的梦中。叶池一直认为，只有在清醒的时候才能见到柳爪。"这样真的可以吗？"叶池问道。

"是的。但是很少见，只有在最需要的时候才可以。你跟我来。"

羽尾站起身，用鼻子轻轻蹭了蹭叶池的鼻子，然后沿着湖边跑了起来。叶池跟着她往前跑。周围洒满了月光，叶池觉得脚爪比风都轻。她轻快地越过了风族的边界，爪子几乎没有触到水面。她感觉自己似乎可以永远跑下去，可以跃入天空，可以摇动像闪光的树叶般的月亮。难道这就是星族武士的感觉？叶池心里想。

她们可能花费了几个季节的时间，也可能只用了眨眼的工夫。马场一闪而过。快到河族营地时，羽尾放慢了速度。她们穿过溪流，在溪对岸默默地走着。叶池如同追踪老鼠似的，爪子放得很轻，尽管她知道这只是梦，不会吵醒正在睡觉的河族武士。

蛾翅的巢穴位于河族营地尽头被溪水冲刷出的一个洞中。羽尾在前面带路。叶池看见了柳爪小小的灰色身影，正蜷缩在巢穴外面的苔藓窝中。

羽尾用尾巴尖轻轻弹了一下她的耳朵。"柳爪！"她轻声叫着，"柳爪，我们有话对你说！"

这只小灰猫抽动了一下耳朵，蜷缩得更紧了。羽尾用一只爪子戳了戳她，轻轻地重复着她的名字。这次柳爪眼睛一眨，抬起头来。

"别闹了好不好?"柳爪烦躁地吼道,"我正在追一只又大又肥的老鼠,正要把爪子插进它的身体……"突然,她停了下来,目光从叶池身上移到羽尾身上,然后又盯着叶池。"我是在做梦,对吗?"她的眼睛睁得大大的,"你是雷族的叶池。你肯定是星族的武士。"她惊慌起来,一下子用尾巴尖捂住了嘴巴,含混不清地说,"对不起,我不该冲你们吼叫。"

羽尾被逗乐了,蓝色的眼睛闪着亮光,说道:"不要担心,亲爱的。你现在是巫医学徒,很快就会适应梦中有猫来访。"

柳爪站起身。"欢迎来到河族。"她有些拘谨地说道,一脸的疑惑。"你身上有河族的气息,"她对羽尾说道,"但是我并不认识你。"

"我叫羽尾。"银色母猫回答道,"我前往太阳沉没之地的时候,你还没有出生呢。"

柳爪的眼睛里满是敬畏。"你再也没有回来。"她轻声说道,"你为了救朋友和大山里的部落猫,牺牲了生命。我听说过这件事。河族永远不会忘记你。"

羽尾充满深情地眨眨眼睛,把尾巴搭在了柳爪的肩膀上停了一会儿。"好了,亲爱的,"她说道,"我们今天晚上过来,是想让你看点东西。"

"我?"柳爪疑惑地问,"你们确定?需要我去叫蛾翅吗?"

叶池和羽尾对视了一眼。叶池不确定柳爪听懂了多少,她知不知道自己的老师不能与星族沟通。

"不用,这一次是让你看的,"羽尾安慰她,"等你醒了,你可以告诉蛾翅。现在你必须跟我们走。"

年轻的学徒一脸的兴奋。"我们要走很远的路吗?"她问道,"有太阳沉没之地那么远吗?"

"这次没那么远,"叶池告诉她,"只到你们领地的边缘。"

叶池回忆着泥毛说过的猫薄荷生长的地方,于是在前头带路过了小溪,穿过了河族领地,朝着小小的雷鬼路走去。刚一靠近雷鬼路,叶池就闻见了这些魔鬼的臭味,以及它们带来的其他气息。这些气味,几乎淹没了两个族群的气味标记。即便是在梦里,当叶池从雷鬼路边的矮树丛钻出来时,也非常小心。周围黑漆漆一片,静悄悄的。天一黑,所有的两脚兽就都钻进了巢穴。

叶池的身后紧跟着柳爪,羽尾走在最后。叶池走上雷鬼路,朝着远离湖的方向往前走。她走过边界处的气味标记时,怎么也找不到泥毛所说的两脚兽巢穴。但是等她绕过一个大弯,立刻就看见前方不远处的一个山谷里有一处光亮:那是一种并非来自月亮和星星的红色光亮。

叶池立刻就想到了火,不由得皮毛一阵刺痛,但她没有感觉到热度,也没有听见燃烧时的咔嚓声,而且没有烟味。叶池吸入空气,立刻嗅出了微弱的猫薄荷的味道。

"我们往下走到那里。"叶池回头小声说道。

她爪子落地的时候更加小心。过了一会儿,她才意识到光亮是从两脚兽巢穴的洞口内侧发出来的。光亮外面罩着一个皮毛,

光线于是变成了红色。她的眼前,隐隐约约出现了黑魆魆的两脚兽栅栏的影子。叶池鼓足勇气,纵身跃起,在栅栏上站定。柳爪爬上栅栏,站到她的身边,羽尾依然守在下面。

现在猫薄荷的味道更浓了。柳爪也闻到了,眼睛里闪出欣喜的光芒:"猫薄荷!"

"对!"叶池说道,"对巫医来说,这是很好的草药,而且很难找到,除非有两脚兽给我们种。"

柳爪点点头说:"是的。它可以治疗绿咳症。巨步生病的时候,要是我们能有它,那该多好啊!蛾翅和巡逻队找遍了整个领地都没找到。"

叶池压下内心的愧疚。"明天她可以来采集一些,"她对柳爪说,"但是一定要提醒她,要等到天黑的时候再来,那时候周围没两脚兽。"

叶池此时依然稳稳地站在栅栏的顶部。她再次嗅了嗅空气,想看看还有没有其他未知的危险。"没有宠物猫,也没有狗。"她舒了一口气说,"柳爪,你知道狗的气息是什么样的吗?"

学徒浑身一震,说道:"是的,有些来湖边的两脚兽,会带上它们的狗。狗的气息很难闻。"

"嗯,我认为这里没有狗,但是蛾翅过来采猫薄荷时,一定要告诉她再检查一下。我们最好现在就回去。"她补充道。

叶池跳下来,然后和羽尾一道往回走。她们穿过河族领地,来到了营地。

日落和平
RILUOHEPING

"现在好好睡一觉吧,"羽尾对再次躺进窝里的柳爪说道,"看那只肥老鼠是否依然在等着你。"

柳爪抬头看着两只猫。"你们能来,我很高兴。"她说道,"当巫医真棒!我要告诉蛾翅,我都等不及了!"

柳爪再次蜷起身子。叶池和羽尾离开了。她们绕过湖边,往雷族的营地走去。这一次,她们走得很慢。

"谢谢你,叶池。"羽尾说道,"你今天晚上表现得很好。"走到雷族和风族边界的小溪边时,她停了下来,看着叶池的眼睛。"我和斑叶谈过了,"羽尾说道,"她把蝴蝶征兆的事给我讲了。"

叶池感到浑身一阵战栗。

"你懂了,对吗?"星族猫接着说道,"你知道,这对蛾翅意味着什么吗?"

"我猜,肯定是鹰霜把那个蛾子翅膀,放在了泥毛的巢穴外面的,"叶池承认,她总觉得有什么东西卡在了喉咙里,"我现在不知道该怎么面对蛾翅。我该怎么对她说呢?"

"什么也别说。"羽尾的声音很平静,但是非常确定,"蛾翅必须自己学会接受这个事实。"

"那么……那么,蛾翅再也当不了巫医了吗?"叶池结结巴巴地说道,"她很在乎……"

"我知道。"羽尾呼噜了一声,安慰道,"整个星族都知道了。蛾翅已经很多次证明过她的技能和忠诚。让她继续当巫医,并教柳爪,这是星族的意愿。"

"但是她不相信星族。"叶池说道,"她自己都不懂星族的信息,又该怎么教柳爪呢?"

"这就是你的任务。"羽尾用尾巴尖碰了碰叶池的肩膀,"你还没有学徒——现在也没必要收。"她接着说道:"你还会服务族群很多个季节。因此,偶尔到河族找找柳爪,去月亮池的时候和她说说话,行吗?你不用出现在她的梦中,就可以教给她一切。"

"是的,当然可以。"叶池浑身轻松起来,感觉爪子都在发抖。星族想让蛾翅继续当河族的巫医。也就是说,蛾翅不用再担心她哥哥用揭露真相来威胁她了。对柳爪的所有的巫医训练,也都有了着落:蛾翅教她医术,叶池教她解读来自星族的征兆。

"那鹰霜怎么办?"叶池问道。

"他的命运也掌握在星族手中。"羽尾说道,"斑叶让幼崽们追逐蝴蝶,是因为她觉得是时候让你知道真相了。她认为你值得信赖,能用你的聪明才智和巫医的职责,担负起帮助柳爪的重任。"

叶池低头说道:"我会尽力的。"

羽尾领着她穿过森林,往山谷走去。月亮依旧高挂天空,给蕨丛和草叶都镶上了银边。树木在微风中沙沙作响,在叶池爪子周围投下斑驳的光影。叶池不知道已经过去了多长时间,但是她能猜到,在清醒的世界里,此时天空应该露出了鱼肚白。

羽尾在荆棘通道外面停下了。"我现在必须离开了。"她说着碰了碰叶池的鼻子,"亲爱的朋友,你将来会遇到巨大的变化,

日落和平

但是请相信,我会永远在你身边的。"

"巨大的变化?"叶池惊慌地重复道,"这是什么意思?"

但是羽尾已经悄悄离去。有一个心跳的时间,她的皮毛在阴影中闪着银光,但接着就消失得无影无踪。

叶池再次感到不安起来。她透过树枝,凝望着闪着像霜一样光芒的银毛星带,期待远方的武士祖灵可以给她答案。但是没有声音传来,透过头顶的树枝,她看见了原先梦见过的那三颗星星。星星很小,一闪一闪,散发着纯白的光芒,比银毛星带里的其他星星都要耀眼。叶池不知道它们在说什么,但是不知怎么的,她觉得它们就是为她而闪的。这让她再次有了安全感,她相信无论发生什么,星族都会庇佑着她。

有小小的爪子在不停地击打着叶池,她猛地一惊,醒了过来。睁开眼睛,她看到在不到一只老鼠身长的地方,小莓正兴奋地盯着自己。

"我们回来了!"小莓大声宣布道,"云尾和黑莓掌把我们接回来了。"

叶池从蕨叶铺的窝中爬了起来。她睡过了头,现在太阳已经爬到天空的正中。温暖的黄色光线洒满山谷,渗入她的皮毛。

"很高兴看到你,"她说道,"回来的路上顺利吗?你妈妈好吗?"

"她没事。"小莓告诉她,"一路上有我和小榛、小鼠照顾,

她永远不会觉着害怕。"

"不过,她肯定累坏了。"叶池说道,"两天内来回跑了两趟。"幼崽们应该也很累了,不过小莓看起来似乎有使不完的劲。"我去给你妈妈送点东西,好帮助她恢复体力。"叶池又补充了一句。

叶池回到自己巢穴,拿起几个杜松果,然后回来找小莓。小莓一下子冲到了空地上。叶池跟在后面,正好看见黛西和另外两只幼崽走进了育婴室。小莓飞快地跑过去,叶池则慢慢地走着。

快到育婴室入口时,叶池听见亮心在喊:"不要!小炭,回来!"

一个心跳过后,一只毛茸茸的灰色幼崽跌跌撞撞来到开阔地,在阳光下眨巴着蓝色的眼睛。亮心跟着冲了过来,轻轻地衔住她的后颈,把这只爱冒险的幼崽带回了育婴室——完全没有注意到叶池。

叶池不由得感觉皮毛一阵刺痛。亮心选在黛西回来的当口,来看望栗尾,来得实在不是时候。亮心一直敌视黛西,或许不希望黛西再回来。现在黛西回来了,要面对这一切,对亮心来说并不容易。

叶池在育婴室入口徘徊着,不知道该直接进去,还是另选时间。但是还没等她下定决心,就听见荆棘丛中传来黛西的声音。

"亮心,很高兴在这里见到你。我有话要对你说。"

"你想说什么?"亮心的声音听起来充满了警惕。

"我离开的原因……嗯,部分是因为这里很危险。自从獾群

日落和平

袭击营地以来,我一直很担心孩子们,我是他们的母亲,无论在哪里我都会担心。但主要还是因为,在族群里,没有哪只猫同我走得很近——像你和云尾那样。"

育婴室里出现了短暂的沉默。叶池开始往后退。亮心的声音很低,叶池没有听清楚她说的话。

"不。"黛西的声音更加清晰,"的确,云尾对我非常好,他对所有有困难的猫都一样。他是一位好武士,而且他非常爱你。"

又是一阵沉默。然后亮心轻声说道:"我知道。"她的声音有些颤抖,"谢谢你,黛西。我很高兴你能回来。雷族需要年轻的猫,你的三只幼崽将会成为出色的武士。"

黛西低声说着什么。过了一会儿,亮心离开了育婴室,从叶池旁边经过时朝她点了点头。叶池努力装出刚到的样子。她看见亮心的那只好眼睛里透着欢快,于是不由得开始向星族祈祷,祝福她和云尾会变得和以前一样亲密,同时也祝福黛西能成为他们共同的朋友。

叶池把杜松果交给黛西,便离开了育婴室。她看到亮心正蹲伏在猎物堆旁吃一只田鼠。云尾正在空地中央,召集刺掌和雨须去狩猎。

叶池用尾巴示意云尾。等他走过来时,叶池问道:"为什么不叫亮心和你一起去呢?你们已经好长时间没有一起狩猎了。"

云尾看起来一脸的疑惑。

鼠脑子！叶池心里说。"还记得亮心吗？"她提示云尾，"你的伴侣？白爪的妈妈？"

白毛武士一下子明白过来。"我知道你什么意思了！好的，我马上去叫她。"他说道，"叶池，你的主意真不错！"

云尾猛地转身，朝伴侣跑过去。叶池看到云尾和亮心说了什么，然后母猫站了起来。他们的尾巴缠到一起，身体紧紧地挨着，朝荆棘通道走去。刺掌和雨须飞快地追了上去。

"我觉得有谁在多管闲事啊！"叶池身后响起一个忍俊不禁的声音。

叶池转身，看见妹妹正盯着自己。"松鼠飞，你吓死我了！'管闲事'是什么意思？"

松鼠飞把尾巴放在姐姐的肩膀上。"我说的是好的闲事。总得有谁让云尾开窍，让他懂得亮心的心思。"她在空地上四下看看，有的猫在温暖的阳光下打盹，有的在做巢穴修整的收尾工作。"生活真美好，"她心满意足地说道，"眼下我们总算可以享受一下和平了。"

眼下雷族的麻烦确实已经过去了。叶池想起梦中盯着那三颗星时的安全感，刚要张嘴附和，这时，一阵诡异的黑暗遮住了她的视线。周围全是血的腥臭味，黏稠、猩红的波浪冲刷着她的爪子。就在这时，耳边有一个不熟悉的声音厉声说着那个预言，那个不断响起的声音十分低沉，充满了邪恶……

在和平降临之前，鲜血将四处喷涌，湖水将变得一片血红。

第十五章

黛西回来后的一天,黑莓掌从武士巢穴走出来时,看见小莓和弟弟、妹妹在育婴室外面打闹。于是他走了过去。只见小莓一爪打到小鼠的脑袋上,这只个头小一些的幼崽倒在了地上。

"干得漂亮!"黑莓掌赞赏道,"但是如果对方是你的仇敌,你会只站着看吗?小鼠,你又该怎么办?"

"攻击他!"小鼠一跃而起,抖抖弄乱的皮毛,冲哥哥扑了过去。

"往旁边躲!"黑莓掌指导小莓,"在他扑过来时,绊他一下。"

小莓伸出一只爪子,但是小鼠躲开了,同时伸出爪子击向小莓的耳朵。小莓蜷伏下来,咆哮着,一下子跳到了小鼠的尾巴上。

"你们两个都表现得很棒!"黑莓掌说道,"终有一天,你们都会成为了不起的武士。"

两个小家伙继续扭打着。黑莓掌转过身,看见火星站在空地中央,正在听黎明巡逻队的汇报。过了一会儿,巡逻队散开了,或休息,或吃猎物。火星用尾巴示意黑莓掌过去。

"尘毛说边界附近有两脚兽。"火星说道。

猫武士

黑莓掌感觉后颈的毛一下子立了起来："它们不会是要修新的雷鬼路吧？"

"不，不太像。"火星说道，"尘毛说，在我们和影族之间的空地上，出现了一些像绿色皮囊的东西，那些东西固定在棍子上，看起来像是小的巢穴。两脚兽在那些东西里面睡觉。"

黑莓掌的眼睛一下子睁大了："真是鼠脑子！两脚兽为什么要睡在那里面？它们自己不是有很舒服的巢穴吗？"

火星耸耸肩。"两脚兽为什么要这样，我也很想知道。不过我并不十分担心那些绿色的皮囊。"他接着说道，"我感觉那些东西不会永远都在。我担心的是，影族会做何反应。我们都知道，他们想夺取我们的领地，并且一直在寻找借口。"

黑莓掌伸缩着爪子说："我倒想看看他们怎么来夺。"

"如果有可能，我还是希望能和平解决争端。"火星对他说道，"听着，我想让你去看看空地那里究竟是怎么回事，然后沿着湖边看看两脚兽在河族和影族的边界处做了什么。我想知道两脚兽对影族、河族的干扰有多严重，也好判断下次森林大会时，黑星和豹星提出分到更多领地的可能性有多大。"

黑莓掌觉得火星的话很有道理。天气越来越暖和了，来到这里的两脚兽也越来越多，它们要么坐在水怪里，在湖面上四处咆哮，要么坐在白皮囊似的小船里，来回漂浮着。空气中充满了嗡嗡声，顺风的时候，即便是在山谷里，也能听见两脚兽的叫喊声。

"你觉得接下来两脚兽会进入我们雷族领地吗？"黑莓掌问

日落和平

火星。

"没准会的。"火星严肃地说道,"不过,我觉得我们这边的森林离湖面太近,不方便它们的水怪登陆。它们或许不会让水怪过来。这也正是我想让你去查明的事情。好好查探一下,不要被其他族群抓住。我不想让影族或河族知道,你进入了他们的领地。"

"不会的。"黑莓掌说着,甩甩尾巴,离开了。他很自豪。火星让他来完成如此重要的任务,肯定是出于信任。虎星说得对,只要遵守武士守则,忠诚于族群,就可以成就伟大事业。

黑莓掌穿过雷族领地,径直来到雷族和影族交界处的空地。一条小溪在空地上缓缓流着,拐入了影族的领地深处。黑莓掌伏在水边的一片风信子后面,窥探着对岸。

火星口中说的绿色皮囊,遍布在整个空地上。因为这段溪流是边界,准确地说,这些皮囊是在影族的领地上。

"影族肯定是很欢迎它们的!"黑莓掌轻声说道,但他心里其实并不那么确定。黑星没准会把两脚兽的入侵,看成是扩展领地的又一个理由。

尘毛说两脚兽在皮囊里面睡觉,似乎并不算错。至少在黑莓掌看着的时候,几只两脚兽正从皮囊里爬进爬出。它们的幼崽在这些小巢穴间玩耍,把颜色鲜亮的东西扔过来扔过去,一旦接住了,就高兴地大喊大叫。

黑莓掌看见空地对面喷出了火焰,不由得浑身一震。难道两

脚兽真的是鼠脑子，竟然在树林里放火？后来，他注意到火被亮闪闪的两脚兽的物件拢住了，并没有扩散。黑莓掌闻到一种怪怪的、酸酸的两脚兽食物的气味飘散过来，其中还夹杂着烧焦的木炭的气息。

黑莓掌又观察了一会儿，没再看到什么新的情况。于是他开始撤离。他小心地放轻爪子，不让两脚兽发现，直到远远地离开了空地。这边两脚兽的情况，他已经了解得很清楚了，该去执行那项更危险的任务了。

一只老鼠正好从黑莓掌面前匆匆跑过，他猛地弹出爪子，把老鼠摁住，杀死了它，然后几口就吞下了肚。马上要离开自己的领地了，他可不愿冒险，从敌对的族群那里偷窃猎物。

黑莓掌沿着小溪往下，一直走到湖边，嗅了嗅空气，想发现影族巡逻队的气息。这里的边界气味标记很浓烈，也很新鲜，可猫的气息已经开始减弱，他猜测黎明时有巡逻队来过这里。

来到森林边缘的时候，黑莓掌发现湖边并没有影族猫的身影。他小心地蹚过小溪，只觉得毛皮一阵刺痛：黑星只是勉强同意其他族群的猫可以从影族领地上经过，火星也交代过，不能让影族知道他的这次任务。

尽管黑莓掌一直与湖边保持着两尾远的距离，还是觉得每棵深色的松树后，都有一位警惕的影族武士，随时准备跳出来，对他进行盘问。他的肚皮贴着湖岸上的鹅卵石，慢慢地爬行着，利用每处岩石和坑洞藏身。每走一步，他都要嗅嗅空气。

日落和平

　　湖面上已经有了一艘两脚兽的船,上面张着巨大的白色皮毛,正悄无声息地漂浮着。黑莓掌看见里面有两只两脚兽,弯着腰,把前爪拖在水里。他靠近河族边界时,发现了另外一种两脚兽的东西——更像是个怪物,而不像带皮囊的船——正咆哮着离开半桥,在湖面上留下一道白沫。黑莓掌看到波浪向湖岸涌来,他不想弄湿爪子,赶紧跳到一块岩石上。

　　在这里,两脚兽的怪物的臭气更浓烈了,淹没了其他所有的气息。黑莓掌的眼睛不安地在树林间闪动,观察着动静,但是他什么都没有看到。或许影族为了避开两脚兽,已经退入了森林深处。或许看不见的眼睛正在盯着自己。黑莓掌做好了影族巡逻队突然出现的准备。

　　在离边界不远的地方,黑莓掌为了避开两脚兽的幼崽,只能朝森林奔去。两脚兽的幼崽站在水边,正喊叫着,往水里投石头。它们闹出的响动足以吓跑所有的猫。黑莓掌心想,黑星明显是拿两脚兽当借口。这里的猎物很多,两脚兽也没有给他们造成严重的威胁。无论如何,他都看不出影族真的需要更多的狩猎场。

　　黑莓掌斜插着穿过湖岸,身体紧贴地面,飞快地跑到了半桥附近的宽阔空地。这里像雷鬼路一样,已经覆上硬硬的黑黑的东西。两脚兽的怪物们肩并肩蹲伏着,几乎占满了整个空地。黑莓掌快速爬到空地边缘,因为紧张,腿不由自主颤抖起来。

　　离雷鬼路两三尾远的地方,就是影族和河族的边界。黑莓掌跑到一个高高的两脚兽物件下面。这个物件有着和蜘蛛网一样的

网眼,是用跟抓狐狸的圆圈一样的细丝扭成的,里面塞满了两脚兽的垃圾。黑莓掌闻到了鸦食的恶臭味,不由得抽动了一下胡须。不过也好,这种气味可以掩盖他的气息。

　　黑莓掌小心地躲在两脚兽物件后面往外看。他的眼前站着几只怪物,不过都没有吭声,他觉得怪物们都已经睡着了。他就这么看着的时候,又来了一只怪物,转身下了雷鬼路,停了下来,咆哮声也戛然而止。两只两脚兽和几只两脚兽幼崽从怪物的肚子里钻了出来。幼崽们尖叫着朝半桥冲去,后爪踩在木板上,咚咚直响。

　　一只狗紧跟着两脚兽,从怪物上跳了下来。它皮毛蓬松,兴奋地狂吠着。黑莓掌顿时就僵住了。其中一只两脚兽抓住狗,给它的颈部拴上一根长长的颜色鲜艳的细绳。黑莓掌觉得狗发现了他,却因为两脚兽紧紧地拽着细绳,冲不过来。

　　比宠物猫也好不到哪儿去!黑莓掌在心里嘲笑着,我倒想看看哪只两脚兽敢给我套项圈。

　　黑莓掌等着看两脚兽接下来会做什么,却被雷鬼路对面的河族领地上的动静给吸引了。只见一丛蕨叶猛烈晃动,一个心跳过后,一只松鼠窜了出来,跑过雷鬼路。一只身材修长的棕色母猫紧追不舍。黑莓掌认出那只猫是溪儿,不由得惊呆了。

　　几乎在同一时间,暴毛从蕨丛中出现了,他站在雷鬼路边喊道:"溪儿,不要过去,回来!"

　　溪儿已经追到离影族边界不到一尾的距离,然后扑向松鼠。

日落和平
RILUOHEPING

她的前爪快速地连击两下,然后一口咬住了松鼠的脖子。

"赶紧回来!"暴毛再次急切地喊道。

溪儿转过身,嘴里叼着松鼠。她正准备穿过雷鬼路,跑回蕨丛,一只怪物出现了。黑莓掌的爪子抓进了地面,紧紧地闭上了眼睛,他觉得年轻的母猫肯定会被怪物那圆形的黑色爪子轧得粉碎。

"不!"他听见暴毛大喊了一声。

黑莓掌再次睁开眼睛时,看见怪物突然尖叫一声,一转弯,刚好绕过了溪儿的尾巴。只见溪儿纵身一跃,回到了河族领地。暴毛跑到她跟前,鼻子紧紧地压在她的鼻子上。

"你们在这里干什么?"一个严厉的声音响了起来。黑莓掌抬起头,看见鹰霜从雷鬼路上方的溪岸边走出蕨丛。他冰蓝色的眼睛里闪着怒火,径直走到暴毛和溪儿面前。"你们从影族偷猎物!"他对年轻的母猫低吼道。

溪儿放下松鼠,转身看着暴毛,问道:"他在说什么?"

"她没有偷猎物,"暴毛解释道,"这是河族的松鼠,它跑过了雷鬼路。溪儿只是……"

鹰霜没有理会深灰色武士的话。"难道你不知道武士守则的基本规则吗?"他把嘴伸到离溪儿不足一只老鼠身长的地方,"你不能偷猎物!"

"这正是我要告诉你的。"暴毛说道,"她没有偷,松鼠是我们的。"

鹰霜转身看着暴毛,眼睛里依然闪着怒火:"她不应该追着

松鼠跑过边界。难道她不知道,不能擅自进入别的族群的领地吗?"

"对不起。"溪儿说道,似乎还不明白,"我差一点就跑进了对面的领地——还好及时抓住了松鼠。"

鹰霜生气地哼了一声:"很明显,你还不懂武士守则。如果被影族巡逻队看见了,该怎么办?"

"好了,他们没有看见。所以……"显然暴毛很想让这位族猫消消气。

"那是她走运!"鹰霜打断了暴毛。

"对不起,"溪儿重复道,"在部落的时候,我们根本不用担心边界。下次我会记住的。"

"不会再有下次了!"鹰霜斥责道。

"你说什么?"黑莓掌看见暴毛后颈的毛立了起来,"为什么没有下次?为了成为河族武士,溪儿一直在辛苦地参加训练。"

体形硕大的虎斑武士嘲讽地龇牙低吼道:"她永远成不了河族武士!"

黑莓掌紧张地咽了一口唾沫。他的这位同父异母的弟弟说话简直跟虎星一模一样!

"你以为你是谁,敢这么说话?"暴毛不服气地说道,"你没资格管我们。"

有一个心跳的时间,黑莓掌以为鹰霜会冲上去,用爪子抓暴毛的脸。"当我把这事汇报给豹星的时候,我们看看会怎么样。"

日落和平

他只是咆哮了一声，尾巴指向河族的营地，"马上回营地，快点！"

暴毛和溪儿对视了一眼。暴毛明显是在权衡要不要服从他，他的族猫有没有权利命令他。最后，他耸了耸肩。

"走吧。"他叹了口气，"把这件事说清楚也好。"

鹰霜趾高气扬地上了溪岸。暴毛紧紧地跟着。溪儿叼起松鼠，走在最后。

等他们消失在溪岸顶部的蕨丛，黑莓掌这才小心翼翼地走过雷鬼路，跟了上去。他想知道他的朋友到底会发生什么事。他远远地跟着他们，以免被发现。幸运的是，风正朝他的方向吹来，他们不可能闻到他的气息。他竖起耳朵，嘴巴半张着，提防附近有河族的其他武士。

鹰霜走在前面，几只猫直接奔向河族营地。鹰霜从巫医巢穴附近跳过小溪，蛾翅和学徒柳爪正在巢穴里。鹰霜从蛾翅旁边经过时，愤怒地把头一扬，命令道："你也跟着，现在用得上你了。"

黑莓掌惊讶地抽动着耳朵，鹰霜竟然这样对妹妹说话。他躲在一处芦苇丛中，一直等到蛾翅一行猫离去。柳爪仍忙着整理草药。黑莓掌不知道该怎么办，如果跟着他们，直接走入河族营地，肯定会被发现。但留下朋友独自面对麻烦，自己却直接离开，他做不到。

河族武士把营地建在两条溪流中间的楔形土地上。蛾翅的巢穴建在那条窄些的小溪边，离两条溪流的交汇处不远。黑莓掌顺着溪岸往前走，穿过了营地边的荆棘屏障。他小心地嗅嗅空气，

但是除了营地里飘来的浓烈的猫的气息，什么都没有嗅到。

这时，营地里突然响起了一声怒吼，让他下定了决心。如果就此离开，他会很担心暴毛和溪儿。鹰霜说，武士守则规定不允许在别的族群领地上狩猎，这话是真的。不知道豹星会不会为这只不熟悉族群规则的部落猫而网开一面。

黑莓掌从岸上跳到溪流中间的石头上，他爪子周围的水流泛着泡沫。他接着跳到对岸，爬上一棵枝干伸到营地上空的山毛榉树。他紧紧地抓住树干，保持着身体平衡，慢慢地在枝叶间往前爬，一直爬到能看见下面营地的地方。

两条溪流的岸边都长着浓密的芦苇和蕨丛，但是在营地中央却是一片空地。族长豹星站在空地上，副族长雾脚站在她的旁边，其他猫在四周围着。所有的猫都盯着暴毛和溪儿。暴毛和溪儿紧紧地靠在一起，不安地挪动着爪子。黑莓掌一开始并没有看到蛾翅。

鹰霜站在族长前，正在汇报事情的经过。"这只鼠脑子的猫，只会找借口。"他尾巴一甩，指着溪儿说道，"追着松鼠跑过边界，进入影族领地把松鼠杀死。而且回来的时候，差点被怪物轧死。要我说，她没被轧死真是太遗憾了。"

暴毛的嘴唇往后缩起，但黑莓掌离得太远，没听见暴毛说什么，只看见暴毛后颈和肩膀的毛立了起来。

"没必要说那种话，"豹星的语气仍然很平静，"溪儿，鹰霜说的是真的吗？"

日落和平

溪儿尴尬地点点头，说道："是的，豹星，是真的。但我当时并不知道这样做不对。我再也不会做这种事了。"

"这种事情一次都不该做。"黑莓掌看见黑掌挤到众猫前面，心不由得一沉。他可是河族最具攻击性的猫。"就连幼崽都知道，不能跨过族群的边界。"

"影族猫发现了吗？"豹星问道。

这次回答的是暴毛："我认为没有。我一只影族猫都没有看到。除了两脚兽和它们的怪物，那里什么气息都没有，所以他们永远不会知道我们进入过他们的领地。"

豹星点点头。但是还没等她开口，鹰霜插话说道："影族看没看见并不重要。无论怎样，这都违反了武士守则。不了解武士守则的猫，就不该待在这里。"

一阵低语从旁听的猫群中升起。黑莓掌发现，他们大多数都在附和鹰霜，他的爪子不由得深深插入树干之中。

"我们应该把她送回她来的地方。"黑掌说道。

暴毛猛地转过身，面对着黑掌说道："她走，我也走。"

黑掌没有理会暴毛，张开嘴，傲慢地打了个哈欠。暴毛亮出爪子，但听见雾脚严厉的呵斥声，浑身不由得僵住了。

"暴毛，不要这样！"副族长走上前去，面对着深灰色武士，非常遗憾地继续说道，"暴毛，你好好想想，你和溪儿打算在这里待多长时间。见到你，我们都很高兴，但或许是你们回到部落的时候了。"

"是的,让她回部落去。"一些猫的声音从众猫后面传来,"如果暴毛愿意,他可以留下来,但是溪儿有什么用呢?"

"她甚至不会战斗,"黑掌补充道,"我的学徒都能把她的皮毛给扒下来。"

暴毛的眼睛里闪着怒火,说道:"在溪儿来的那个地方,山洞卫士负责战斗,狩猎者负责狩猎。溪儿是狩猎者,在来这里之前,她根本用不着战斗。"

"我正在努力学习。"溪儿补充道。

"你表现得很好。"暴毛用尾巴尖碰了碰溪儿的肩膀,"你很快就能和其他武士一样战斗了。"

"如果她还能有机会的话。"黑掌说道,"你难道还不明白,族猫们不想让她待在这里。"

"就是,蛾翅的梦是怎么说的?"另一个声音问道,"星族告诉我们,有两个东西不属于这里。"

黑莓掌想起蛾翅在森林大会上说的那个梦。她说溪水里有两块与众不同的石头,阻碍了溪水的流动,只有将它们冲走,溪水才能恢复正常。难道这真的是说,暴毛和溪儿不应该留在河族?

"蛾翅?"鹰霜四下张望着,"蛾翅,你在哪里?"

金色虎斑猫站起身来。她一直坐在猫群的后面,此时慢吞吞地走上前来,站到哥哥身边。

"星族给你更清晰的信号了吗?"鹰霜问道。

蛾翅迟疑了一下,低下了头。

日落和平

"说呀,蛾翅!"豹星催促着,听起来有些不耐烦。

巫医抬起头,迎上了哥哥的眼光。她的语气很坚定:"没有,星族什么都没有说。我在森林大会上说过,我们不应该妄下结论,认为我们知道那个梦的意思。有时候,梦只是个梦。"

族猫间传来抗议的吼叫声。"你忘了我在森林大会上给你说的话了?"鹰霜咆哮道。

"没有。但是……"蛾翅的话还没说完,就被豹星打断了。

"蛾翅,你是巫医,你需要告诉我们,现在该怎么做。"

"对不起。"蛾翅再次低下了头。

"在我看来,梦的意思已经很清楚了,"黑掌说道,"不除掉他们俩,河族永远好不了。"

空地上响起附和的低语声。豹星看着雾脚,跟她说着什么,声音很低,黑莓掌听不清楚。此时鹰霜走到暴毛跟前,鼻子碰着他的鼻子。"你们看起来对武士守则没有丝毫的尊重,你们两个,"他用刺耳的声音说道,"回部落去,那里才是你们该去的地方。"

暴毛发出一声愤怒的咆哮,扑向鹰霜,把这只体形硕大的公猫撞翻在地,有力的后爪猛击鹰霜的肚子,抓扯他的皮毛。鹰霜反击着,用爪子抓着暴毛的肩膀,然后张嘴咬向他的喉咙。

"不!"溪儿尖叫一声,想插到两个打斗在一起的武士中间,"暴毛,住手!"

黑莓掌的爪子顺着树干刨着,身上的每根毛都在告诉他,要冲出去帮助暴毛。但是他忍住了,没有动。他知道,那样做只会

引来更大的麻烦。况且要是火星知道自己的武士在别的族群营地里发动进攻，肯定会雷霆大怒的。

溪儿苦苦哀求着不要再打了，可是暴毛毫不理会，只顾用爪子猛击鹰霜的腹侧。鹰霜承受着暴毛的打击，用爪子护着脸部，并没有回击。黑莓掌不由得眯起了眼睛。鹰霜真的无法反抗吗？经过虎星的训练，鹰霜已经成了森林里，或许除了黑莓掌之外最强大、最具战斗技巧的猫。眼下他并没有全力以赴地投入战斗，面对暴毛的攻击，他只是在努力躲避，仅有的出击也显得软弱无力，挥出的爪子也很少击中目标。

黑莓掌知道鹰霜为什么要这样做。

鹰霜并不想用一场战斗打败暴毛，他想要暴毛永远离开这里。他肯定用了很长时间，鼓动族猫反对这两位外来者。在森林大会上，他坚持要蛾翅讲出那个梦，还替她做解释。溪儿的错误，让他找到了借口。现在他激怒暴毛，让暴毛攻击自己，目的就是让其他猫把暴毛赶出河族。

黑莓掌有点佩服同父异母的弟弟的阴险和野心，虎星会以他为荣的。但是黑莓掌知道，自己永远无法为获取权力，做出那么阴险的举动。这真的是武士守则所要求的吗？

"够了！"豹星嘶吼道，"雾脚，黑掌，把他们拉开。"

河族副族长跳到鹰霜的肩膀上，扳住了他的头。黑掌把溪儿推开，用爪子抓着暴毛的鼻子。暴毛往后退着，松开了鹰霜。两只猫都站了起来，大口喘着气，相互瞪着。鹰霜的腹侧和肚子流

日落和平

着血。暴毛除了被黑掌击中,脸上有血之外,没有明显的伤口。

"暴毛,你竟然敢攻击自己的族猫!"豹星的话听起来充满了震惊,"很显然,你已经忘记了武士守则,或者说武士守则在你的眼里并不重要。"

暴毛刚想辩解,但豹星接着充满遗憾地说道:"你必须离开河族,这里没有你的容身之地。现在,你该回部落了。"

暴毛和溪儿惊恐地对视了一眼。黑莓掌不由得有些疑惑,回到大山中的家,对溪儿来说,有什么可怕的?

黑莓掌以为暴毛会抗议,没想到深灰色武士骄傲地抬起了头。"可以。"他声音冰冷地说,"我们会走的,但这是河族的损失,不是我们的损失。这里已经不是曾经的河族了。"

他一甩尾巴,把溪儿拉到身边。两只猫走出空地,消失在灌木丛中,再也没有回头。

鹰霜看着他们离去,冰蓝色的眼睛里流露出得意的神情。

黑莓掌害怕被发现,赶紧从树上爬下去,再次跳过小溪,钻进灌木丛,向湖边奔去。刚才看到的一切,让他把火星布置的任务完全抛到了脑后。他现在要做的,就是和暴毛好好谈谈。

在去湖边的路上,黑莓掌停下来嗅嗅空气,找到了暴毛和溪儿混合在一起的气息。他们的气息既浓烈又新鲜,说明他们就在附近。黑莓掌爬到一个小山丘,发现他们就在另一面坡上。只见他们俩低着头,尾巴拖在地上,正朝湖边走去。

这里距离河族营地很近,黑莓掌不敢大声喊。他一边警惕有

猫追过来,一边在蕨丛和榛子丛间跳跃着追赶他们。在通往召开森林大会的岛屿的树桥附近,黑莓掌追上了他们。

"暴毛!"他嘶嘶地喊道,"等等!"

溪儿吓了一跳,暴毛猛地转过身,亮出了爪子,后颈的毛直立了起来。

"黑莓掌?"他解释道,"我还以为是那个肮脏的吃鸦食的……"

溪儿用尾巴碰碰他的肩膀,暴毛这才闭上了嘴。"别说了,"她喃喃道,"那没有用。"

暴毛叹了一口气,后颈上的毛再次平顺下来。"你在河族领地上做什么?"他问黑莓掌。

"这个不重要。"黑莓掌回答着,离开了湖边,同时用尾巴示意暴毛和溪儿跟上。他们退到一处非常浓密的荆棘丛中——他们躲在里面说话时,不用担心被发现。"我看到了刚才发生的一切。"黑莓掌说道,"我真的很难过,他们不该这样对你。"

"自从我回到河族以后,鹰霜就一直在找我们的麻烦。"暴毛怨恨地说道,"他担心,如果我留下来,雾脚当上族长后,会选我当副族长。"

黑莓掌并不觉得惊讶。雾脚被两脚兽抓走后,鹰霜曾当过一段时间的副族长。那个时候,暴毛还在去太阳沉没之地的旅途中。如果暴毛再次回到河族,就会成为鹰霜最强大的竞争者。

"你们要回大山吗?"黑莓掌问道。

日落和平

"目前还不能回去。"暴毛的声音有些不安,他躲避着黑莓掌的目光。

黑莓掌没有追问下去。他猜测部落一定出了问题,也想知道更多的情况,但他也知道,如果暴毛没有想好,是不会告诉他的。"你们为什么不和我回雷族呢?"他建议道,"至少今天晚上,火星会很高兴让你们吃好睡好的。"

暴毛的胡须抽动着。"我们不能去那里,"他说道,"我不想让你们和河族之间产生矛盾。"

"火星想怎样做,不用请示其他的族群。"黑莓掌提醒道。如果暴毛和溪儿不能回部落,那他们唯一的选择就是成为泼皮猫,再也得不到任何族群的保护。那种生活真的很艰难,对已经习惯群居生活的猫来说更是如此。"赶紧走吧!"他催促道,"天马上就要黑了,你们也不熟悉这里。"

暴毛扭头看溪儿,问道:"你怎么想?"

"你决定吧。"溪儿说着,用鼻子蹭着暴毛的肩膀,"无论你去哪里,我都会跟着。你知道的。"

暴毛闭上眼睛,过了一会儿,似乎下定了决心。"好吧,"他睁开眼睛,对黑莓掌说道,"我们和你一起回去。走吧,溪儿。"

黑莓掌在前面带路,沿着湖边,朝雷族领地走去。这次他选择经过风族领地。因为震惊和劳累,他们走得很慢。黑莓掌一直在思考河族营地看见和听见的一切。

"你知道的,"他们经过马场的时候,他对暴毛说道,"鹰

霜是有备而来。你不应该攻击他。"

"我知道,我知道。"暴毛甩着尾巴说道,"但是他一直在激我,让我攻击他。这一点你和我一样清楚。"

黑莓掌不知道该怎么回答。但在内心深处,他知道暴毛说得对,也清楚鹰霜这样做的动机。

没等他开口,暴毛就停下来看着他。"黑莓掌,你要小心,"他轻声提醒道,"你现在走的这条路,只会招来麻烦。"

黑莓掌盯着暴毛,一阵热辣辣的愧疚流遍了全身。暴毛并不知道黑莓掌在梦中能见到鹰霜,也不知道虎星在训练他们。难道他已经发现,黑莓掌与鹰霜的关系,远比其他猫认为的还要亲密吗?

暴毛抽动着耳朵,似乎想轰走一只苍蝇。他没再说什么,转过身,沿着湖边继续往前缓缓走着。

黑莓掌从后面看着他。朋友和溪儿被驱逐出了族群,他很难过,但他也无法相信,鹰霜是完全错了。如果对鹰霜来说,这是获取权力的最佳方式,那么从这个角度来看,不正好说明他的做法是正确的吗?

第十六章

太阳落山的时候，黑莓掌才带着暴毛和溪儿走出荆棘通道，进入了雷族营地。夜色笼罩着石头山谷，只有一两只猫仍然留在猎物堆旁。雨须正在入口处警戒，看到暴毛和溪儿时吓了一跳。但是当他看到有黑莓掌陪着时，便冲他们点了点头，算是打招呼，什么都没有说。

"我们去见火星。"黑莓掌说着，穿过空地，往落石堆跑去。

他来到族长的巢穴，暴毛和溪儿也跟着爬了上去。他发现火星已经在洞穴后部的苔藓窝里盘好了身子。看到黑莓掌站在巢穴入口处，火星抬起了头。

"很好，你回来了。"他坐起身，抖掉身上的苔藓碎屑，"你……"他发现黑莓掌带了猫来，不由得停住了。"是暴毛和溪儿吗？"他惊讶地问。

"是的。"黑莓掌走进洞中，冲族长点点头，"对不起，火星，出了点事。"

火星尾巴一甩，示意暴毛和溪儿进来。"在河族时，遇到麻烦了？"火星问道。

"也可以这么说。"黑莓掌回答道。他很快地把事情的经过给火星说了一遍，他从看到溪儿追松鼠讲起，一直讲到他邀请他们一起来雷族。

"你做得对。"等黑莓掌讲完了，火星说道，"你不能不管暴毛和溪儿，让他们无处可去。"他转向暴毛，补充说道："欢迎你们，你们想待多久，就可以待多久。"

暴毛抽动了一下耳朵。"我们只想今晚……"他开口道。

"这由你们决定。"火星告诉他，"但你需要时间来决定你们应该怎么做。你们对雷族有恩。别的不说，至少在獾群袭击雷族之后，你们曾帮助过我们。"

"谢谢你。"暴毛说道。溪儿补充说道："你不知道这对我们有多重要。"

黑莓掌心里清楚，火星心里很愿意让暴毛和溪儿永远地加入雷族。虽然黑莓掌很喜欢暴毛和溪儿，但他不敢肯定火星的想法是对的。其他族猫会怎么想？还有，如果河族知道了，会做何反应？

"黑莓掌，带他们去吃些东西，然后给他们找地方住下。"火星命令道，"我们明天早上再仔细谈谈。"

黑莓掌带头走出巢穴，来到空地上。他这才感觉很饿。早上在两脚兽的皮囊附近抓过一只老鼠，此后他就什么都没吃过。猎物堆上所剩的猎物不多了——巡逻队需要早些出去——黑莓掌给自己找了一只喜鹊，暴毛和溪儿分吃了一只兔子。

日落和平

等他们吃完时,天已经完全黑了下来,银毛星带在头顶闪耀着。黑莓掌领着他们来到武士巢穴。新长的荆棘枝条还没有完全盖住獾群袭击时留下的痕迹,武士们紧挨着,蜷缩在苔藓铺的窝里。有的已经睡着,有的睡意蒙眬地说着话。一开始没有猫注意到有新来者。

"你确定有我们的住处?"暴毛从外面的荆棘丛进来时问道。

"住的地方很多。"黑莓掌让他放心。

黑莓掌直奔靠近崖壁的一片空地,从尘毛身边经过时,不小心踩到了他的尾巴。虎斑公猫抬起头,很恼火地说道:"你怎么了?"

"对不起,"黑莓掌轻声说道,"是暴毛和溪儿来了,他们要待上一阵子。"

尘毛嘀咕了一声:"火星知道吗?"

"当然知道。"他怎么会以为自己会不问族长,就把陌生猫带进来。黑莓掌身上的毛不禁竖了起来。

尘毛只是抖了一下胡须,又蜷缩起来,把尾巴收到身边。黑莓掌再也没有惊扰到谁,就带着朋友们来到空地。发现松鼠飞就在不远处,黑莓掌松了一口气。等黑莓掌靠近了,松鼠飞抬起了头,友好地说道:"嗨,暴毛,溪儿,你们怎么来了?"

"一会儿再告诉你。"黑莓掌说道,"先给暴毛和溪儿找个休息的地方。"

"好的。"松鼠飞挪动着身体,腾出更多的地方。云尾挨着

松鼠飞睡着,松鼠飞用一只爪子狠狠地戳着他的身体,喊道:"动一动,听见了没有?你比一只獾占的地方都大。"

"獾?在哪里?"云尾抬起头,蓝色的眼睛因为受到惊吓顿时睁得大大的。

"哪儿都没有,鼠脑子,"又有几只猫开始蠕动着,抬头在巢穴里张望,松鼠飞没好气地说,"赶紧回去睡觉!"

黑莓掌帮助暴毛和溪儿用苔藓铺好窝,最后才在松鼠飞身边躺下来。他张开嘴巴,打了一个大大的哈欠,边打瞌睡边勉强把事情的经过给松鼠飞讲了一遍。

"要是我在那里该多好!"松鼠飞等他讲完了,说道,"我非把鹰霜的耳朵扯烂不可。"

"不,你可不能那么做,"黑莓掌说道,"那是在河族营地里。"

松鼠飞伸缩着爪子。"他最好不要让我碰到。你觉得他们会留下来吗?"她冲着暴毛和溪儿抽了一下耳朵问道。暴毛和溪儿已经睡着了,他俩躺在苔藓和蕨叶中,挨得很紧。

"我希望他们会。"黑莓掌张开嘴,又打了一个哈欠,声音含糊地说,"雷族需要优秀武士。"

"河族赶走了他们,我们才有机会留下他们。"松鼠飞附和着。

她用舌头舔了舔黑莓掌的耳朵。伴着这种温暖的舔舐,黑莓掌进入了梦乡。

黑莓掌醒过来时,灰蒙蒙的光正从荆棘丛的枝条间透过来。

日落和平

他听见沙风正在外面召集巡逻队,于是飞快地爬起身,冲到空地上。

"为什么不让暴毛和溪儿加入黎明巡逻队呢?"他对姜黄色母猫建议道,"这是让他们熟悉领地的好办法。"

沙风抽动一下耳朵,点点头说:"这真是个好主意。"

"熟悉领地?你这是什么意思?"尘毛突然从黑莓掌身后走了过来,吓了他一跳。因为昨天晚上睡觉时被打扰了,这只虎斑猫听起来似乎依然不高兴:"我还以为他们只待一晚上。"

"什么都还没有定下来呢。"黑莓掌说完,就后悔自己应该再机智些,希望尘毛什么都没有听见。

"嗯,这个不重要。"沙风说道,"他们现在已经来到这里了,因此完全可以让他们发挥作用。"

她把头伸过巢穴入口的枝条,喊暴毛和溪儿。四只猫聚齐之后,一起走了出去。尘毛什么都没有说,不过黑莓掌看见,他钻进荆棘通道时,尾巴尖狠狠地抽打了一下。

黑莓掌和松鼠飞、云尾以及亮心出去狩猎。等他们带着猎物归来时,黑莓掌发现空地上站的猫比平时要多,似乎都在等着什么。他顿时感到一阵不安。

"发生什么事了?"松鼠飞问道,随即放下三只老鼠和一只田鼠。"喂,蕨毛!"看到金棕色武士正好经过,松鼠飞冲他摇着尾巴,示意他过来,"到底是怎么回事?"

"鼠毛正在召集族群会议。"蕨毛解释道。

"鼠毛要召开族群会议？"黑莓掌困惑不已，"她有资格那么做吗？"

蕨毛耸耸肩膀说："她确实这么做了。"

"哦，很好！"云尾讥讽道，"麻烦越来越多了，好像还嫌雷族的麻烦不够多！"

"我去看看叶池是不是知道些什么。"亮心朝巫医巢穴跑去。云尾厌恶地甩了一下尾巴，跟了过去。

黑莓掌心中的不安越来越强烈。走过空地时，他发现那位精瘦的深棕色长老正站在高石台下，尘毛正和她站在一起，他们两位看起来都很气愤。

"看到了吗？"黑莓掌戳了戳松鼠飞。

松鼠飞点点头。"虽然我不知道这到底是怎么回事，"她说道，"但我敢打赌，我能猜得出来。"

"我也能。"黑莓掌四下寻找着，终于看见了暴毛和溪儿。他们一起站在荆棘屏障旁边。他猜测，他们是不是不愿意参加不属于他们族群的会议，或者在想，如果情况不妙该怎样脱身。

黑莓掌朝他们走了过去，松鼠飞跟在他的身后。

"你们还好吗？"他问道，"是不是有谁给你们说什么了？"

溪儿摇摇头。"我们很好。"她轻声说道，但她的眼睛里却透着悲伤。

"我们今天早上的巡逻很顺利，"暴毛说道，"沙风对我们很友好。尘毛——嗯，尘毛对谁都不客气，因此我们也不会在意。

日落和平

但是我们回来时,发现大家都在盯着我们看,几乎没有谁愿意和我们说话。我认为尘毛找了各位长老,然后鼠毛召集了这次会议。"

这时,鼠毛在空地上大声喊道:"火星!火星!"暴毛停止了说话。

过了一会儿,火星出现在高石台上。阳光下,他的毛皮变成了火焰色,耳朵变成了金色。"怎么回事?"他问道。

"族猫有话要和你说。"鼠毛回答道。

黑莓掌走上前去,同时用尾巴示意朋友们跟上来。此时火星已经跳下落石堆,和众猫一起站在空地上。黑莓掌挤到众猫前边,以便能听清楚所有的事情,在必要的时候发言。

"好啦,鼠毛?"火星与长老面对面地站着,绿色的眼睛平视着对方,"这是怎么回事?我一直认为,召集族群会议是族长的职责。"

答话的却是尘毛。他控制着自己的情绪,很严肃地说道:"我们并不打算破坏你的领导,火星。但是我们很担心,雷族正在变成……嗯,混合体。先是黛西和她的幼崽们,现在又有了暴毛和溪儿。照这样下去,我们再也不是雷族了,而是泼皮猫和宠物猫的混合群。"

"鼠脑子!"松鼠飞对着黑莓掌的耳朵嘶嘶说道,"难道他忘了火星是从哪里来的?"

黑莓掌没有回应,因为鼠毛已经开口说话了。

"尘毛说得对,"她高声说道,"你接收了太多的外来猫。

我知道的武士守则,可不是这么教的。"她语气更加严厉地补充道,"你可以惩罚我,火星。我怎么想,就怎么说。"

火星用尾巴尖碰了碰她的肩膀,说道:"我不会惩罚你的,鼠毛。在关系族群利益的事情上,每只猫都有发言权。不过在这件事上,我认为你错了。"

鼠毛后颈的毛竖了起来,问道:"为什么?"

"因为雷族需要更多的猫。黛西到来之前,我们只有两位学徒,几乎没有幼崽。现在我们有了很多幼崽,但我们还需要强壮的武士保卫边界,保护营地。你也知道,在上次的森林大会上黑星和豹星说了什么。他们想要更多的领地,影族正试图移动边界,为此我们还和他们大打一场。"

"更不要说森林里还有狐狸和獾。"沙风补充道。

火星抽动了一下耳朵,对她的支持表示赞赏。"暴毛和溪儿还可以帮助训练年轻的武士。"他接着说,"溪儿知道很多我们闻所未闻的狩猎技能。"

"等我们领地里有一座大山的时候,她没准会派上用场。"尘毛冷冷地说道。

"我们说不好什么时候能用上那些技能,"火星回应道,"我们现在还在育婴室的幼崽,也需要老师——有更多幼崽出生的话,就会需要更多的老师。"

山谷里响起一阵不满的低语声。这时,雨须的声音响了起来:"但是有的雷族猫还从来没有带过学徒。"

日落和平

"暴毛也算是半只雷族猫,"黑莓掌说着,走上前去,站在火星身边,"你不能说他没有权利在这里。"

"的确是这样的。"火星感激地看了黑莓掌一眼,"虽然他是在河族长大,但是所有的猫都知道,他的父亲是雷族猫。"

"这就能解释得通了。"黑莓掌听到身边有一只猫低声说道,"为了让灰条的儿子进入族群,火星愿意做任何事。"

黑莓掌猛地转过头,正对上长尾失明的眼睛。他真想把这只虎斑武士的毛给扯掉,但最后却只是轻轻地嘶叫了一声。火星听见这话了吗?他心里想道。这些话是真的吗?暴毛长得跟他的父亲灰条很像,而且有着灰条的勇气和对朋友、族群的绝对忠诚。火星思念老友,心里亲近暴毛,其实并不意外。

"灰条和火星已经是很多个季节的朋友了,"刺掌对长尾说道,"他当然会觉得对灰条的儿子有所亏欠。"刺掌的语气平静,黑莓掌判断不出他是同意火星的决定,还是不同意。

"至于溪儿,"火星接着说,"我们看重的不是一只猫的出身,也不是她的孩子将来会成为什么。"

绝对赞同这话!黑莓掌在心里说道,我们的族长就是一只宠物猫,而他却是有史以来森林里最伟大的猫。

"最重要的是忠诚。"火星高声说道,"是现在忠诚于哪个族群,而不是过去曾忠诚过谁。忠诚需要每天得到证明,就在给族群带回来的每只猎物上,就在留给敌人的爪印上,就在每次巡逻中,就在每次训练中。"

"但是如果雷族与河族之间发生冲突的时候，"尘毛问道，"暴毛会怎么做？"

"你是说他会背叛我们吗？"黑莓掌怒吼道，转头看了一眼暴毛，发现暴毛正仔细地盯着自己的爪子，好像这些话都与他无关。

"我是说，他会在两个族群间左右为难。"尘毛反驳道，"难道你希望这种事发生吗？"

黑莓掌不得不承认，这位虎斑武士说得有道理。当初暴毛决定舍弃河族，和溪儿待在大山的时候，肯定感受到了这种痛苦。他被自己长大的族群赶出来，肯定再次感觉到了这种痛苦。但是他有别的选择吗？

"暴毛是我的朋友。"松鼠飞插话道，"他曾长途跋涉，前往太阳沉没之地。在崇山峻岭中跋涉时，是溪儿的部落接待了我们。还有，他们俩在獾群袭击雷族营地后，帮助了我们。要是没有他们，还会有多少雷族猫活下来？这就是你们对他们的回报吗？"

"这是两码事！"雨须大声说道，"我们可从来没有想过要永远待在部落。"

"还有，那也不是现在要考虑的问题，"鼠毛接着说道，"我们总得想想雷族的未来。"

"够了！"火星猛地一甩尾巴，"你们的话我都听到了，但我不会改变自己的想法。如果暴毛和溪儿决定离开，我们会提供应有的帮助。但如果他们想留下,我们会表示欢迎。会议就此结束。"说罢,他转过身,迈开大步朝通往巢穴的落石堆走去。

有几个心跳的时间,族猫们惊得说不出话来。火星从来没有这样咆哮过,他也从来没有对与他意见不合的武士发过脾气。黑莓掌猜想,让火星大发雷霆的,是他的宠物猫出身,也是他想给灰条的儿子提供帮助,这是他能为失踪的朋友做的最后一件事了。

看到火星进入了巢穴,族猫们三五成群地聚在一起,低声议论着,有的猫还满怀敌意地看着暴毛和溪儿。黑莓掌看得出来,不同意火星决定的,并不仅仅是尘毛和鼠毛。

黑莓掌在松鼠飞的陪同下,朝两位朋友走了过去。等他们靠近了,暴毛抬起头,琥珀色的眼睛里满是痛苦。

"我们要离开这里,"他说道,"我们不能让雷族因为我们而分裂。"

"你们哪里都不要去,"黑莓掌安慰道,"我不会让几只不怀好意的族猫把你们赶出去的。"不能像河族那样。他心想。"我去和火星谈谈,我们一定能想出办法的。"他向暴毛保证。

不等暴毛同意,黑莓掌便朝高石台走去。他听见松鼠飞在身后说:"去狩猎怎么样?就在几天前,我发现了一个狩猎的好地方,那里到处都是老鼠。"

黑莓掌把头伸进了火星的巢穴,发现族长正坐在窝里,眼睛死死地盯着崖壁。黑莓掌的突然出现,把火星吓了一跳。

"噢,是你呀!进来吧。"他眼神依然有些恍惚,"我依然

记得暴毛出生时的事情。灰条带着暴毛和羽尾去了河族,因为他觉得他们在那里会很安全,而且那里也需要他们。"

黑莓掌发出同情的低语声。他已经记不起那么久远之前的事了,那时候他还是只幼崽,和妹妹褐皮住在育婴室里。后来,褐皮也走了,成了影族的武士。忽然,一阵孤独感攫住了他的喉咙,让他对火星的痛苦感同身受。

"火星,我有话要和你说。"黑莓掌犹豫着说道。

"你想说什么?"火星的眼睛里又流露出惯有的火焰,"我觉得你是想让暴毛和溪儿留下来,对吗?"

"是的。你说族里需要新的武士,我认为你说得没错。但是……"黑莓掌的爪子抓挠着巢穴坚硬的石头地面,"我不知道你这样做对不对。"

黑莓掌原以为自己会因为出言不逊,耳朵上会挨一爪子,但火星只是用犀利的绿色眼睛凝视着他。

"继续讲。"

"雷族每只猫都对族群很忠诚。必要时,他们都会为雷族献出生命。但是尘毛和鼠毛认为——所有猫都这么认为——为了族群,他们必须实话实说。他们担心族群会变得衰弱。"

"那么,你的建议是什么?"火星咆哮起来,"向他们屈服?还是说仅仅因为族猫不喜欢他们的出身,就把他们赶出去?"

"我不是这个意思。但你必须让大家知道,雷族有着坚强的领导。让他们知道,没什么可担心的,让他们知道我们很强大,

日落和平

无论发生了什么，大家都会团结在一起。"

火星眯起眼睛："那你觉得我该怎么做？"

黑莓掌咽了一下口水。他知道自己必须说什么，尽管这些话就像坚硬的猎物堵在喉咙里。在他脑海中的某个地方，在他的梦产生的地方，他似乎听见虎星正怒不可遏地冲他吼叫着。但这些都不重要，他对族群的忠诚才是第一位的。

"你需要任命一位新的副族长。"

火星盯着他。黑莓掌从火星那犀利的眼神中看得出，火星清楚地知道自己在说什么。

但是族长却只问道："为什么？"

"因为一个团结的领导集体——两只忠诚的猫一起负责——能让族猫们更相信，尽管遭到了獾群的袭击，但我们又再次强大了起来。难道你不知道有很多武士像黑星那样讥笑我们，说我们很弱小吗？"

火星后颈和肩膀上的毛全竖了起来，但是他的声音却很柔和："弱小？我倒是希望黑星敢当着我的面说出来。"

"弱小！"黑莓掌重复着，深吸了一口气，说道，"如果没有副族长，族群就很脆弱，因为其他族会把这当作弱点，更有可能发起攻击。影族已经行动了，试图把气味标记设置在我们的领地内。如果我们对这些事情放任不管，那会很危险。火星，所有的猫都知道，你对失去灰条有多么难过，但是你必须任命一位新的副族长。"

火星的绿眼睛凝视着巢穴的墙壁，似乎目光能穿透石头，看到黑莓掌根本猜也猜不到的事情。"你还记得吗？"火星语气温和地说，"你刚当上武士的时候，有一次我不得不离开族群一段时间，灰条答应我保护族群的安全。他对我说，'我会等着你，无论多久，我都会等着你。'你认为，我不应该以同样的方式对待他吗？"

"不，火星。"听到火星回忆老友的话语中充满了痛苦，黑莓掌也感到非常难过，"但如果你是在半路上死了，灰条早晚也得接受这个事实。"

火星急速甩动尾巴，说道："灰条没有死！除非来自星族的信号表明，灰条已经死了，否则，我永远不会放弃希望。"

"星族并非无处不在。"

一个新的声音响起，火星惊呆了。黑莓掌回过头，看见沙风站在洞穴的入口处。她说得对，在大山里，徘徊在天空的是杀无尽部落，星族对那里并不熟悉。如果灰条依然活着，或许正行走在不同的天空下，因此星族也不知道他的命运。

沙风走进巢穴，来到火星跟前，用鼻子碰着他的鼻子。"我知道这很难接受，"她说道，"灰条也是我的朋友。但是，我们也许该接受他不会回来的事实了。"

火星怔怔地看了她一会儿，然后看向黑莓掌，眼睛里满是受伤和被背叛的神情："你们两个怎么也怀疑我？你们这么快就放弃希望了？"

日落和平

沙风在他的身边坐下,轻弹了一下尾巴,示意黑莓掌离开。黑莓掌点了一下头,转身离去。他敬佩沙风的智慧,希望她可以说服伴侣兼族长,让火星接受最亲密的朋友永远不会回来的事实。同时他也觉得有些失望,火星竟能如此无视现实。除了火星自己,所有的猫都知道雷族需要一位新的副族长。如果火星拒绝承认这一点,黑莓掌心里不由得暗想,那他将要面对的,就绝不会是一次让他没有想到的族群会议那么简单了。

第十七章

族群会议结束以后，叶池回到了巢穴，开始忙着给一直抱怨爪子皴裂的金花制作著草糊。不安如浓雾一般环绕着她。火星自从当上族长以后，从来没有被族猫质疑过。雷族猫信任他，才使得他们走过漫长的旅程，找到了新家。族猫这次是怎么了？难道他们真的忘了火星为大家所做的一切？

她也有其他的担忧——令她琢磨不透的预言。她想起羽尾的警告，也想起蓝星在梦中说过，她的道路将会有出乎意料的磨难。我不相信这是真的，叶池对自己说，但如果这是真的，我又该怎么办？

叶池把这些令她不安的想法抛到脑后。她用叶子托住药糊，准备送到长老巢穴去。就在这时，黑莓屏风的外面传来了爪子落地的声音。她以为是谁病了，或受了伤，于是把头探出巢穴，却发现迎面而来的是父亲。

"火星！"叶池大喊道，"你什么地方不舒服吗？"火星看上去一副无精打采的样子，绿色的眼睛没有一点精神，尾巴也拖在了地上。

日落和平

火星摇摇头。"我很好，"他的话根本无法让叶池相信，"你母亲说，我应该过来和你谈谈，她认为我需要听听巫医的建议。"

叶池示意他坐在巢穴入口外面的蕨叶中。那里有阳光照耀，很暖和，而且黑莓丛把它和营地其他地方隔开了。叶池在火星的身边坐下，尾巴灵巧地卷起来，放在爪子上，轻声说道："需要我做什么？说吧。只要能帮忙，我什么都愿意做。"

火星叹了一口气："黑莓掌找我谈了。他认为灰条已经死了，我应该任命一位新的副族长。沙风也同意他的看法。你认为他们说得对吗？"

叶池感到皮毛一阵刺痛。无论她多想忽略自己的感受，但当看到黑莓掌和鹰霜、虎星在黑森林里相见以后，她一直就很难信任他。但是该怎么给火星讲呢？火星又会怎么做呢？毕竟在醒着的世界里，黑莓掌忠于雷族，精力充沛。再者说，一位真正的巫医怎么会走进星族以外的梦中呢？把黑森林里看到的一切讲出来怎么会是她的巫医职责所在？

叶池不知道黑莓掌提出这个建议，是不是因为希望火星选他当副族长。她从黑莓掌琥珀色的眼睛中看到了野心，而且知道他渴望得到权力。但她提醒自己，黑莓掌从来没有带过学徒，因此当不了副族长。所以，他提出这个建议，肯定是为了族群利益，而不是出于自己的野心。她一直在刻意寻找他的阴暗面，或许对黑莓掌并不公平。

火星等着叶池的回话，绿色的眼睛很有耐心地看着她。"灰

条真的不可能回来了吗?"他问道,"星族给过你跟他相关的信息吗?"

叶池摇摇头,她知道这次要相信自己心底的声音。"我认为,你应该接受灰条已经死亡的事实。"她对父亲说道。看到父亲痛苦的样子,她的声音开始颤抖起来。

"我们已经失去了那么多的猫,"火星说道,"灰条和炭毛都是我最亲密的朋友。"

"全族的猫都会为他感到难过,"叶池告诉火星,"暴毛也会。"

叶池的话似乎把暴毛召唤了过来。她瞥见深灰色皮毛武士出现在空地上,和他一起的有溪儿和松鼠飞——他们狩猎回来了。

"在这里等着。"叶池对父亲说完,跑出去找暴毛。

等叶池跑过去时,暴毛正在放下嘴里的猎物。"我需要你过来和火星谈谈,"她对暴毛说,"我认为他需要你。他……他正在考虑是应该任命一位新的副族长,还是继续等灰条回来。"

暴毛眼中充满了困惑,犹豫了一会儿,然后点点头。"你单独待会没事吧?"他问溪儿。

部落猫点点头说:"不要担心我,我没事。"

"放心吧,她不会有事。"松鼠飞补充道,"我们待会儿就去空地,练习几个战斗动作。"

暴毛一直看着她们俩再次走出营地,这才去追赶正走回巢穴的叶池。火星依然坐在蕨叶中,眼神有些呆滞。

"灰条是我遇到的第一位族群猫。"他茫然地说道,"我从

238

日落和平

主人的花园里溜了出来,他跳到了我的面前。在那之前,我听说过森林里的野猫的故事,但我从来没有见过。作为朋友,没有谁比得上他。"

"或许作为父亲,也没有谁能比得上他。"暴毛扫了一眼叶池,他已经清楚是怎么回事了。他走过去,坐在火星身边,说道:"如果灰条真的还活着,即便是星族,也拦不住他回来见我们。"

"也有可能他被两脚兽给关起来了。"火星说道,"我不相信我再也见不到他了。"

暴毛把尾巴尖搭在火星的肩膀上说:"我知道这很难。我和所有的猫一样,都希望灰条还活着,但是生活仍要继续。"

火星沉默了很长时间。然后他转过头,直直地看着暴毛,说道:"你认为我该任命新的副族长吗?"

暴毛迎着火星的目光。"你必须做你认为该做的事情。"暴毛说道,"我知道,对灰条来说,什么都比不上你的友情和他的族群。即便是在河族的时候,他也一直梦想回到雷族。就算他再也回不来了,我相信他也愿意看到雷族变得更加强大起来。"

叶池觉得自己的心都要碎了。灰条死了,这是多么、多么难以接受的事实啊!

火星长叹了一口气。"你知道,你跟他很像。"他对暴毛说道。

暴毛的眼睛里闪动着自豪的光芒。"我多么希望自己能像他一样呀!但作为武士,我连他的一半都不如。"他抽动了一下耳朵,坐得更直了,似乎不想再想这件令他伤心的事情。"对

239

不起，火星，"他说道，"我和溪儿给你添麻烦了。我们从没想过要在雷族一直待下去。"

"我知道。"火星说道，"只要你愿意留下，我们很欢迎。我知道你有别的效忠的对象，但只要你们没返回部落，这里就是你们的家。"

暴毛低头致意："谢谢你。"

火星站起身来。他把鼻子贴在暴毛的头上，就像是在任命一位新武士。过了一会儿，他弓起背，伸了个大大的懒腰，走到外面的空地上。

"所有能独自狩猎的猫，请到高石台下集合，参加族群会议！"

火星的喊声里充满了自信，但是叶池知道他的心里有多痛。她和暴毛跟着火星走出黑莓屏风。太阳已经落山了，石头山谷里布满了血红的阳光。火星皮毛闪闪发亮，站在空地中央，等着族猫们集合。他没有站在高石台上，而是要直面族猫的质疑。现在，他要说出自己不愿说出的话，和族猫们一起承受痛苦。

叶池看着众猫们从空地各处围拢过来。黑莓掌最先从武士巢穴出来。他身后跟着尘毛、云尾和亮心。蜡毛从猎物堆旁站起身，来到了群猫后面。蕨毛和香薇云双双从育婴室走了出来，黛西则带着幼崽们站在入口处。两位学徒和他们的老师待在一起。长老们从榛子树丛下的巢穴中走了出来，金花一瘸一拐地领着长尾。叶池这才想起药糊还没给金花送过去，心里不由得一阵愧疚。

日落和平

最后,松鼠飞和溪儿从荆棘通道里冲了出来,飞快地跑到叶池和暴毛身边。

"我们听见火星在空地上大喊,"松鼠飞气喘吁吁地说道,"发生什么事了?"

"你自己听吧。"这是叶池唯一能说的。她心里太难受了,什么话也说不出来。

火星一直等到所有的族猫都到齐了。"雷族众猫们,"他说道,"我从来没想过这一天终于到来了。大家都知道,灰条在旧森林的时候,被两脚兽抓走了,之后我们再也没有见过他。从那时起,我一直认为他还活着,相信总有一天,他会回来。但是现在……"

他说不下去了。他低头站了一会儿,再次挺直身子,声音更加坚定。

"我必须直面事实,雷族再也不能没有副族长了。"他抬头看着正在暗下来的天空,在山谷正上方的天空中出现了一位星族武士,"灰条死了。"

全族瞬间一片死寂。除了林间轻轻的沙沙声,叶池什么都听不到。雷族武士们相互看着,眼睛里满是震惊和悲伤。接着,大家开始窃窃私语起来,声音中有同情,也有无奈。叶池看见包括鼠毛在内的几只猫,都在难过地点头,认为火星这么做是对的。火星再次得到了他们的支持,但是叶池知道,火星为此付出了什么样的代价。

"今天晚上我们要给灰条守夜,"火星继续说道,"月上中天之前,我将任命新的副族长。"

最后一缕日光在众猫的皮毛上跃动,他们转移到空地中心,蜷伏下来。恍惚间,叶池觉得灰条那强壮的身躯就在他们中间。

"他是我的老师,"蕨毛说道,"我从他那里学到的东西,比从任何一只猫身上学到的都多。"

"我们一起训练,"尘毛说道,"我们一起战斗,一起狩猎。我们有时候会争吵,这个星族都知道,但是我一直都知道,他值得信任。"

"他从不轻言放弃,为了族群随时愿意投入战斗。"沙风说。

火星一动不动站在高石台下,但是他提高了声音,最后说道:"他对族群忠诚,是最值得信赖的朋友。星族将以他为荣。"他的声音再次颤抖起来,不过这次他没有试图压抑自己的感情,深情地说道:"再见了,灰条!愿星族照亮你的路。"

火星低下头,慢慢地朝落石堆走去,他爬进巢穴,独自悲伤。

叶池与其他猫站在一起。除了窃窃私语声,周围一片寂静。夜色越来越浓,星族在头顶上聚集起来。它们是在欢迎新武士吗?上次在月亮池看到星族时,并没有看见灰条的身影。也许灰条只是在不同的天空下,也许他并没有死。

叶池不安地挪动着爪子,目光看向通往火星巢穴的裂缝。就算灰条没有死,叶池也同样坚信,雷族需要一位新的副族长。无论灰条是否活着,他都无法再履行副族长的职责了,不能赋予族

日落和平

群力量。

叶池抬头看着头顶的银毛星带。"求求你们了，给我发送一个预兆吧！"她轻声祈祷着，然后闭上眼睛，等待星族发送梦境。

叶池发现自己来到了一座森林。正是新叶季，天气晴朗，阳光在苔藓和蕨叶上闪烁着金色的光芒。她以为这里是山谷附近，但本该是通往入口的路上，她却看到了浓密的黑莓丛。

空气中充满了雷族猫的气息，黑莓丛中传来幼崽们快乐的尖叫声。叶池好奇地跳到最近的一棵树上，一直爬到能看见黑莓丛另一边的情景才停下。

叶池俯视着雷族营地。她看见熟悉的巢穴，整整齐齐的猎物堆，看见族猫们有的走来走去，有的四肢向上躺着，懒洋洋地晒着太阳。但是空地周围却不是崖壁，而是高高的黑莓丛。

突然，叶池从树枝上俯冲下来，像鸟儿一样，在最高处的黑莓藤须上方盘旋起来。这时，她看清了浓密的黑莓丛屏障，每一根枝条上都有刺。但是等她再仔细看的时候，才发现那根本就不是刺，而是猫爪——一只只强壮有力，弯曲着，爪尖弹出，阻拦着雷族的仇敌。

黑莓掌的爪子！黑莓掌在保护雷族的安全。

叶池一下子醒了过来。周围的众猫还在为灰条守夜。银毛星带在头顶闪耀着，月亮轻轻掠过树梢，在空地上投下淡淡的影子。马上就要到月上中天的时候了，火星必须任命新的副族长了。

叶池浑身一颤，急忙坐了起来，用一只爪子抹了一把脸。她

曾向星族祈祷，现在它们已经给了她一个再明白不过的信号：黑莓掌就是他们需要的保护雷族的猫。即便他从没有收过学徒，即便星族武士知道他和鹰霜、虎星经常在梦中见面，他依然是星族选中的猫。

为了不打扰正在默哀的族猫，叶池轻轻站起身，抻开前肢，伸了一个大大的懒腰，然后就朝族长的巢穴走去。

叶池走进父亲的巢穴，发现火星正蜷伏在窝里，爪子收在身体下面，眼中的悲伤已经褪去。她不由得舒了一口气。火星陷入了深深的思考中，听见动静，吓了一跳。

"叶池，是你吗？你有事吗？"

"我要和你谈谈，火星。星族给我传送了一个信号。"想到月亮正在营地上空慢慢攀升，叶池用很快的速度给火星讲了一遍自己刚才的梦。

"黑莓掌？"等她讲完，火星说道，"是的，他是一位优秀的武士。他会成为优秀的副族长的。"火星在苔藓和蕨叶铺成的窝里动了一下。"我差一点就要任命蕨毛了。"他接着说道，"他也会是一位称职的副族长，而且他也是一位忠诚的武士。但是我必须时刻铭记，要选的不仅仅是副族长，而且是雷族的下一任族长。可是不知怎么的……我总有些不太确定，蕨毛就是那只猫。"

"黑莓掌可能是。"叶池说道，"我知道他还没有收学徒，但如果星族真的介意的话，就不会给我这个梦。凡事总是有例外的——雷族从来没有像今天这么缺学徒。我……我真的相信黑莓掌是副族长的最佳选择。"虽然叶池一直对黑莓掌充满怀疑,但她不能无视黑莓掌的勇气和武士技能,也无法忽视黑莓掌在带领同伴前往太阳沉没之地,并带回能拯救所有族群的信息的过程中,所表现出来的坚定意志。黑莓掌曾经被星族选中过,这可能是星族要走的下一步。

火星若有所思地点点头。"谢谢你,叶池。"他站起身,快速整理了一下皮毛,"走吧,时间到了。"

火星走出巢穴,站到高石台上。叶池跟在身后,然后站在他的身边,看着下面的空地。众猫知道马上要到月上中天了,已经开始在空地上聚集。他们都抬头看着高石台,眼睛里都反射着淡淡的月光。

"任命新的副族长的时刻就要到了!"火星大声说道,"当着星族,当着祖先的灵魂,当着灰条的灵魂——无论他在哪里——我希望它们能听到,并赞同我的决定。"

他顿了一下,似乎依然不愿放弃灰条会回来的最后一线希望。但是他接下来的声音更加响亮:

"雷族新的副族长是黑莓掌。"

下面的众猫发出惊讶的低语声。"什么?那个爱发号施令的毛球?"蛛足大声说道。当意识到自己说话声音很大的时候,他顿时一脸的尴尬。

叶池发现每只猫的脸上都露出惊讶的表情,但是最惊讶的莫过于黑莓掌自己。他惊讶得瞪大了琥珀色的眼睛。"但是我从来

没有带过学徒！"他脱口而出。

"这违背武士守则。"尘毛直接表示反对。

"火星，你觉得自己可以想做什么，就做什么吗？"因为生气，鼠毛干瘦的身体绷得紧紧的，"我们想要一位能让族群强大的副族长，而不是我们无法信任的青涩年轻猫。"

"谁说我们不能信任他？"松鼠飞不服气地叫道。

"安静！"火星猛地一甩尾巴，"黑莓掌经历的事情，森林里没有几只猫能跟他相比。至于他还没有收过学徒，很快就能解决。黛西的幼崽们很快需要老师了，等幼崽一长大，黑莓掌就可以当小莓的老师。"

虽然周围的气氛很紧张，但当叶池听到育婴室那边传来的高兴的尖叫声时，还是抑制不住自己心中的快乐。她抻长脖子，透过树枝，看见小莓正激动地追逐着尾巴。

"但这并不是我选择黑莓掌的唯一理由。"火星接着说，"叶池，请把你的梦告诉大家。"

叶池上前一步，走到高石台的边上，把星族发送给她的信号，以及黑莓掌如何保护族群安全的事情讲了一遍。等说完了，她看到尘毛点了点头。

"我不能质疑星族的意志。"尘毛说道。

"但是我能！"让叶池惊讶的是，说这话的是蜡毛。他直接走到了高石台下面。月光下，他那淡灰色的皮毛变成了银色。他没有面对族长，而是转身对着众猫说道："松鼠飞是黑莓掌的伴

侣，而我们的巫医则是松鼠飞的姐姐，难道没有猫觉得这件事很奇怪吗？巫医在这个时候肯定会得到黑莓掌是副族长的征兆，不是吗？"

叶池感觉后颈的毛立了起来。蜡毛怎么敢说她编造谎言，帮助妹妹的伴侣当上副族长？即便他对松鼠飞和黑莓掌在一起心怀不满，也应该明白巫医是从来不会撒谎的。

"蜡毛，你……"叶池开口说道。

但是她的话却被松鼠飞愤怒的斥责声盖住了："有胆你就再说一遍，狐狸屎！"

这位暗姜黄色武士冲向蜡毛，却被黑莓掌拦住了。黑莓掌用尾巴缠住她的脖子，跟她说着什么。黑莓掌说得很快很急，而且声音很低，叶池没有听清楚。

"还有谁赞成蜡毛的话吗？"火星平静地问道。

叶池看见蛛足不安地来回看着，张了张嘴，但接着似乎又改变了想法。

"我们都不赞同蜡毛的话。"蕨毛大声说道，"叶池是一只诚实的猫。如果是星族选择了黑莓掌，我们就没有什么可说的了。我认为黑莓掌会成为伟大的副族长。"

黑莓掌上前一步，离开松鼠飞时，又警示似的看了她一眼。他冲蕨毛点点头，然后又冲火星点点头。"谢谢你们，"他说道，"我知道我永远取代不了灰条在族群的位置，但是我会尽力成为雷族称职的副族长。"

火星走出巢穴，站到高石台上，叶池跟在他的身后。

任命新的副族长的时候就要到了！

他顿了一下，似乎依然不愿放弃灰条会回来的最后一线希望。

当着星族，当着祖先的灵魂，当着灰条的灵魂——无论他在哪里——我希望它们能听到，并赞同我的决定。

雷族新的副族长是黑莓掌。

下面的众猫发出惊讶的低语声。

什么？那个爱发号施令的毛球？

这违背武士守则。

叶池发现每只猫的脸上都露出惊讶的表情，但是最惊讶的莫过于黑莓掌自己。

但是我从来没有带过学徒！

火星，你觉得自己可以想做什么，就做什么吗？

谁说我们不能信任他？

我们想要一位能让族群强大的副族长，而不是我们无法信任的青涩年轻猫。

族猫们围着黑莓掌，皮毛拂着他的皮毛，喊着他的名字，向他表示祝贺。叶池内心的紧张慢慢散去。暴毛和溪儿首先对黑莓掌表示祝贺，甚至连鼠毛也对黑莓掌表示祝贺。唯一没有围过去的是蜡毛，他独自朝武士巢穴走去。

众猫开始离开空地，有的去了巢穴，有的继续为灰条守夜。就在这时，叶池看见一只猫紧紧跟着黑莓掌。这是一只健壮的公猫，肩膀宽阔，和黑莓掌有着同样深色的虎斑花纹。这个身影一闪即逝，但叶池还是看见了他那强有力的弯曲的爪子，看见了他那琥珀色眼睛里发射出的胜利的光芒。

虎星一直阴魂不散地跟着他的儿子。火星宣布黑莓掌为副族长时，他就在黑莓掌身边。

第十八章

黑莓掌在黑森林里飞奔。他感觉每条腿、每根毛都有使不完的劲。他迫不及待地要把这个消息告诉鹰霜和父亲。火星宣布决定的时候，他简直不敢相信。但这一切都是真的。不仅是火星，就连星族也选了他。现在，他终于有机会在全族面前展示自己的才华了。

黑莓掌飞快地跑进空地。虎星在岩石上等着，鹰霜则坐在下面的地上。"虎星！"他气喘吁吁地说，"我有好消息告诉你！"

虎星琥珀色的眼睛紧紧地盯着他，眼神里洋溢着自豪和满意的神情。黑莓掌这才意识到，虎星已经知道了。"雷族副族长，"虎星说道，"你表现得不错。"

"副族长！"鹰霜大声喊道，黑莓掌看见他冰蓝色的眼睛里闪过一丝嫉妒，"你没有带过学徒也能当上？"

"我是星族选中的，"黑莓掌解释道，"它们给叶池发送了信号。"

虎星厉声说道："在这里别提什么星族。你是通过自己的技能和从我这里学到的东西，才得到了这个职位。不过，在权力即

将落入你的爪子里的时候，你差点就让它溜走了。"虎星的眼神变得阴沉起来，黑莓掌急忙暗暗鼓励自己，这才没有被吓住。"你为什么要提醒火星，自己没带过学徒？"虎星斥责道。

"对不起！"黑莓掌说道，"我当时太吃惊了，简直都不敢相信。"

虎星点了点头，黑莓掌这才松了一口气。"或许也不能算是很愚蠢吧！"虎星说道，"这样一来，族猫就不会再说你用了不公平的手段去谋取副族长的职位了。"他用舌头舔舔嘴，扭头看着鹰霜，说道："还有你，你很快就能当上副族长了。"

鹰霜卷起嘴唇，露出尖尖的牙齿："我觉得我当不上副族长，因为豹星和雾脚看起来似乎能永远活下去。"

虎星猛地甩了一下尾巴，骂道："我的儿子岂能言败。豹星是几个族长中年纪最大的，等她去了星族，雾脚还会选别的猫当副族长吗？别忘了，你曾经当过副族长。"

鹰霜点点头，似乎想要努力摆脱不爽的心情。"祝贺你。"他对黑莓掌说道。

"谢谢！"黑莓掌回答道，"我相信，用不了多长时间，你也能当上副族长。"

"不说这件事了。"虎星摆了摆尾巴，说道，"我们还有很多计划要去实施。你们俩注定会统治整个森林，所有的猫都将按照你们的吩咐行事。如果你们不发话，任何猫都不敢咬猎物一口。"

日落和平

　　鹰霜的眼睛亮闪闪的,黑莓掌却不由得后退一步。虎星在说什么?从当上副族长到统治整个森林,这一步跨得实在太大了。

　　"你这是什么意思?"黑莓掌问道,"怎么能……"

　　虎星咆哮一声让他闭嘴:"等你们都当上了族长,鹰霜将负责影族和河族。这两个族群会很欢迎他的,因为我曾经当过他们的族长,而鹰霜是我的儿子。还有你,黑莓掌,将领导风族和雷族。"

　　"但是一星领导着风族!"黑莓掌说道,"而且很多个季节以来,他们一直就是雷族的盟友。"

　　虎星的尾巴尖抽动了一下:"这正是为什么让你去控制风族的原因。风族这些软弱的傻子已经习惯听命于雷族了,因此他们根本就不会觉察出有什么不同。"

　　黑莓掌盯着父亲,虎星眼神中的那股坚定让他感到害怕。"但是这里一直都是四个族群。"他反对道。但是他也知道,自己的这些话听起来非常无力。

　　"在旧森林时,的确是这样。"虎星抖了一下耳朵,"但现在一切都变了,或许有四个族群这件事也该变一下了。如果你们有足够的能力,就能做到这一点!"

　　有好几个心跳的时间,黑莓掌沉浸在父亲对未来的美好愿景中。这太具有诱惑力了!他想象着自己控制着大片的领地,有两个族群的强壮武士听候调遣。他非常清楚,自己能当好族长。星族选他当雷族的副族长,或许这只是他取得辉煌成就的一小步。

　　"我们当然有能力。"鹰霜说道,"在下次森林大会的时候,

我们就应该开始同我们未来的族猫交朋友,这样,等我们要夺取权力的时候,就能得到他们的支持了。"

虎星点点头,但这些话却让黑莓掌很不安。他在风族已经有朋友了,但如果他想夺取风族,他们不但不会支持他,还会认为他背叛了他们。黑莓掌看了一眼正等他表态的鹰霜,不置可否地咕哝了一声。在没有把这一切彻底想清楚前,他不会去做任何事。

"森林大会是获取权力的最佳时机,"鹰霜补充道,他的眼睛里发着亮光,"黑莓掌,等你和我都成了族长,我们就可以选出最强壮的猫,和我们一起参加森林大会……"

"要选那些会毫不犹豫执行你们命令的猫。"虎星打断了鹰霜,并冲他点点头,似乎已经猜出儿子的计划,眼睛里露出赞成的神色。

"当然,到那个时候,我们只需杀死两位族长,趁他们困在岛上的时机,把他们的族群接管过来。"

"什么?"黑莓掌觉得自己后颈的毛竖了起来,他简直不敢相信自己的耳朵,"在森林大会上?"

"是的——这是整个计划最精彩的部分,"鹰霜说道,"没有哪只猫会想到的。"

"你们只需要派两位强壮的武士守在树桥的尽头就行。"虎星补充道,"这样一来,就没有哪只猫能逃出去了。"

黑莓掌不由得后退一步,说道:"你们怎么会有在森林大会上大开杀戒的想法?如果我们破坏了休战协议,星族永远都不会原谅我们。"

鹰霜耸耸肩说:"上一次在森林大会上族猫之间发生争斗,星族已经很生气了——这是青面说的——但是我也没看到哪只猫因此而受伤啊!"

"一切皆有可能。"虎星的声音从胸腔深处发出,他那琥珀色的眼睛恶狠狠地瞪着黑莓掌,"如果你继续对星族唯唯诺诺,就永远也成不了强大的族长。或者,你是害怕爪子沾上鲜血?"

"我什么都不怕,"黑莓掌反驳道,"但我不会在森林大会上大开杀戒。"

鹰霜走到黑莓掌跟前,尾巴轻轻掠过黑莓掌的肩膀。"别那么生气,"他劝道,"只是说说而已。如果你不喜欢,我们还有别的方法。"

"最好是好些的方法。"黑莓掌不想再继续讨论这个话题。因为他发现,在虎星那琥珀色的眼睛注视下,他很难随心所欲地发言,甚至都无法仔细思考。

"这件事,我们要好好谋划一下。"黑莓掌吓了一跳,他的同父异母的弟弟似乎看透了他的心思,"我们为什么不在醒着的时候见面谈呢?"

这样做也没什么害处。黑莓掌心里做出了决定。父亲不在场的时候,如果能跟这位同父异母的弟弟好好谈谈,没准可以知道鹰霜的真实想法。他没准还可以说服鹰霜,领导自己的族群就足够了,不要试图吞并其他族群。

"好吧,"黑莓掌答道,"那我们在哪里见面?"

"在你们的领地上吧,"鹰霜说道,"你现在是副族长,我脱身要比你容易些。"

黑莓掌点点头,觉得鹰霜的话有道理。"那么就在湖边吧。就在影族边界外延伸到湖边的那片树林吧,我们在那里见面。"他心想,这样一来,鹰霜就可以如族群之间约定的那样,待在距湖边两尾远的距离内了,即使被发现,也没有猫能责怪他了。

"好吧,"鹰霜表示同意,"我们两天后的日出时分见面。你明天一整天都需要习惯新的职务。"他边说边友好地轻轻摇动着尾巴。

"太好了!"虎星的声音在喉咙里轰鸣着,那是这只凶猛的猫最接近满意的呼噜声,"走吧。我们很快会再见面的,到时候再讨论你们制订的计划。"

黑莓掌转身就要离开,却忽然听到鹰霜的喊声,于是停了下来。他那同父异母的弟弟冰蓝色的眼睛正异常明亮地盯着他。

"你不会忘记我们见面的事吧?"鹰霜说道。

"不会,当然不会。"

"记住,通往权力的道路充满了艰辛,经常需要做出艰难的抉择。"虎星提醒道。

虎星目光坚定地凝视着黑莓掌。有那么一个心跳的时间,黑莓掌觉得自己就像猎物一样被困住了,不知该往哪里逃。

"我不害怕,"黑莓掌试图让自己的声音听起来充满自信,

日落和平

"我会去的,不用担心。"

"嘿,醒醒!"一只爪子狠劲地戳着黑莓掌的腹侧,"你打算一直睡到枯叶季吗?该派出巡逻队了。"

黑莓掌一下子睁开了眼睛,发现松鼠飞正俯身看着自己。"你现在是副族长了,"她提醒道,"你难道忘了吗?"

黑莓掌赶紧爬起来,抖掉皮毛上的苔藓和蕨叶。为了掩饰自己的慌乱,他飞快地舔了一下胸部的皮毛。自从族群来到新家以后,一直由资深武士分担副族长的职责,现在这些职责都落到了他的肩膀上。

我应付得了!黑莓掌对自己说。

蒙蒙的亮光,已经透进武士巢穴,黎明巡逻队应该马上出发了。

"好吧。"黑莓掌说道,"我来带领黎明巡逻队。松鼠飞,你想跟我一起吗?云尾、雨须,你们也一起去吧!"

云尾张开嘴巴,打了一个大大的哈欠,咕哝道:"悉听尊便。"他用尾巴尖抚弄着雨须的鼻子,把他弄醒了。雨须猛地坐了起来,四下里看看,似乎有些不明白发生了什么事。

"沙风,"对资深武士下命令,让黑莓掌觉得有些不好意思,"由你来组建一支狩猎巡逻队,好吗?"

姜黄色母猫赞同地点点头。"派出两支巡逻队是个不错的主意,你觉得呢?"她建议道,"你想让谁领导另一队?"

"嗯……尘毛，你来领导怎么样？"黑莓掌原以为尘毛会大发雷霆，因为要被这样一只年轻的猫调遣，但尘毛只是伸伸懒腰，低声说道："好的。"

"黑莓掌，要知道，"沙风的声音里带着笑意，"你不用担心，只管发布命令就行。你是副族长，就应该这样。"

"谢谢你！"黑莓掌说道。为了让自己的话更有说服力，他又补充说道："我会永远忠于族群，只要还有一口气在，就会为族群奋斗不已。"

黑莓掌带领巡逻队穿过荆棘屏障，沿着斜坡，朝影族的边界走去。一路上，他都在心里重复着刚才的话。这些话发自肺腑。对他来说，没有什么比让雷族猫过得幸福更重要的了。他要让森林里所有的猫都知道，他会成为伟大的副族长。在下一次的森林大会上，火星会向其他族群通报他成了副族长，他也可以和雾脚、灰脚以及黄毛一起，坐在橡树的根部了。可让他感到有些可惜的是，离下次森林大会的召开还有半个多月的时间！

当巡逻队来到边界时，黑莓掌暗自希望能碰到影族巡逻队，这样就可以跟他们提到自己的新职位了。但是一切都静悄悄的，影族猫的气息已经变淡了，说明他们的黎明巡逻队离开这里已经有一段时间了。黑莓掌焦躁得浑身刺痛。他多想把自己当上副族长的消息告诉其他猫啊！他几乎觉得，就算是有只老鼠从眼前跑过，没准他也会拦下老鼠，告诉它，将要吃掉它的是雷族的副族长。

等黎明巡逻队回来的时候，狩猎队正带回来第一批猎物。黑

日落和平

莓掌派桦爪和白爪把猎物给长老们、火星和巫医送去。然后，他把剩下的猫召集起来，开始分配第二天的巡逻任务。他可不想再像今天早上这般慌乱，而且，他还想腾出时间去见鹰霜。

黑莓掌正在发布命令的时候，小莓急匆匆从育婴室跑了出来，在他面前猛地停了下来。"我也想去巡逻，"他大声说道，"可以吗？"

"不行，"黑莓掌坚定地告诉他，"等你当上学徒才可以去。"

"到时候你会带我去，对吗？"

"当然。"

小莓双眼发亮。"我要成为副族长的学徒了。"他向附近的猫大声宣布道。

黑莓掌用爪子友善地戳了他一下，然后继续发号施令："香薇云！"

"嗨，爱指挥猫的这位，"松鼠飞的声音中带着一丝笑意，她用尾巴尖轻轻弹了一下黑莓掌的耳朵，"你已经安排香薇云参加狩猎巡逻队了，她不可能同时参加黎明巡逻队的。"

"对不起，"黑莓掌对一头雾水的香薇云说道，"你和尘毛去狩猎。我找别的猫去参加黎明巡逻队。"

"等一会儿再安排也行！"松鼠飞劝道，"你应该先过来吃点东西。"她带头来到猎物堆旁，转头看着黑莓掌说道："副族长也是要吃东西的，对吧？副族长也不会是一直忙着吧？"

黑莓掌放松下来。尽管松鼠飞的语气里不乏取笑之意，但她

绿色的眼睛里闪动着温情与爱意。如果松鼠飞知道，他已经安排好明天去见鹰霜，她还会亲近他，还会这样含情脉脉地看着他吗？

他知道答案是什么。如果松鼠飞知道了真相，他将会永远失去她。此外还会失去什么呢？当年火星揭露了虎星企图杀死蓝星的阴谋，结果虎星被撤销了副族长的职位，并被赶出了族群。如果他与鹰霜、虎星见面的事情暴露了，同样的事情也会发生在他的身上吗？

黑莓掌试着告诉自己，没有哪只猫能发现他的秘密。但是在绿叶季温暖的阳光里，他却止不住地颤抖着。我并不打算杀死任何一只猫。他对自己说道。他只是想让雷族再次强大起来。他的族群没有副族长的时间太长了，现在，他们有了副族长。黑莓掌知道，为了不辜负星族的信任，他愿意做任何事。

第十九章

当叶池前去月亮池参加集会的时候，因为不安，她感到皮毛一阵阵地刺痛。黑莓掌当上副族长的第一天，一切都很顺利，他发布命令时沉着而不失威严，巡逻时比其他猫都卖力。但是她无法忘记，当火星宣布他为副族长的时候，虎星那阴魂不散的身影。不知怎么的，她清楚地知道，黑莓掌依然在与他那阴险的父亲见面，而这有可能把整个族群置于危险的境地。

叶池希望在月亮池与星族交流时，能得到一些预兆。她穿过森林，来到小溪附近的树林里。树林离踏脚石很近，青面和蛾翅正在等她。在朦胧的暮色中，叶池辨认出那里还有另外一只身材较小的猫。是柳爪！叶池竟然忘了，今晚就是这只灰色母猫正式被星族接受、并成为蛾翅学徒的日子了。

"你们好，"叶池朝他们跑了过去，"柳爪，见到你真高兴。"

柳爪不好意思地低下头，她的眼睛闪闪发光，激动得几乎说不出话来。"你好，叶池，"她说道，"能来这里真好。"

这位学徒并没有提到她们共同做的关于找猫薄荷的那个梦，叶池松了一口气。青面可能有所耳闻，他也许会觉得奇怪，蛾翅

的学徒竟然由其他族群的巫医来指导。

"小云呢？"叶池问道，"他一般是不会迟到的。"

青面耸耸肩说："不知道。没准他已经走到前面去了。"

"我们最好快点走，月亮就要升起来了。"蛾翅说道。

叶池看得出，她的这位朋友浑身的皮毛都散发着紧张。她能理解，蛾翅本身并不相信星族，现在却要向星族举荐自己的学徒，对于将要发生的一切，蛾翅肯定心里没底。也许，星族会因为蛾翅无法接收星族的信号，而不接受柳爪。

不会的！叶池安慰自己，羽尾在我的梦里找过柳爪，并且承诺，柳爪将来会收到很多星族托的梦。

她想安慰蛾翅，但是当着青面的面，这事她连提都不能提。

四只猫刚刚穿过雷族边界，就听见后面传来了叫喊声，只见小云朝上跑了过来。

"对不起！"小云气喘吁吁地说，"我刚要出发的时候，杉心的爪子上扎了一根刺。欢迎你。"他冲柳爪点了一下头，接着说道："今晚上你不用紧张，没事的。你有一位了不起的老师。"

蛾翅什么都没有说，但叶池还是看见了她眼中一闪而过的慌乱。

等巫医们钻出灌木屏障，站到山谷顶部时，月亮已经高高地挂在天上。眼前银色的流水从岩缝中奔涌而出，水花翻涌的月亮池似乎也洒满了星光。柳爪惊喜地看着这一切。

"好美啊！"柳爪轻声感叹着。

日落和平

青面带头,沿着满是爪印的小路来到池边。蛾翅紧跟在后,再后面是柳爪,叶池与小云走在最后面。

在月亮池旁,蛾翅转过身看着学徒。"柳爪,以巫医的身份进入星族的神秘世界,是你的心愿吗?"无论心里如何不相信星族,她对整个流程还是相当熟稔的,而且每句话听起来都像是发自内心。

月光下,柳爪灰色的皮毛变成了银色,并且因为激动蓬松开来。她的尾巴翘得高高的,满眼敬畏地回答道:"是的。"

"那就走上前。"

柳爪走过去,与老师一并站在月亮池边。蛾翅仰望着银毛星带,叶池很想知道她看到了什么。蛾翅继续着这场仪式,她的声音很高,几乎一直颤抖着,看起来比她的学徒都紧张。

"星族的武士们,我向你们举荐这位学徒。她选择走上巫医的道路,请赐予她你们的智慧和远见,好让她领会你们的方法,并按照你们的意愿为族群治病疗伤。"

因为同情朋友,叶池的心一阵绞痛,因为她知道,蛾翅每说出一个字要受到多大的煎熬。蛾翅每天都生活在谎言中,而这次更甚,因为她要当着所有巫医的面,召唤自己根本不相信的星族的灵魂。

蛾翅冲柳爪摇晃着尾巴,说道:"伏下来,喝一点池子里的水。"

柳爪眨眨眼睛,照做了。蛾翅和其他巫医也来到池边各自的位置,探身在银光闪烁的湖面上舔了几下。

叶池觉得湖水尝起来如同液态的星光,冰得透彻心骨。她的舌头刚一接触到水,她便立刻陷入黑暗之中。有几个心跳的时间,她似乎只是漂浮着。

接着,叶池睁开眼睛,发现自己正蜷伏在一个水池旁,水面映着无数星星,泛着微光。但这个水池并不是月亮池。这个水池位于森林里的一片空地之中,水池边上长着蕨丛和花木,草地上也开满了鲜花,闪着淡淡的光。

叶池仰着头,嗅闻着黑夜的寒冷空气,空气中夹杂着风和星星的气息。她感觉自己哪怕只是轻轻一跃,都可以飞到天上,与星族说上话。

就在这时,她看见头顶上出现了曾经见过两次的三颗小星星,它们似乎比以前更加明亮。

在叶池的身边,柳爪蜷缩着睡着了。在水池的另一边,坐着一只美丽的玳瑁色母猫,正温和地看着这位学徒。

"斑叶!"叶池大喊一声。

她跑到这位星族祖灵跟前,呼吸着她那熟悉的甜美气息,身体紧紧地贴着她柔软的玳瑁色身体。"见到你我很高兴。你能给我说说这三颗小星星的事情吗?"她用尾巴向天上指了指,"我知道它们是三位死去的武士,但是却不知道是谁。"

斑叶摇摇头,说道:"亲爱的,这些星星只是一个征兆,但眼下还不是你知晓它们含义的时候。"

叶池张了张嘴,想抗议。但是她知道,星族比自己更聪明,

它们会在合适的时候，把她需要知道的一切告诉她。她抑制住自己内心的失望，说道："至少你把蛾翅的秘密告诉了我。——那个关于飞蛾翅膀的秘密。谢谢你。"

"那是因为，我认为到了你应该知道的时候了。"斑叶说道，"你是她的好朋友，她需要你的支持。"

"我还没有和她说过这件事呢，"叶池说道，"你觉得我应该跟她说吗？"

斑叶温暖的舌头，爱抚地舔了一下叶池的耳朵，说道："如果你不想说，如果蛾翅自己也不愿提，那你就不要说。你要让她相信，她可以成为一位伟大的巫医，她应该继续做河族的巫医。"

"这个并不难。"叶池说道，"蛾翅是一位伟大的巫医，没有谁比她更关心族群。她厌恶鹰霜让她做的一切。"

斑叶点点头，美丽的眼睛里闪过一丝阴影。"鹰霜的命运掌握在星族手中，"她说道，"这不用你操心。"

斑叶站起身，叶池跟了上去。她们绕过池子，来到正在熟睡的柳爪身边。

"星族感谢你！"斑叶接着说道，"感谢你给予柳爪的帮助。柳爪要想成为一位真正的巫医，会很需要你的，就像她需要蛾翅一样。我知道你不会把训练她的事说出去，对此我深信不疑。"

"谢谢你，斑叶。"叶池很感激星族猫的信任，犹豫片刻，叶池接着说道，"我希望能见到炭毛。她从来没有来找过我，我非常想念她！你确定她没生我的气？"

斑叶用鼻子碰了碰叶池的头,这让叶池觉得自己又变成了幼崽,似乎正与妈妈安心地待在育婴室里。"我当然很确定。不用担心炭毛,亲爱的,她离你很近,比你想象的还近。你想让我证明给你看吗?"

叶池眨了一下眼睛,说道:"哦,斑叶,如果你能的话!"

斑叶低下头,舔了一口泛着微光的水,同时用耳朵示意叶池照着做。一股敬畏之情,从叶池的耳朵一下子传到了尾巴尖。叶池低下头,舔了几口。这水和让她迅速坠入梦乡的月亮池冰冷的水大不相同,凉凉的,有着草药的芬芳气息。叶池觉得,水渗进了她身体的各个部位,赋予了她力量与勇气。

"现在,跟我来。"斑叶说道。

叶池跟着她穿过空地,走进树林。猛然,她发现自己回到了熟悉的森林,雷族营地入口处的荆棘屏障正隐隐出现在眼前。

"为什么要带我来这里?"叶池问道。

斑叶没有回答。她带头穿过荆棘通道,走进营地,来到育婴室。在靠近育婴室入口的地方,黛西和幼崽们蜷缩在一起,正呼呼大睡。叶池从他们身边轻轻走过。斑叶带着她径直来到最里头的角落。栗尾正在睡觉,四只幼崽依偎在她的身旁,其中三只已经睡着。叶池正看着他们的时候,小炭抬起了头,眨着蓝色的眼睛,凝视着叶池。那眼神如此热烈、熟悉,叶池再也挪不开眼睛了。

"现在你明白了吗?"斑叶轻声问道。

"这……这怎么可能,"叶池喃喃说道,"为什么……怎么

日落和平

会？"

"是真的，"斑叶确定地说道，"知道了这个，你心里好受些了吗？"

"噢，好多了！"叶池长舒一口气，"谢谢你，斑叶。"

"现在我们必须回去了，"斑叶说道，"是时候让柳爪成为真正的巫医了。"

小炭张开嘴，打了一个大大的哈欠，露出粉红的舌头和细小的尖牙齿。她再次闭上了眼睛，偎依在母亲的身边。叶池低下头，用鼻子碰着这只幼崽柔软的灰色皮毛，呼吸着她暖暖的幼崽特有的气息。她转过身，跟着斑叶走出育婴室。再见，炭毛！当荆棘枝条在身后闭合的时候，她在心里默默地说。

她们离开营地，再次跨过边界，进入了梦境中的森林。柳爪还在水池边睡觉。斑叶走过去，在她的耳边轻轻呼气。学徒睁开眼睛，抬起头，盯着斑叶。

"你是星族的武士，对吧？"她说道，"我能看见你皮毛中的星星。"

"是的，小家伙。我叫斑叶，这位是你的朋友叶池。"

柳爪爬了起来。"你好，叶池。蛾翅没和你在一起吗？"她四下里看看，问道。

"没有，在这个梦里，你见不到她。"斑叶回答道。

蛾翅不在这里，她无法亲眼看到她的学徒迈出星族世界的第一步。一想到这个，叶池就感到心里如同扎进了一根刺。但是必

须有猫来负责这件事,她告诉自己,因为蛾翅做不到,星族才选择了我。

"我们这是在哪里?为什么要在这里?"柳爪问着。她转动着身体,似乎想一眼就把所有的一切都看完。

"我们是来和你分享一个来自星族的预兆的。"斑叶说道,"你准备好了吗?"

柳爪的眼睛闪闪发光,说道:"准备好了!"她往前跳了一小步,这让叶池想起,不久前她还是一只幼崽。"噢,我太激动了!当学徒之前,我从来没有做过这样的梦。"她兴奋地说道。

"你还会做很多这样的梦,"斑叶告诉她,"无论你走到哪里,永远都不会孤单。"

斑叶用尾巴示意柳爪舔水池里的水。她蜷伏在学徒的身边,盯着深不见底的水面。叶池则在柳爪的另一侧蜷伏了下来。

"你看到了什么?"斑叶问道。

水面上没有一丝涟漪,反射着天上的星光。接着,星光渐渐隐去,这时候,叶池才发现自己能看到水面下有灰色的云翻滚着。冷风骤起,把树枝吹得嘎吱作响,把池面吹得起了波澜。疾风吹动着叶池的皮毛,她赶紧把爪子深深抓进地里,以免自己被风给吹跑。她听见柳爪吓得大叫一声。

"不要害怕!"猛烈的风声中传来了斑叶的声音,"在这里,没有什么能伤害你。"

风势很强,叶池紧紧地闭上眼睛,感觉爪子被从泥土里拽出

日落和平

来了。接着,她睁开眼睛,发现自己依然在月亮池边,心依然在怦怦乱跳。头顶上的天空中没有一丝云,月亮高挂,也没有一丝风。柳爪蜷伏在水池边,闭着眼睛,呼吸得很轻很浅。在稍远处,小云和青面依然在梦中。蛾翅的尾巴绕在爪子上,蜷伏在柳爪的另一侧,正满眼痛苦地盯着满是星光的池面,那神情让叶池感觉自己的心都要碎了。

"蛾翅!"叶池轻声叫道,不再去想那暴风雨般的幻象。

蛾翅转头看着叶池。"我很害怕,"蛾翅轻声说道,"你觉得她会做星族传递的梦吗?她的老师根本不信星族,她又怎么能成为一位巫医啊?"

叶池站起身,绕过正在熟睡的学徒,来到朋友的身边,用温暖的舌头舔了几下她的耳朵。"斑叶来找过她了,"叶池安慰道,"当时我也在,我也看见了斑叶。"

蛾翅摇摇头:"那只是一个梦而已。"

叶池的身体紧紧地贴着她,试图用自己坚定的信仰赋予她力量:"你会明白的,不会有事的。"

蛾翅猛地挣脱了叶池。"不,不,那是不可能的!噢,叶池,我再也不能撒谎了!我必须告诉你。"她大大的琥珀色的眼睛紧紧地盯着叶池,"你觉得是星族选择了我,其实不是。泥毛巢穴外面的蛾子翅膀,并不是星族传递的信息,那是鹰霜放在那里的。但是我答应你,叶池,我发誓,我是后来才知道的。"

叶池怔怔地看着蛾翅。朋友如此信任她,对真相毫无隐瞒,

这让她不由得感到一阵温暖。但接着，无边的恐惧包围了她。噢，星族啊，我该怎么办？

叶池犹豫着。蛾翅的身体往后一缩，抽泣着说："你会怎么做？你会告诉其他猫吗？我是不是当不成巫医了？"

"当然不是。"叶池的身体再次贴紧朋友，用鼻子碰了碰她的耳朵，"蛾翅，这件事情我早就知道了。"

蛾翅的眼睛瞪得更大了："你知道？你是怎么知道的？"

"斑叶给了我一个征兆。还有……上次森林大会后，鹰霜对你说的话，我都听见了。"

"鹰霜！"蛾翅的声音顿时变得冷峻起来，"他一直在威胁我，如果我不照他说的做，他就会把一切都说出去。他逼我在森林大会上撒谎。我从来没有做过那个梦——这个你也知道，对吧？"

叶池点点头。

"我太想当巫医了！开始的时候，我曾经试着相信星族，我真的尽力了。泥毛曾把我带到月亮石，我还做过一个梦，见到了一些来自星族的猫，它们让我看到了森林里正在发生的一切。可是等我回到河族时，鹰霜告诉我，飞蛾的翅膀是他放在那儿的。从那一刻起，我开始觉得星族肯定只是个传说，我所见到的不过是普通的梦境而已。因为，如果星族真的存在，它们就不会让鹰霜做出这种无耻的事情，还用这样的事情来折磨我！"

叶池用尾巴尖轻轻地碰着蛾翅的肩膀，尽管她的心里非常愤怒，但她还是克制住了，她不想让朋友看出来。现在叶池终于明白，

不信任鹰霜是对的。他毁掉了妹妹的信仰，让她空有这么多医治技能，却成不了一位真正的巫医。

"这没什么，"叶池轻声说道，"相信我，一切都不是问题。"

"怎么可能？"蛾翅反驳道，"我应该立刻把真相告诉所有的猫，但是我不能放弃巫医的身份。我喜欢治病疗伤，想帮助我的族群。不过现在一切都太晚了！如果我把这些事说出来，他们会把我赶出去，我也没有别的地方可去。"

"你哪里都不用去。"叶池安慰着她，"斑叶告诉我，星族想让你继续当巫医，做你一直在做的事情。她说你会成为一位了不起的巫医，你也应该在月亮池拥有一席之地。"

有一个心跳的时间，蛾翅的眼睛里燃起了希望，她似乎相信了叶池的话，但是，很快她又摇了摇头。"你能这样说，我真的很高兴，但是我知道这不是真的。噢，我知道你并没有撒谎。"她急切地接着说，"但这只是个梦罢了。"她叹了一口气，继续说道，"如果你觉得我应该继续做巫医，那我就继续做下去。但是我该如何指导柳爪呢？我不知道该怎么告诉她有关星族的事。"

"但是我可以，"叶池说道，"我会把她该知道的都告诉她，和她一起进入星族的梦境中。你可以教她辨别草药，以及如何使用它们。她会是一位很了不起的学徒。"

蛾翅的头垂了下来。"我不配当她的老师。"她轻声说道。过了一会儿，她再次抬起头，眼神再次坚定起来，说道："但是我会试试的。我再也不听鹰霜的话了。我要让他明白，如果大家

知道是他编造了那个来自星族的征兆,大家根本就不会选他当副族长。"

"这是个好主意,"叶池说道,"但是你要小心,你……"

她的话没有说完,因为水池另一边的小云抬起了头。只见他站起身,弓起背,伸了一个长长的懒腰。青面也动了起来。这时,柳爪也醒了,她立刻一跃而起,跑过覆盖着苔藓的岩石,来找老师。

"太可怕了——不过也非常神奇!"她大声喊着,接着压低声音说,"我真希望你也能在场。"看到柳爪对蛾翅不能与星族见面做出如此的理解,叶池对她的喜爱不由得又多了几分。更让她舒心的是,柳爪并没有被星族世界的幻象所吓怕,而是欢欣雀跃。

"我也希望能在场。"蛾翅说道。

"或许下次就可以了?"柳爪说道。

蛾翅没有说什么,但是叶池看得出,她并不像自己的学徒那样充满信心。

"叶池,你说那个征兆是什么意思?"柳爪急切地问道,"暴风云!你觉得我们族群会有麻烦吗?"

叶池用尾巴尖扫了一下柳爪的嘴,又看了一眼青面和小云,确保他们没有听见。

"巫医通常不会提起自己看到的征兆,"叶池解释道,"除非需要向族群做出解释。是的,我觉得那个征兆意味着麻烦就要来了。"她接着说道,"但同样不要对任何猫提起。在事情弄清

日落和平

楚之前，没必要制造紧张气氛。"

柳爪严肃地点点头。叶池并没有把实情完全告诉这位年轻的学徒，心里不由得感到一阵愧疚。小云和青面看样子没有做让他们不安的梦，因此斑叶的征兆肯定是给雷族和河族的。但与这两个族群相关的猫只有一只，那就是鹰霜。

叶池沿着小路走出山谷时，心里默默感谢星族让蛾翅愿意信任自己，把鹰霜编造假征兆的事情讲出来。但无论蛾翅怎么说，叶池依然不能确定，蛾翅有足够的勇气去对抗她的哥哥，毕竟，那样一来，蛾翅失去的就太多了。

当叶池来到小路的顶端时，一片阴影覆盖了山谷。她抬起头，看见一片云彩遮住了月亮。一阵冷风扫过树丛，让她想起了梦中的疾风，她的皮毛一阵刺痛。她确信，可怕的麻烦很快就会降临，而且肯定和鹰霜脱不了干系。

第二十章

黑莓掌站在空地上,目送着狩猎巡逻队从荆棘通道离开。黎明巡逻队也早已经出发,晨雾开始消散。树顶上方的天空呈现出淡淡的蓝色,预示着今天会是个温暖的好天气。很快,太阳就要升起来了。

虎斑公猫环顾着四周,他想确定是不是所有的任务都安排妥当了。猎物堆很低,但负责狩猎的猫会增高它。黛西在育婴室入口处打着哈欠,看着幼崽们玩耍打闹。叶池正穿过营地,往长老巢穴走去。鼠毛已经起来了,正用一只后爪起劲地挠着耳朵。所有的猫看起来都皮毛光滑,不缺吃食,就连纤瘦的叶池也长胖了不少。旧森林曾经的饥荒已经成了一段不愉快的回忆。

黑莓掌身后的武士巢穴上的枝条沙沙作响。他回过头,看到蜡毛从枝条间钻了出来,停下来快速地整理着皮毛。

黑莓掌朝他走了过去。白爪已经和老师蕨毛去狩猎了,所以今天两位学徒不能一起训练了。

"桦爪在哪里?"黑莓掌问道,"现在是训练的好时候。"

蜡毛眯起了眼睛。"我自己的学徒我会教的,"他说道,"我

日落和平

今天已经安排他接受武士测试了。"

"嗯，这样很好！"黑莓掌说道，"提醒他要注意捉狐狸的圆圈，以防万一。"

蜡毛没有说话，直接朝学徒巢穴跑去。桦爪听见老师的召唤，急忙跑了出来，听着老师的教导，爪子在地上不安生地挪动着。过了一会儿，桦爪朝营地入口跑去，正好碰上刺掌嘴里衔着猎物从通道里出来，就和他简单地说了几句，然后跑开了，尾巴高高地翘在空中。蜡毛跟着去了，临走前怨恨地瞪了黑莓掌一眼。

黑莓掌提醒自己应该圆滑一些。但是，如果到时蜡毛的态度仍不改变，他就要安排蜡毛搜集老鼠胆汁给长老们驱除虱子。

黑莓掌突然僵住了。他一直忙着履行副族长的职责，竟然差点忘记去见鹰霜的事。太阳马上就要出来，他快迟到了。他赶紧往荆棘屏障跑去，却突然听到身后传来松鼠飞的声音，心里不由得暗暗叫苦。

"嗨，黑莓掌，你要去哪里？"

黑莓掌转过身，看见松鼠飞正穿过空地，向自己跑过来。松鼠飞没有参加黎明巡逻队，黑莓掌也没有，她不会理解，黑莓掌为何不想和她在一起。

"你要去哪里？"她走上前来，又问了一遍，"去狩猎吗？我们一起去吧！"

"我必须要……"黑莓掌有些心虚地说道。就在这时，黛西的幼崽在小莓的带领下冲过空地，消失在叶池巢穴入口处的黑莓

屏风后面。

"这些淘气的幼崽！"松鼠飞大叫一声，"还记得他们上次捣乱的事吗？我得看看叶池在不在。"

说着，她跑开了。黑莓掌心中暗暗感谢星族，他赶紧钻进荆棘通道，一头扎进森林，朝着湖边猛跑过去。

这时，太阳已经升了起来，树木在满是晶莹露珠的草地上投下长长的影子。每一片树丛中，都有闪闪发亮的蜘蛛网。没有其他猫的影子，因为他已经安排狩猎巡逻队去了别的地方。

来到森林边上时，黑莓掌停了下来。他能听见两尾远的地方传来湖水拍打湖岸的声音，透过密集的蕨丛，可以看见波光粼粼的水面。他张大嘴巴，嗅了嗅空气。他嗅到了河族的气息，还出乎意料地嗅到了影族的气息，但是却没看到同父异母弟弟的身影。

"鹰霜？"他轻轻地喊了一声。

没有回应。黑莓掌看见前面一只狐狸身长的地方有一只画眉鸟，正从泥土里往外拽一只蠕虫。他这才想起来早上还没有吃东西，于是下意识地做出了狩猎姿势。但就在这时，一个重物一下子压了过来，把他撞翻在地。黑莓掌发出警戒的低吼声，画眉鸟惊得尖叫着飞走了。黑莓掌转过身，发现攻击者是鹰霜，只见他冰蓝色的眼睛里闪着笑意。

"你不能小心点吗？"黑莓掌厉声说道，"难道你想让雷族的猫知道你在这里吗？"

鹰霜耸耸肩说道："这有什么关系。只要我紧挨着湖边，就

日落和平
RILUOHEPING

没有越界。"

黑莓掌站了起来,舔了几下被弄皱的皮毛。鹰霜说得不错,但是如果有族猫看见他和同父异母的弟弟在一起,他依然要费些口舌来解释。他希望自己也能有鹰霜那样的自信,然后又提醒自己,他现在已经是副族长了,哪个方面都不比这位河族武士差。

"到蕨丛中去吧。"黑莓掌说着,挥动尾巴示意鹰霜。

他们钻到如穹盖的蕨丛下,紧紧地坐在一起。黑莓掌再次嗅到了影族的气息。他皱了皱鼻子:"你身上有影族的气息!"

鹰霜眯起了眼睛。"肯定是从他们的领地穿过时沾上的,"他低吼道,"别提这个了。我们正在浪费时间。"

黑莓掌点点头,深吸了一口气。他希望能找到合适的话语,既能让鹰霜理解自己对虎星的设想的怀疑,同时又不会让鹰霜觉得,自己对当族长的事没有尽力。"虎星让我们接管影族和风族的那个点子,"黑莓掌说道,"我敢肯定不会成功。星族已经规定,这里应该有四个族群。"

他的同父异母的弟弟轻轻弹动着尾巴尖,说道:"正如虎星所说,那是过去在旧森林里的事情了。听着,黑莓掌,影族一直挑起事端。难道你不觉得,如果影族能由一位让他们信守武士守则的族长领导着,对我们所有猫来说,情况都会好很多吗?你不觉得,你比一星更适合领导风族吗?只要我们同心协力,就可以让森林里的所有猫都变得更强壮,过得更幸福。再也没有战斗,再也没有领地的纠纷……"

"嗯……或许吧。"对鹰霜摆在面前的愿景,黑莓掌无法反驳。为了所有猫的利益,让强势领导者统治森林,肯定没错。他想起那次小莓被圆圈困住哀叫求援时,影族武士竟然袖手旁观。如果由我来领导,黑莓掌心里不由得想道,无论幼崽来自哪里,我都不会眼看着他受苦而无动于衷。他希望森林里的每只猫都能得到照顾,但最重要的是,他希望雷族能变得更好。"但是……"突然远处传来若有若无的叫声,让他不由得停了下来。

"那是什么声音?"

鹰霜耸耸肩,说道:"是某个运气不好的猎物吧!"

那个叫声再次响起。"不!"黑莓掌大喊道,"有猫遇到麻烦了。快走!"

黑莓掌冲出蕨丛,沿着湖岸朝喊声传来的地方跑去。这时,叫声再次响起,离他现在的距离已经更近了,但是那声音却更加微弱,那是一种恐惧的、就要窒息的声音。黑莓掌跳过一个树根,一眼就看到了面前的火星。

雷族族长正侧身躺在位于浓密的蕨丛里的一条窄窄的小路上,他的四肢轻轻抖动着,眼神涣散,嘴巴周围挂着白沫。他的脖颈周围,一条闪亮的卷须状东西,半掩在火焰色的皮毛里,另一头拴在扎在地里的一根棍子上。火星被捉狐狸的圆圈套住了!

黑莓掌忙上前,刚想帮火星,却被鹰霜有力的肩膀给撞开了。

"鼠脑子!"河族武士嘶嘶说道,"这是你的好机会,黑莓掌。你现在是副族长,如果火星死了,你就是族长了!"

日落和平

黑莓掌吃惊地盯着鹰霜：他在说什么？就在这时，他发现火星似乎有话要说。

"桦爪告诉我……黑星在我们的领地里等我……我必须独自前往……"

鹰霜得意扬扬地走到火星面前，俯下身子，在他的耳边轻声说道："但是黑星不在这里，我们在。你这个笨蛋，太容易上当了。"

黑莓掌感觉爪子下的土地正在往下陷；他还无法理清头绪，只知道黑星不在，鹰霜身上充满了影族的气息——这完全是个血腥邪恶的阴谋。"是你干的，"他对同父异母的弟弟说道，"你故意让火星到有捉狐狸的圆圈的地方来？"

"当然，"鹰霜轻蔑地说道，"我这么做全是为了你。"

火星呼吸艰难，腹部一鼓一鼓的。他的目光从鹰霜转向黑莓掌，然后又转了回来。黑莓掌明白，如果不赶紧松开那个圆圈，族长就会丢掉一条命——没准是更多条。

鹰霜后退一步。"勇敢的雷族族长，"他冷笑道，"你现在没那么厉害了吧？黑莓掌，快点结果他！"

黑莓掌感觉自己的爪子似乎被定在光秃秃的地面上。他浑身的毛都立了起来，仿佛听见虎星在耳边轻声敦促道：杀了他，没有谁会知道的。你会成为族长，可以得到梦想的一切。

鹰霜愤怒地来回抽动着尾巴，用力地推了黑莓掌一下，使他踉跄了一下。"你还在等什么？这是我们一直都在谋划的事情，难道你不记得了？现在就杀了他！"

第二十一章

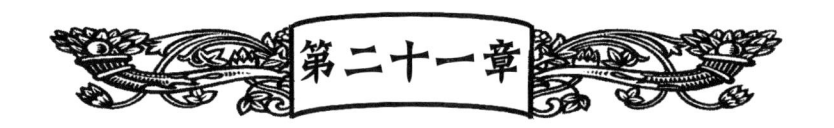

"他们表现得很好,"叶池说着,起身离开了栗尾的幼崽们,"你肯定感到非常骄傲。"

栗尾吞下一口叶池带来的画眉鸟肉。"是的,我的确非常骄傲。但是我敢肯定,等他们稍大一些,就会惹出各种各样的麻烦,比黛西的幼崽们有过之而无不及。"她琥珀色的眼睛里闪着笑意,"小炭已经需要看紧了。"

叶池低头看着幼崽们,他们正挤成一堆,呼呼大睡。她想起斑叶曾经指给自己看的情形,不由得感到一股暖流涌遍全身。还要多久,族猫们才会发现小炭的真相呢?叶池多想把这个秘密与族猫们分享啊,但她知道现在还不是时候。

"你需要多休息,"叶池交代栗尾,"要保证精力。一次抚养四只幼崽,责任重大。"

"我知道。叶池,真的很高兴有你在。"

叶池闭上眼睛,试图回忆那些曾让她放弃族群的情感。那些情感就像在她内心的阴影,一直近在眼前,却总是摸不到。现在,那种情感却开始膨胀起来,填满了她的内心。她试图把它甩掉,

日落和平

但那种负疚的情感却一点点累积起来,最终变成了鲜血和咆哮的幻象,吞噬了栗尾幼崽们轻柔的声音和育婴室内温暖的奶香气息。

一定发生了什么可怕的事情?——噢,星族,到底是什么事情?

叶池跌跌撞撞地跑到空地上,没有理会身后栗尾惊讶的喊声。到了空地上,叶池发现一切都很祥和。多数猫都出去执行任务了,空地上几乎没有一只猫。阳光灿烂,湛蓝的天空中,飘着几朵白云。

可是叶池知道,一定发生了什么可怕的事情。如果不是这里,那一定就在外面的森林里。她飞快地跑过空地,没有理会猎物堆旁云尾和亮心不解的眼神。她猛地冲出荆棘通道,差点和松鼠飞撞个满怀。

"喂!"松鼠飞大叫一声,"你这么着急干什么?怎么了?"

"发生可怕的事情了。"叶池喘着粗气说道,"獾?两脚兽?具体我也说不清楚。你看见什么了没有?"

"没有。"松鼠飞把尾巴搭在姐姐的肩膀上,试图让她平静下来,"一切都好好的。我刚才一直在找黑莓掌。这个可恨的浑球,竟然没等我就走了。我试图跟踪他的气息,却跟丢了。"

"不,不可能什么事情都没发生!"一股确定无疑的恐惧,如潮水般传遍全身,让叶池感到冰寒彻骨,"雷族正处在巨大的危险中。你和我一起去,好吗?"

"当然了。但是我们要去哪里?"

"我也不知道!"叶池提高了嗓门,"噢,星族,请指引我

们吧！"

叶池的话刚刚说完，就听见灌木丛中传来猫跌跌撞撞跑动的声音。蕨叶猛烈地抖动了一阵子，蜡毛冲了出来。他全身的毛直立着，圆睁的深蓝色眼睛里满是恐惧。

"叶池！"他气喘吁吁地说道，"火星……他被抓狐狸的圆圈套住了！"

"在哪里？你怎么不把他救出来？"松鼠飞绿色的眼睛闪着怒火，质问道。

"因为……黑莓掌也在那里。"蜡毛就像刚从深水中爬出来似的，大口喘着气，"鹰霜和他在一起——一只河族猫在我们的领地上。我无法同时对付他们两个，只好回来求援。"他用尾巴往湖的方向一指，"就在那边，快点！"

第二十二章

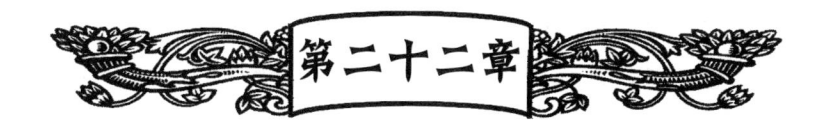

黑莓掌低头盯着族长，族长依然无法动弹。他知道，他现在只需勒紧火星脖子上的圆圈，火星就会一下子失去剩余的六条命。族长就这样无助地躺在他的面前。他的目光与族长的目光相遇，对方绿色的眼睛里没有乞求，骄傲的眼睛里却闪动着让他生畏的质疑：黑莓掌，你会怎么做？你来选择。

黑莓掌想起，火星与虎星是如何一次又一次对峙的。他们互相仇恨，是因为他们各有立场，对本族都有自己的规划。但火星根本没想过要置虎星于死地，血族的邪恶族长长鞭，仅一击就杀死了虎星，而长鞭是虎星亲自请进森林的。

这次看样子虎星要赢了。黑莓掌知道父亲的灵魂就在身边，一个声音正在督促他动手：傻瓜，现在就杀死他！

黑莓掌闭上眼睛，思绪回到了四棵树的空地上：虎星一下子失去了九条命，血奔涌到草地上。他仿佛看见长鞭冷冷地看着虎星扭动的身躯。难道鹰霜和虎星也想让自己这么做？

"六条命……"黑莓掌轻声说道。在雷族族长和他之间隔着六条命。

"没错,"鹰霜嘶嘶地叫道,"这是我们为父亲报仇的好机会。火星本可以阻止长鞭,但他却只是站在那里,眼睁睁地看着虎星一条一条地丢掉性命。"

报仇?黑莓掌的目光从火星的身上移开,死死地盯着自己的同父异母的弟弟。这与报仇无关。黑莓掌非常清楚,虎星踏上暴死之路,纯属咎由自取。

我只想领导我的族群,黑莓掌心里想,而不是如他们想的那样。他不仅忠于雷族,而且也忠于火星——火星教导了他,不顾虎星是他的父亲接纳了他,还那么信任他,让他当上了副族长。黑莓掌原先一直认为,忠于族群并不意味着要忠于族长。那是不对的,火星就代表着雷族。

"不。"黑莓掌对鹰霜说道,他惊讶地发现,自己的声音铿锵有力、不容置疑,"我不会那样做。"

他想起小莓的尾巴被捉狐狸的圆圈套住时,溪儿和松鼠飞解救小莓的场景。于是他扑到火星身边,开始扒棍子周围的土,想把棍子拔出来,松开套在族长脖子上的绳子。"火星,不要动!"伴着飞扬的尘土,黑莓掌气喘吁吁地说,"我很快就能把你救出来。"

他听到耳边传来不满的咆哮声。黑莓掌拿不准是鹰霜发出的,还是一心想复仇的虎星的灵魂发出的。鹰霜朝他扑了过来,击中了他的侧腹,把他撞翻在地,压在身下。鹰霜冰蓝色的眼睛死死地盯着黑莓掌。

日落和平

"懦夫!"鹰霜咬牙切齿地骂道,"走开!还是由我亲手杀死他吧!"

不!黑莓掌用后腿猛蹬鹰霜的肚子,把鹰霜掀开。他趁着弟弟躺在地上喘气的时候,再次冲向棍子,用嘴咬住了棍子。刚才的挖掘已经让棍子松动了一些,所以一下子就拔了出来,套在火星脖子上的卷须状东西也松动了。黑莓掌听见族长深吸了一口气。

身后再次传来愤怒的咆哮。黑莓掌猛地转过身,看见鹰霜又扑了过来。黑莓掌闪到一边,丢掉了棍子。当鹰霜闪电般扑过来的时候,黑莓掌感觉到弟弟的爪子,在他的身上狠狠地划过。

黑莓掌转过身,再次面对鹰霜。河族猫冰蓝色的眼睛里射出冷冷的光。

"你这个叛徒!"鹰霜厉声骂道,"你背叛了父亲!背叛了我们的计划!你永远都不可能像虎星那样强大。"

"我根本就不想像他那样!"黑莓掌冲鹰霜吼道。

"那你就真是个傻瓜!"鹰霜讥讽道,"而且非常愚蠢。你根本就没想到这只是个测试。这都是虎星的主意。他说,如果你真的有资格成为族长,就会不惜一切代价去得到它。"

"不惜杀死我的族长?"

"这一点尤为重要。可是正如虎星担心的,你很软弱。我和他给森林规划了宏伟的蓝图,本来也包括你,但现在,我们不需要你了。"

黑莓掌非常清楚同父异母的弟弟在说什么。他非常清楚,鹰

霜绝不会再让他和火星活着,这一定是从一开始计划好了的。

黑莓掌朝鹰霜迈了一步,说道:"回到河族去吧!你是我的弟弟。我不想伤害你。"

"因为你很懦弱,"鹰霜嘲弄道,"你在乎亲情,远远胜过权力。但是我不会。"

鹰霜再次朝黑莓掌扑了过来,一下子就把他掀翻在地,压在了身下,冰蓝色的眼睛死死地盯着他的眼睛。黑莓掌感到尖利的爪子深深地抓进了自己的身体,看见牙齿冲自己的喉咙咬来。他拼命地挣扎着,用后腿猛蹬鹰霜的肚子,觉得死亡正一步步向自己逼近。为了救自己,为了救火星和雷族,他现在只能做一件事情。

黑莓掌来回扭动着身体,突然瞥见系着捉狐狸圆圈的棍子正半压在肩膀下。他抻长脖子,努力用牙齿咬住它。鹰霜再次扑过来,黑莓掌举起了棍子,尖尖的棍头一下子刺进了鹰霜的喉咙。只听得一阵可怕的汩汩的声响,鹰霜身体一僵,瘫了下来,重重地压在黑莓掌的胸口上。

黑莓掌惊呆了。他挣扎着,摆脱了弟弟的身体,丢掉了棍子。棍子掉在地上,鹰霜的喉咙上留下一个参差不齐的伤口,殷红的鲜血涌到地上,越来越快地朝湖边流去。

"鹰霜!"黑莓掌喘着粗气说道,"我……我不想这样的。"

令他惊讶的是,他的同父异母的弟弟努力站了起来,踉踉跄跄朝他走了过来。黑莓掌暗暗戒备,不知道对方是会攻击自己呢,还是会乞求帮助。

日落和平

"傻瓜！"鹰霜尖声吼道，他用力挤出这句话时，鲜血从可怕的伤口里流得更快了，"你以为我是独自在做这些事吗？你认为你在自己的族群里就安全了？"他咳嗽了一阵，吐出很多血块，然后又补充了一句，"你再仔细想想吧！"

"什么？"黑莓掌上前一步，前爪拍在猩红的血泊中，溅起几朵血花。难道鹰霜的意思是，雷族武士把火星引入了这个圈套？"你是什么意思？鹰霜，告诉我！你这话是什么意思？"

但是鹰霜眼睛里冰冷的火焰已经消失。他把头扭开，在蕨丛中踉跄了几步，然后一下子瘫倒在湖边，后半边身体淹没在水中。细小的水波冲刷着他的身体，鲜血如猩红的云朵般扩散开来。

黑莓掌低头看着鹰霜，他还有那么多事情想知道——可是鹰霜已经死了。

就在这时，这位同父异母的弟弟的声音又在黑莓掌的耳边回响了起来：哥哥，我们还会见面的，这一切还没有结束。

"黑莓掌。"火星仍侧身躺着，他脖子上的皮毛被自己伤口流出来的血染红了。他虽然很虚弱，但看着黑莓掌的眼神却很坚定。

"火星……"黑莓掌欲言又止。他觉得没什么好说的，作为副族长，面对杀死族长的诱惑时，他动心过，这一切火星都看在了眼里。火星不可能再信任他了，火星怎么还可能让一个叛徒继续当副族长？黑莓掌低着头站在那里，等着听到火星说出放逐他的那句话。

"黑莓掌,你做得很好。"

黑莓掌抬起头,惊讶地盯着族长。

"和多数猫比起来,你一直都不容易。"火星声音沙哑地说道,"可是在这里,你进行了一场伟大的战斗,而且你赢了。你是雷族当之无愧的副族长。"

说到最后几个字时,火星的声音都有些颤抖。他早已精疲力竭,垂下头,闭上了眼睛。

黑莓掌静静地站着,低头看着火星。他的爪子上粘着同父异母的弟弟的鲜血,鼻子里闻到的全是血腥味。我赢了,他心里想,但是现在,我的父亲会怎么对付我呢?

第二十三章

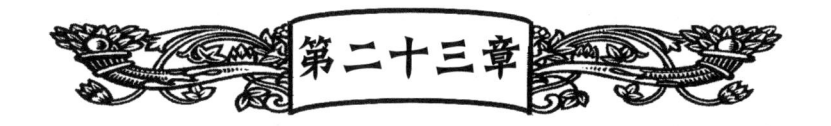

松鼠飞猛地一甩尾巴。"回营地去,"她命令蜡毛,"多叫些猫来支援。"

没等松鼠飞把话说完,叶池已经跑进了灌木丛,即使荆棘的刺刮上了她的皮毛,她也毫不在乎。松鼠飞与她并肩跑着。两只猫都没有说话。蜡毛跑回来时,一路上留下的浓烈的恐惧气息,给她们指引着方向。

叶池的肚子一阵绞痛。现在,她终于明白,刚才在育婴室,那个将她淹没的危险征兆到底是什么了。还有什么比失去族长火星——她深爱的父亲——更可怕的?

她对黑莓掌的不信任膨胀成了一个巨浪,随时都会砸下来,吞没她。黑莓掌强壮勇敢,但是虎星对他的邪恶影响实在太深了。

还没有看到湖,叶池已经闻到猫的气息,以及更为浓烈的血腥味。她的心脏瞬间停止了跳动。失去这么多血的猫,不可能还活着。

叶池跳过一棵树的树根,在水边站住了。在她的眼前,火星一动不动地侧身躺着,黑莓掌站在他的旁边,爪子上都是血。

我猜对了，黑莓掌是个叛徒。他为了当上族长，杀死了我的父亲！

她还没来得及说话，就见火星动了一下，睁开了眼睛。"叶池，"他轻声说道，"没事了。鹰霜给我设了一个圈套，但是黑莓掌把他杀了。"

火星挪动着一只前爪，露出了被松开的捉狐狸的圆圈。叶池靠近些，发现火星脖子的勒痕虽然很深，但还不足以流那么一大摊血。黑莓掌爪子上的血不是父亲的，他的爪子已经断裂了，而且上面沾有泥土，这说明他刨出插在土里的棍子，救了父亲的命。可是黑莓掌的眼里并没有骄傲和满意，而是充满了恐惧，似乎正在聆听着其他猫都听不到的声音。

松鼠飞从叶池的身边飞扑过去，蜷伏在父亲身边，用鼻子抚摩着火星的全身。"黑莓掌，谢谢你，你救了火星的命！"松鼠飞说道。

黑莓掌眨了一下眼睛，似乎这才发现松鼠飞来了。"我只是做了我该做的事。"他说道。

叶池绕过父亲身边，感觉脚爪间的鲜血又黏又湿。这么多的血到底是从哪里来的呢？

一道血迹穿过蕨丛，通往湖边，枝丫都被压倒压断了，上面沾满了血迹。叶池从蕨丛间望过去，看到鹰霜深棕色的虎斑纹的尸体，正一动不动地浸在湖边的浅滩里。血正从他喉咙处的伤口往外涌，水浪重重地击打着湖岸，把鹅卵石都染成了红色。

日落和平

"在和平降临之前，鲜血将四处喷涌，湖水将变得一片血红。"叶池轻声说道。

叶池终于明白了。黑莓掌和鹰霜有着血缘关系，的确是鲜血四处喷涌。黑莓掌为了救火星，杀死了同父异母的弟弟。她对鹰霜的看法也是对的——他野心太大，与父亲虎星太像了——不过她绝没想到，最后杀死他的竟然是黑莓掌。

长久以来萦绕不散的预言终于成真。现在，各个族群有望迎来预言中所承诺的和平。鹰霜死了，蛾翅也从他的控制中解脱了出来。那个关于蛾子翅膀的秘密，永远都不会有谁知道了。

叶池转身背对鹰霜的尸体，走到父亲和松鼠飞身边。火星靠在松鼠飞的肩膀上，挣扎着坐了起来。黑莓掌则一声不吭地站在他们身边，显然还没有从震惊中恢复过来，甚至都没想着把爪子上沾的鹰霜的血迹清理干净。

"结束了！"叶池轻声对大家说，她挺起肩膀，转身面对着初升的太阳，"一切都结束了，和平已经降临。"

精彩内容抢先看

《猫武士》三部曲预告

《猫武士三部曲》共6册，分别是《预视力量》《暗河汹涌》《驱逐之战》《天蚀遮月》《暗夜长影》《拂晓之光》。

雷族副族长黑莓掌和松鼠飞有了自己的三个孩子：小狮（狮爪）孔武有力，小冬青（冬青爪）有战斗天赋，小松鸦（松鸦爪）生来目盲，却有着窥视他猫梦境、感知他猫内心的恐怖能力。

狐狸对雷族营地造成极大的威胁，全族上下忙得团团转，无力看管三只幼崽。他们擅自跑出营地去搜寻狐狸幼崽，却在找到后被狐狸幼崽追得几乎丧命。脱险后，他们开始思考自己的路。小冬青（冬青爪）放弃了武士梦想，做了巫医学徒，小松鸦（松鸦爪）坚持要做武士，火星便让只有一只眼睛的武士亮心当他的老师。

不久，雷族又遇到一次危机——与影族之间的战争。巫医学徒冬青爪在战斗中表现神勇，对巫医行当却不甚了了。武士学徒松鸦爪在战斗中表现拙劣，对各种草药倒是如数家珍。战后，姐弟俩不约而同改变了志向，松鸦爪成了巫医学徒，冬青爪成了武士学徒。屈从于命运的松鸦爪最初仍愤愤不平，一天天浪费着自己的才华。直到在四族联合举行的学徒大赛上，松鸦爪通过自己的异能看到了狮爪的危险，并救了他。火星在四个族群所有猫的面前夸赞松鸦爪，他才猛然发现，盲猫也能成为英雄。